Sina Winter

AF206681

Die Autorin:

Sina Winter lebt mit ihrem Mann im schönen Unterfranken, direkt vor den Toren der Rhön. Schon früh entdeckte sie ihre Leidenschaft für Bücher. Zunächst kompensierte sie ihre Kreativität im Zeichnen und Gestalten, bis sie vor vier Jahren mit dem Schreiben begann. »Wette nie mit einem Anwalt«, ist ihr dritter Roman. Bereits im Self Publishing erschienen sind »Rosalie, weil es dich gibt« und »Ein Sommer auf Fiskmås oder die Kunst sich zu verlieben«. Sina Winter schreibt nicht nur Romane, sondern auch Kurzgeschichten. Entdecken Sie hierzu über skoobe.de oder amazon.de ihren ersten Kurzkrimi »Die Neue«.

Sina Winter

Roman

Bibliografische Information der Deutschen Nationalbibliothek:
Die Deutsche Nationalbibliothek verzeichnet diese Publikation in der
Deutschen Nationalbibliografie; detaillierte bibliografische Daten sind im
Internet über dnb.dnb.de abrufbar.

1. Auflage, 2020

© Sina Winter 2020

Covergestaltung: VercoDesign, Unna

Korrektorat: Rune L. Green, Magdeburg

Herstellung u. Verlag: BoD - Books on Demand, Norderstedt

ISBN 9783750482296

Eitelkeit und Stolz sind zwei verschiedene Dinge, obwohl die Wörter oft bedeutungsgleich verwendet werden. Ein Mensch kann stolz sein, ohne eitel zu sein. Stolz hat mehr damit zu tun, was wir von uns selbst halten, und Eitelkeit mehr damit, wie wir von anderen gesehen werden wollen.

Jane Austen (1775 - 1817), englische Romanschriftstellerin

1. Kapitel

Vivien

Noch ehe Vivien Maas den Blick auf den Laptop gerichtet hatte, brachte die Stimme der Reporterin, des lokalen KP&T - Onlinesenders, ihr Blut in Wallung.

»Herr Klein, Sie haben es wieder einmal geschafft. Sie haben einen spektakulären Prozess gewonnen. Kein Scheidungsanwalt der Stadt hält mit Ihnen mit. Wir, vom KP&T-Sender, gratulieren Ihnen dazu.«

»Vielen Dank«, erwiderte Thomas Klein knapp und lief, gefolgt von der Reporterin, unbeirrt weiter. Die junge Frau ließ sich nicht abwimmeln und hastete im Laufschritt neben ihm her. »Herr Klein, finden Sie nicht, dass Ihr Familienname Ihrem Ruhm nicht annähernd gerecht wird? Wäre eine Namensänderung nicht passend?« Abrupt blieb der Anwalt stehen und sah in das Gesicht der Reporterin. Sie besaß ein makelloses Aussehen, ihre Lippen waren zu einem perfekten Lächeln verzogen und ihre blauen Augen fixierten ihn triumphierend.

»Blöder Anfängerfehler, Herr Klein.«, stellte Vivien mit einer gewissen Genugtuung fest. Die Reporterin hatte es geschafft, seine uneingeschränkte Aufmerksamkeit zu erlangen.

7

Ein weiteres Reporterteam umringte Herrn Klein. Im Schlepptau eine Traube von Gaffern, die sensationslustig auf eine Antwort von ihm warteten.

Eingekreist von Menschen mit Kameras und Mikrofonen in der Hand, schweifte sein wütender Blick über die Menge. »Frau Dakarè - richtig?«, fragte er die junge Reporterin.

»Ja«, bestätigte sie lächelnd.

»Sie sind der Meinung, mein Nachname wäre meiner nicht würdig?«

»So drastisch würde ich es nicht betiteln, Herr Klein. Ich dachte... «

»Denken Sie besser nicht, Frau Dakarè«, unterbrach er sie harsch, »denn das Denken scheint keine Ihrer Stärken zu sein. Überlassen Sie das Denken Menschen mit Verstand.« Damit ließ er sie stehen und nutzte die Sekunden ihrer Verwirrung, um seinen Weg fortzusetzen.

»Zack, dies war soeben ihr Todesstoß, Frau Dakarè«, murmelte Vivien.

»Warum siehst du dir das an, Vee?«, fragte Eddi Bernard, ihr Chef, mit Blick auf den Laptop.

Ihr Arbeitgeber, ebenfalls Scheidungsanwalt, war afroamerikanischer Abstammung. Seine dunkle Hautfarbe sorgte bei seinen Klienten meist für eine gewisse Verunsicherung. Vivien ärgerte dieses oberflächliche Verhalten. Sie kommentierte das, indem sie fragte, in welchem Jahrhundert die Leute lebten. Ihr Chef winkte nur ab und meinte: »Gib Ihnen etwas Zeit, sich an mich zu gewöhnen, Vee.«

Er behielt recht, die anfängliche Unsicherheit legte sich. Dennoch, nach Viviens Geschmack, besaß Bernard mehr Einfühlungsvermögen, als für seinen Job nötig war. Seine dunklen Augen strahlten zu viel Verständnis und tiefes Mitgefühl aus. Wenn es jedoch darauf ankam, lag auch eine gewisse Härte in seinem Blick. Vivien konnte sein Verhalten nicht immer nachvollziehen. Hinzu kamen die äußere Gelassenheit und innere Ruhe, die er an den Tag legte. Ganz im Gegensatz zu ihrem eigenen, impulsiven Temperament, das soeben mit ihr durchging.

»Ich versuche, doch nur zu verstehen, warum Herr Klein ein derartiges Ansehen genießt. Er ist arrogant, herzlos und ein selbstverliebtes Ekel«, empörte sich Vee aufgebracht.

»Ach was, du interpretierst zu viel hinein. Der Mann hat genau richtig gehandelt«, entgegnete Bernard und deutete dabei auf den Laptop. Fassungslos sah Vee zu ihm auf. »Er wird gefeiert wie ein Popstar! Die Medien überschlagen sich mit Informationen über *Staranwalt Klein*. Und du findest es in Ordnung, wenn er Menschen vor laufender Kamera beleidigt.«

»Die Dame von der Presse ist selbst schuld. Sie hat ihn provoziert. Und wenn schon, sollen sie ihn feiern. Dennoch muss man nicht gleich alles glauben, was man über ihn hört.«

»Ich habe den Eindruck, dass du ihn verteidigst.«

»Vielleicht, meine liebe Vee, vielleicht. Wenn man bedenkt, wie blutrünstig die Presse sich auf jeden Happen stürzt, den man ihr hinwirft. Glaube mir, im Rampenlicht zu stehen ist kein Zuckerschlecken. Zudem ist er noch jung. In ein paar Jahren kräht kein Hahn mehr nach ihm.«

»Jung? Der Mann ist Anfang vierzig.« Nicht sonderlich verwundert darüber, dass Vee Kleins Alter kannte, zog er dennoch eine Augenbraue in die Höhe und brummte: »Aus meiner Sicht ist er jung.«

»Und aus meiner Sicht alt«, konterte Vee hitzig und ihr Temperament sprühte förmlich aus ihren bernsteinfarbenen Augen. Das entlockte Eddi ein Schmunzeln. Er hatte keine Ahnung warum, aber sobald der Name Thomas Klein fiel, brannten bei ihr sämtliche Sicherungen durch. Schlimmer war es, wenn sie persönlich auf den *Staranwalt* traf, was zu jederzeit passieren konnte. Gedanklich schüttelte er darüber den Kopf und stieß einen tiefen Seufzer aus. Verstehe einer das weibliche Geschlecht? Entweder sie liebten oder sie hassten einen. Ein Dazwischen schien es nicht zu geben.

»Würde es die junge Lady verkraften, mit einem alten Knacker auf ein Bier ins *Hardt's* mitzukommen?«, lenkte er das Gespräch geschickt in andere Bahnen.

»Bist du etwa eingeschnappt, Eddi?«

»Kommst du nun mit, ja oder nein?«, fragte er und seine dunklen Augen starrten Vee nach dem Motto: ›*Schuldig im Sinne der Anklage*‹ an.

»Klar komme ich mit«, grinste sie frech. »Und Mia mit Sicherheit auch.« Sie sah ihren Chef abwartend an.

»Gute Idee. Dann kann ich alter Mann, mich gleich mit zwei jungen Schönheiten an meiner Seite schmücken.«

»Eddi Bernard«, tadelte Vee ihn lachend, »du bist unmöglich. Hier war nie die Rede davon, dass du ein alter Knacker bist.«

Nachdem Vee ihrer Freundin Mia eine Nachricht geschrieben hatte, packte sie ihre Sachen zusammen und schlenderte mit Eddi zur S-Bahn.

Ihr Chef, von allen meist Bernard gerufen, war mehr als ein Arbeitgeber für Vee. Er war Mentor und Vaterfigur zugleich. Vivien war Vollwaise und wuchs in einem Kinderheim auf. Ihre Eltern starben bei einem Autounfall, als sie noch ein Baby war. Sie hatte zwar eine Tante mütterlicherseits, doch Tante Ottilie, kurz Tilli genannt, taugte in den Augen des

Jugendamtes nicht als erziehungsberechtigte Person. Schuld daran waren ihr unsteter Lebenswandel und ihre schillernde Persönlichkeit. Sie war zu sprunghaft und hielt nichts von Regeln. Für Tante Tilli war das Leben ein großes Abenteuer. Mit achtzehn lebte sie in einer Kommune und war voller Aktionismus, bis sie sich, inspiriert durch eine neue Liebe, sich dem Tierschutz widmete und von da an gefährdete Tiere rettete. Durch einen Zufall lernte sie einen Maler kennen und entdeckte daraufhin die Liebe zur Kunst. Gemeinsam reiste sie mit ihm durch die Welt und landete irgendwo in Italien. Diese Sprunghaftigkeit zog sich durch ihr ganzes Leben, bis sie mit Anfang sechzig ihren Traummann kennenlernte. Die beiden heirateten sofort und erlebten glückliche Jahre zusammen. Nach dem Tod ihres Mannes erbte Tilli ein überschaubares Vermögen. Darunter ein kleines Haus mit Meerblick in Italien. Das Objekt hatte sie Vivien überschrieben, jedoch behielt Tilli ihr Wohnrecht auf Lebzeiten. Vivien liebte das Haus, und wenn es ihre Zeit zuließ, fuhr sie dorthin. Für sie war es der schönste Ort der Welt, um die Seele baumeln zu lassen. Doch genau da lag ihr Dilemma. Der Faktor Zeit bot ihr kaum die Möglichkeit. Denn als Bernards Rechtsanwaltsgehilfin arbeitete man ganz oder gar nicht. In ihrem Fall hieß das, stets erreichbar zu sein.

***

Die anhaltende Hitze des Sommers setzte nicht nur den Menschen und den Tieren zu, auch die Natur geriet zunehmend an ihre Grenzen. Viele Bäume ließen ihr vertrocknetes Laub fallen und gaben einem das Gefühl, dass mitten im Hochsommer der Herbst Einkehr gehalten hatte. Die sonst im Saft stehenden Rasenflächen der Vorgärten, ähnelten immer mehr einer Steppe. Und die Pegel der großen Flüsse waren so niedrig, dass teilweise der Schiffsverkehr zum Erliegen kam. Die anhaltende Trockenheit zeigte, wie machtlos der Mensch gegenüber der Natur war.

Träge saß Vee neben Bernard in der S-Bahn und hing ihren Gedanken nach. Eigentlich hatte sie vorgehabt, noch nach Hause zu fahren und zu duschen und sich umzuziehen, doch Bernard brummte: »Das kannst du dir sparen. Bis du im *Hardt's* ankommst, klebt sowieso wieder alles an dir.«

›*Wahre Worte*‹, dachte sie, als ihr der Schweiß über den Rücken lief. Vee liebte die Wärme, aber diese anhaltende Hitze war selbst ihr zu viel. Ihre Nerven und Synapsen waren aufs Äußerste angespannt. Mit anderen Worten: Sie war gereizt und übellaunig. Erst recht, als sie auf das Bild der Zeitung starrte, in der ein älterer Herr vor ihr blätterte.

›Thomas Klein, Staranwalt mit Charme!‹, stand dort in großen Lettern. ›Charme?‹, verächtlich schnaubte Vee. Da hatte eine Mülltonne weitaus mehr Charme als der Herr Anwalt. Sie betitelte ihn heimlich als Tiefkühlterminator, kurz TKT. Sein kaltes, arrogantes Auftreten ging ihr gehörig gegen den Strich. Dennoch ließ es sich nicht abstreiten, dass er exzellent in seinem Job war. Erbarmungslos und gerissen, dafür fähig. Vivien seufzte leise, woraufhin Bernard meinte: »Ich will wirklich nicht wissen, was in deinem Kopf vorgeht, aber ich wette, es hat etwas mit dieser Überschrift in diesem Käseblatt zu tun.« Seine Hand zeigte dabei auf die Zeitschrift, die der Mann vor ihnen las.

Viviens Kopf flog herum, in der Absicht eine Schimpftirade über Mr. TKT loszuwerden, doch Bernards wissentlicher Blick ließ sie abrupt verstummen. Wie von selbst klappte ihr Mund zu. Und unbewusst presste sie ihre Lippen zusammen. Verärgert über sich, wandte sie den Blick ab und starrte aus dem Fenster. ›Bernard hat ja recht‹, gestand sie sich ein. Sie fragte sich, warum sie so auf Herrn Klein fixiert war. ›Warum ignoriere ich sein Verhalten nicht? Es existieren noch mehr arrogante Idioten auf diesem Planeten und die störten mich doch auch nicht. Zumindest nicht in dem Ausmaß, in dem es dieser Anwalt tut.‹ Tief in ihrem Inneren kannte sie den Grund dafür. Ihre rationale Seite ignorierte dies jedoch wohlweislich.

Alles fing mit einem Zusammenstoß an. Bernard hatte eine Akte im Büro liegen gelassen. Und Vivien war rasch zum Gericht gefahren, um ihm die fehlende Unterlage vorbeizubringen.

Wie aus dem Nichts kam Herr Klein um die Ecke gestürmt und stieß mit ihr zusammen. Er hätte sie fast zu Boden gerissen, wenn er sie nicht geistesgegenwärtig am Arm festgehalten hätte. Sein Blick war kalt und anklagend. Erst als er sie näher heranzog, um ihr Halt zu geben, veränderte sich sein Gesichtsausdruck.

Vivien hatte in zwei hellgraue Augen gestarrt, die sie aufmerksam gemustert hatten. Für Sekunden war sie wie hypnotisiert gewesen. Wobei sie instinktiv mit ihrem Oberkörper zurückgewichen war. Daraufhin hatte TKT den Abstand verringert, so weit, dass sich fast ihre Nasenspitzen berührt hatten. Er war definitiv zu nahe in ihre Privatsphäre eingedrungen, was sie zunehmend verunsichert hatte. Dennoch hatte sie fasziniert bemerkt, wie sich seine Augen farblich verändert hatten. Angefangen bei den Pupillen, die sich kaum merklich geweitet hatten, bis hin zu seiner Iris, deren hellgrau ein paar Nuancen dunkler schimmerten. Ihr femininer Instinkt war alarmiert. Erst recht als sie bemerkt hatte, wie er ihren Duft in sich aufsog.

Um sich zu schützen, tat Vivien das, was ihr unter dem gegebenen Umstand am logischsten erschienen war: Sie hatte TKT verbal in seine Schranken verwiesen. »Können Sie nicht aufpassen? Haben Sie keine Augen im Kopf?«, hatte sie ihn angefaucht.

Irritiert war Herr Klein daraufhin zurückgewichen, ohne sie jedoch frei zu geben. Schweigend hatte er sie angestarrt. Erst als ein lauter werdendes Räuspern ihn aus seiner Starre gelöst hatte, war er einen Schritt zurückgetreten. Gleichzeitig hatte er ihren Arm losgelassen.

»Entschuldigen Sie, gehören diese Unterlagen Ihnen?«, hatte ein burschikoser Mann gefragt. Dabei war er von einem Bein auf das andere getreten.

»Fragen Sie die junge Dame. Sie kennt scheinbar nicht den Gebrauch einer Aktentasche«, hatte Thomas Klein geknurrt. Ohne eine Antwort abzuwarten, hatte er sie und den jungen Herrn stehen gelassen und war weiter geeilt. Empört hatte Vee ihm hinterher gestarrt. Sie hatte sich geschworen, nie wieder ein Wort mit diesem Mann zu sprechen.

Was sich als reines Wunschdenken erwies. Denn seit dem Tag gaben sie sich beide einem Schlagabtausch hin, wann immer sie aufeinandertrafen.

Wieder seufzte Vee und hoffte, dass ›Mr. TKT‹ heute Abend nicht im *Hardt's* anwesend war.

Die Bar, eine Art Szenelokal, war der Treffpunkt für Anwälte und Polizisten, sowie vieler

Persönlichkeiten in der Stadt. In dem kleinen Lokal bewegte sich jeder zwanglos. Es wurden keine Tische reserviert. Wer kam, war da und wenn die Sitzplätze belegt waren, tummelte man sich an der Theke. Das Interieur war schlicht und überschaubar gehalten und mit seinen dunklen Möbeln urig eingerichtet. An den Wänden hingen Bilder aus vergangenen Tagen von erfolgreichen Persönlichkeiten. Ein großes Schaufenster war der Blickfang des Lokals. An lauen Sommerabenden, so wie heute, wurde die Verglasung zu beiden Seiten aufgeschoben, sodass die Luft besser zirkulierte. Zudem wirkte das Lokal nicht mehr so beengt.

Die Stoßzeit im *Hardt's* war abends zwischen 20 Uhr und 22 Uhr, danach flaute es allmählich ab. Viele der Gäste kamen nach Feierabend um eine Kleinigkeit zu essen oder einen Aperitif zu sich zu nehmen. Die meisten ließen einen schweren Arbeitstag ausklingen. Bei den Gästen im *Hardt's* handelte es sich um eine große eingeschworene Gemeinde.

Der Inhaber des Ladens, Harry Hardt, war früher Anwalt. Nach seiner Scheidung beschloss er, Kneipier zu werden, und das mit Leib und Seele, was seine Gäste auch zu spüren bekamen. Harry hatte für jeden ein offenes Ohr. Er kannte die Probleme, Ängste und Sorgen vieler seiner Besucher.

Zudem ging Harry auf die Wünsche seiner Gäste ein. Er kreierte Longdrinks nach deren Geschmack und bot Superfood sowie Fingerfood an. Sich im *Hardt's* zu treffen hieß für viele, nach Hause zu kommen.

Das Piepsen ihres Handys riss Vivien aus ihrer Grübelei. Sie las Mias Nachricht: *Bin da, wo bleibt ihr Zwei?* Kurz sah Vee sich um und schrieb: *Sind fast da. S-Bahn fährt soeben in die Station.*

Okay, freue mich.

Ich auch, tippte Vee in ihr Handy.

Mia Wagner, ebenfalls Rechtsanwaltsgehilfin, war Viviens beste Freundin. Sie lernten sich während ihrer Berufsausbildung kennen. Obwohl ihre Charaktere gegensätzlicher Natur waren, stimmte sofort die Chemie zwischen ihnen.

Mia war die lebensbejahende Frohnatur und Vivien die Pessimistin. Zudem war Vee misstrauischer.

Der Grund dafür war, dass Vee in einem Heim aufgewachsen war. Sie hatte am eigenen Leib erfahren, dass zu viel Optimismus nur zu bitterer Enttäuschung führte. Folglich war ihr Pessimismus ihr persönlicher Schutzschild. Ihr Misstrauen eine zusätzliche Vorsichtsmaßnahme.

»Da seid ihr ja endlich!«, rief Mia und lief den beiden freudestrahlend entgegen.

»Hallo Mia, schön das du gekommen bist«, sagte Bernard. Zur Begrüßung hauchte er ihr links und rechts einen Kuss auf die Wange.

»Die Freude ist ganz meinerseits, Bernard.«

»Seid ihr zwei endlich fertig mit euren Höflichkeitsfloskeln? Das ist ja nicht zum Aushalten«, brummte Vee.

»Bist du etwa eifersüchtig?«, fragte Mia. Dabei huschte ihr ein Schmunzeln über die Lippen.

»Gott bewahre«, stöhnte Vee.

»Hey, was soll das heißen, Frau Maas?« Empört sah er zu Vivien. »Reicht es nicht, dass du mich als alten Sack abstempelst? Bin ich es jetzt nicht einmal mehr wert ordentlich begrüßt zu werden?«

»Sei nicht kindisch, Eddi. Wir sehen uns jeden Tag. Stell dir vor, wir würden uns immer derart überschwänglich begrüßen! Wann sollten wir deiner Meinung nach unsere Arbeit erledigen?«

»Alter Sack? Hab ich was verpasst?«, fragte Mia und sah von einem zum Anderen.

»Nein«, winkte Vee ab, »Eddi ist heute etwas sensibel und jetzt lasst uns endlich rein gehen, bevor die Bar aus allen Nähten platzt. Außerdem hab ich Durst.«

»Das Thema ist noch lange nicht vom Tisch, junge Frau«, lamentierte Eddi, während Vee und Mia sich lachend bei ihm einhakten und ihn mit sich zogen.

Thomas

Mit sich und der Welt zufrieden lehnte sich Thomas Klein in seinem Bürostuhl zurück. Er hatte die aussichtslose Scheidung gewonnen. Der Prozess war die reinste Schlammschlacht gewesen. Und bot der hiesigen Presse mehr als eine Seite in der lokalen Zeitung. Gleichzeitig füllte die Story das Programm des örtlichen Radiosenders und sorgte für hohe Einschaltquoten. Thomas war überzeugt, dass jeder andere Anwalt gescheitert wäre, denn die Eheleute Van Broek ließen kein Klischee einer schmutzigen Scheidung aus. Der Rosenkrieg war schon im Gange, als Frau Van Broek zu ihm in die Kanzlei kam. Thomas liebte Herausforderungen und der Fall Van Broek bot mehr als einen simplen Konflikt. Das Paar war kinderlos. Es ging ausschließlich um Geld. Keiner der beiden war zu Kompromissen bereit. Jeder versuchte mit allen Mitteln, die Scheidung für sich zu gewinnen. Thomas war dies nur recht. Je schmutziger eine Trennung verlief, desto mehr verdiente er daran.

Die Anspannung der letzten Wochen und Monate fiel langsam von Thomas ab. Er überlegte, ob er heute Abend mit Lars auf ein Bier ins *Hardt's* vorbeischauen, oder doch lieber gleich nach Hause fahren sollte. Sicher war, wenn er in seine

Stammkneipe ginge, käme er nicht vor 24 Uhr in sein Bett. Andererseits wartete dort niemand auf ihn. Zudem schadete es nicht, ein klein wenig seinen Sieg zu feiern. Sofort assoziierte er seine Gedanken mit den Worten seines Vaters, die ihn schon sein ganzes Leben lang begleiteten.

»Sohn, der Erfolg eines Mannes ist sein wahres Glück. Keine Frau der Welt wird dir je solch ein Glücksgefühl schenken. Das wirst du früher oder später noch lernen.« Dabei hatte er unbeholfen Thomas Kopf getätschelt. Er sah das Bild seines Vaters nur allzu deutlich vor sich. Ein massiger Hüne, mit großen, dickfleischigen Händen, die mehr einem Bauarbeiter glichen als einem Geschäftsmann. Meist waren die riesigen Pranken vor seinem üppigen Leib ineinandergefaltet. Vor allem dann, wenn er hinter seinem klobigen Eichenholzschreibtisch thronte und sein emotionsloser Gesichtsausdruck auf seinem Sohn ruhte.

Damals, als Thomas ein unerfahrener Anwalt war und seinen ersten Fall gewonnen hatte – es war nichts Spektakuläres gewesen, aber für ihn ein Erfolgserlebnis – war er stolz vor seinem Vater getreten. Doch anstatt ein Wort des Lobes von ihm zu hören, hatte ihm sein alter Herr einen Vortrag über Erfolg gehalten. »Zeige niemals wahre Gefühle, Junge! Die kleinste Regung und man wird dich zerfleischen. Emotionen sind ein

Zeichen von Schwäche. Schwäche hindert dich daran, Erfolg zu haben.«

Die Gespräche liefen immer auf dasselbe hinaus. Zeige niemals Gefühle. Trete stets erhobenen Hauptes auf und lass niemanden in deine Karten schauen. »Stell dir vor, du spielst Poker.«

All diese Worte hatten sich in sein Gedächtnis gebrannt und waren somit eine der wenigen Erinnerungen, an seinem Vater. Sein alter Herr war vor drei Jahren gestorben. Herzinfarkt, lautete die Diagnose der Ärzte. Für ihn kam jede Hilfe zu spät. Seine Haushälterin hatte ihn zusammengesunken hinter seinem Schreibtisch im Arbeitszimmer gefunden. Arthur Klein starb einsam, inmitten seiner Arbeit. Thomas empfand damals und bis heute keine Trauer. ›*Sollte ein Kind beim Verlust eines Elternteils nicht leiden?*‹, fragte er sich.

Seine Eltern hatten sich scheiden lassen, da war er sechs Jahre alt. Sein Vater erhielt das Sorgerecht und Thomas wuchs bei ihm auf. Wobei er seinen alten Herrn nur selten zu Gesicht bekam. Arthur Klein war Geschäftsmann durch und durch. Er kannte weder ein Familienleben noch privates Vergnügen. Seine Disziplin war der Motor, der ihn antrieb und ihn darüber hinaus vergessen ließ, dass er ein Leben besaß und vor allem einen Sohn.

An seine Mutter erinnerte Thomas sich nur schemenhaft. Manchmal, wenn er von ihr träumte, glaubte er zu spüren, wie sie ihn als kleinen Jungen im Arm hielt und zärtlich hin und her wog. Aber vielleicht spielte ihm hier seine Fantasie einen Streich. Es war mit Sicherheit das ein oder andere Kindermädchen, das ihn getröstet hatte und er bezog es in seinen Träumen auf seine Mutter. Ein reines Wunschdenken. Welches Kind sehnte sich nicht nach der Liebe seiner Mutter. Ihm war bewusst, wieso sie sich von seinem Vater getrennt hatte. Dennoch verstand er nicht, warum sie ihr eigenes Kind zurückgelassen hatte. Thomas fragte sich insgeheim, ob er heute ein anderer Mensch wäre, wenn ihn damals seine Mutter zu sich geholt hätte. Wäre sein bisheriges Leben ebenso erfolgsorientiert verlaufen oder hätte er eine nette Frau an seiner Seite und Kinder?

Seufzend sah er auf seine Armbanduhr, eine Rolex. Ein weiterer Beweis dafür, dass er es in seinem Leben zu etwas gebracht hatte. Aber zu welchem Preis? Im Gegensatz zu seinem Vater besaß er Freunde und genoss hin und wieder das Leben, doch in Momenten wie diesen fühlte er eine unsägliche Leere in sich. Ein sehnsüchtiges Brennen, nach etwas, das sich nicht definieren ließ.

Abrupt stand er auf und sah aus dem Fenster. Die Aussicht half ihm, seine Gedanken wieder in normale

Bahnen zu lenken, sich auf das Hier und Jetzt zu konzentrieren.

Seine Kanzlei lag in Neuhaus, einem Stadtteil von Derchen. Das Viertel bestand aus prächtigen Wohn- und Geschäftshäusern, deren Bild aus der Zeit vor dem Ersten Weltkrieg geprägt wurde. Viele der Häuser standen unter Denkmalschutz und wurden von ruhigen Nebenstraßen umrahmt. Thomas hatte seine Kanzlei bewusst in diesem Viertel eröffnet, da der Stadtteil viele Grünanlagen besaß. Er liebte die Natur, doch seine Arbeit ließ es nicht immer zu, ins Grüne zu fahren. Aus diesem Grund begnügte er sich mit dem Park hier im Viertel. Hinzu kam, dass es abwechslungsreiche Kneipen und Restaurants gab, allen voran die *Hardt's Bar*. Selbst kulturell wurde einiges geboten. Kurz: Das Leben in Neuhaus war entspannter als in der Innenstadt von Derchen. Im Sommer lockten zudem viele Biergärten. Diese entschleunigten ein Stück weit das hektische Treiben der Großstadt.

Thomas hatte sich entschlossen. Er würde heute Abend in seine Stammkneipe gehen, um dort seinen Erfolg zu feiern. Erneut sah er auf die Armbanduhr. »Zeit für den Feierabend«, murmelte er. Rasch packte er seine Unterlagen zusammen und steckte alles in eine Aktentasche. Ein finaler prüfender Blick und er zog die Bürotür hinter sich zu. Im

Hinausgehen gab er seiner Sekretärin, Frau Meierhofer, noch ein paar letzte Anweisungen.

***

Das grelle Sonnenlicht stach Thomas in die Augen und blendete ihn. Er griff nach seiner Sonnenbrille, die in der Brusttasche steckte und setzte sie mit einer fließenden Bewegung auf. Rasch stieg er die Stufen der Kanzlei hinab. Leichten Schrittes, aber dennoch zielstrebig lief er auf seinen Wagen zu, einem Porsche Caprio der Modellreihe Boxster. Lässig warf er die Aktentasche auf den Beifahrersitz, öffnete die Fahrertür und glitt geschmeidig hinter das Lenkrad. Er wusste, dass das Autofahren in einer Großstadt kein Vergnügen war. Im Gegenteil, es war zeitaufwendig und nervenaufreibend. Dennoch liebte Thomas das Gefühl hinter dem Steuer zu sitzen und die Kontrolle zu haben. Zudem achtete er darauf, außerhalb der Stoßzeiten zu fahren, somit war das Fahrvergnügen nicht allzu eingeschränkt.

Bevor er den Motor anließ, steckte er sich ein Headset ins Ohr und wählte die Nummer von Lars, seinem engsten Freund. Noch während er darauf wartete, dass dieser seinen Anruf entgegennahm, ließ er den Wagen an und fuhr los.

»Hallo?«, ertönte Lars atemlose Stimme.

»Was treibst du? Ich störe dich doch hoffentlich nicht beim Sex?«, fragte Thomas ungeniert und konnte sich ein Grinsen nicht verkneifen.

»Glaubst du allen Ernstes, dass ich heißen Sex für ein Gespräch mit dir unterbrechen würde?«

»Wenn dem so wäre mein Freund, dann würde ich mir ernsthafte Sorgen um dich machen. Kommst du heute Abend mit ins *Hardt's*, ein wenig feiern?«

»Dachte schon, du willst kneifen. Um wie viel Uhr?«

»Sagen wir so gegen neun. Soll ich dich abholen?«

»Gerne. Ich sorge auch für nette Begleitung.«

»Aber bitte keine heiratswütigen Frauen. Ich erinnere dich nur ungern an das letzte Mal. Der Abend endete im Desaster.«

»Wo denkst du hin, Thomas. Lass dich überraschen.«

»Bitte nicht, ich kenne deine Überraschungen.«

»Hey, was soll das heißen?«

»Bis später, Lars«, lachte Thomas und beendete das Gespräch. Sein Freund war in vielerlei Hinsicht ein Kindskopf, doch es war Verlass auf ihn, ebenso auf seine uneingeschränkte Loyalität. Der feierwütige Junggeselle und er waren seit Kindergartentagen befreundet. Nichts und niemand hatte je ihre Freundschaft in Frage gestellt. Lars war der Part in Thomas Leben, der ihn daran erinnerte, auch mal

Spaß zu haben, nicht in seiner Arbeit zu versinken und die angenehmen Dinge zu verpassen. Im Gegenzug trat er seinem Freund imaginär in den Hintern, wenn er meinte, dass dieser sich im süßen Müßigsein verlor. Ihre Freundschaft bestand aus einem Geben und Nehmen.

Eigentlich machte es wenig Sinn, dass Thomas seinen Freund abholte, da der mitten in Derchen wohnte. Doch Lars residierte in einem großen Penthaus, das sein Vater ihm gekauft hatte. Allein die Aussicht war es wert von Neuhaus nach Derchen und wieder zurückzufahren. Zudem fuhr Thomas gerne in die Stadt, sobald es dunkel wurde. Der Anblick der abertausend tanzenden Lichter gaben ihm ein Gefühl von Freiheit und weckten die Abenteuerlust in ihm. Beide Empfindungen, die er sorgfältig in seinem Inneren verschlossen hielt. Es war die Stimme der Vernunft oder doch eher die Stimme seines Vaters, die es ihm nicht erlaubte, seine Träume auszuleben.

***

Thomas drückte den Knopf der Fernbedienung und langsam öffnete sich das Garagentor. Die Garage lag seitlich hinter dem Haus. Er fuhr dazu am Haupteingang des Gebäudes vorbei, bog links in eine Seitenstraße ab und ein paar Meter weiter wieder

27

links. Sein Haus lag in Oberwemzig, einem Stadtteil von Derchen. Hier standen viele alte Villen und fast jede Straße wurde von einer Baumallee gerahmt. Die Einheimischen nannten die Gegend das ›Alleenviertel‹. Thomas wohnte in der Parkallee. Erneut betätigte er den Knopf der Fernbedienung und die Garage schloss sich ebenso langsam, wie sie sich geöffnet hatte. Vor sich hin pfeifend stieg Thomas aus dem Porsche, griff nach der Aktentasche und gab den Zahlencode an der Tür zum Nebeneingang ein. Die Garage war mit dem Haus verbunden, sodass er stets im Trockenen herein und heraus kam. Sein gesamtes Grundstück war zudem videoüberwacht. Seit dem Tag, an dem ihm ein Exmann einer seiner Klientinnen aufgelauert hatte, zog er die Überwachung durch eine Sicherheitsfirma vor. Keine Ahnung was passiert wäre, hätte er den Mann nicht zufällig von seinem Schlafzimmerfenster aus im Garten entdeckt. Er hatte sofort die Polizei angerufen, die den Eindringling wegen unbefugten Betretens eines Grundstückes und unerlaubten Waffenbesitzes festgenommen hatte. Die Waffe war in dem Fall ein Klappmesser. Thomas hatte keine Ahnung, was der Mann damit vorgehabt hatte. Aber es sah nicht danach aus, als wäre er auf einen gemütlichen Plausch vorbeigekommen. Der Vorfall hatte Thomas dazu veranlasst, sein Grundstück Tag und Nacht überwachen zu lassen. Dennoch war es ihm zur Angewohnheit geworden, nach dem nach Hausekommen einen Rundgang durch das Haus zu tätigen. Sicher war sicher.

Nach dem Kontrollgang schälte er sich aus seinem Anzug. Er beschloss ein paar Runden im Pool, der auf der Terrasse integriert war, zu schwimmen. Das Wasser würde eine kleine Abkühlung bieten und zudem hatte er genug Zeit. Es war erst später Nachmittag und es bestand kein Anlass, in Hektik zu verfallen.

Die Veranda lag nach hinten zu dem parkähnlich angelegten Garten. Hier konnte er im Schutz der alten Bäume entspannen. Zusätzlich schmückten Kirschlorbeer und Zypressen den Zaun, der das Grundstück umgab.

Die Sonne brannte unaufhörlich herab. Das Wasser bot, wider erwartend, keine Abkühlung. Kurzerhand stieg Thomas wieder aus dem Schwimmbecken und lief zurück ins Haus. Die Klimaanlage war eingeschaltet, sodass ein angenehmes Raumklima herrschte. Die willkommene Kühle bereitete ihm eine Gänsehaut auf dem nassen Körper. Er duschte und schlüpfte in eine bequeme Leinenhose. Mit nacktem Oberkörper und barfuß betrat er die Küche und schmierte sich ein Sandwich. Kauend überlegte er, was er mit seiner freien Zeit anfangen sollte. Er war es nicht gewohnt, nicht zu arbeiten. Doch dieser Tag heute war die große Ausnahme. Thomas fläzte sich auf das Sofa und schaltete den Fernseher ein. Gelangweilt zappte er durch die Programme und blieb an einem Interview mit Eddi Bernard hängen. Der Anwalt wählte seine Worte mit Bedacht und gab der Presse nicht mehr preis, als nötig war. Er warf kleine Häppchen aus, doch waren keine davon relevant brauchbar. Gedanklich gratulierte er Bernard zu diesem Schachzug und schenkte ihm ein Stück weit Sympathie. Erst recht, nachdem dieser auf Thomas Erfolg angesprochen wurde. Er äußerte sich weder herablassend, noch hegte er einen Groll gegen ihn. Der Advokat verhielt sich professionell und das rechnete Thomas ihm hoch an. Jeder andere Kollege hätte die Gelegenheit genutzt, ihm eins auszuwischen, indem er sich abfällig über ihn geäußert hätte. Schließlich war er eine ernstzunehmende Konkurrenz.

Das Interview war beendet und die Kamera schwenkte auf die Reporterin um. Eben diese Frau, die er in ihre Schranken verwiesen hatte. Im Nachhinein tat sie ihm leid, aber sie hatte ihn provoziert und, was weit aus schlimmer war, er hatte sich auf ihre Provokation eingelassen. Er war im Begriff weiterzuschalten, als er hinter der Reporterin Vivien Maas erkannte. Sie war an Bernards Seite getreten und reichte ihm eine Aktentasche. Abrupt wandte sie sich um und sah jetzt geradewegs in die Kamera. Für einen kurzen Moment erhaschte Thomas einen Blick auf ihr Gesicht.

Vivien Maas war eine bildschöne Frau. Ihre Gesichtszüge waren anmutig und makellos, doch am meisten faszinierten ihn ihre Augen. ›Bernstein‹, kam es ihm sofort in den Sinn, ›*oder doch eher die Farbe eines Single Malt Whiskys?*‹ Er tendierte zu Letzterem und rief sich ihre Augen erneut ins Gedächtnis. Ihre Iriden waren von einem reinem, hellen Braun mit vereinzelten dunklen Sprenkeln darin und wenn sie wütend wurde, sprühten daraus kleine Funken. Man hatte das Gefühl, als würde sich die Intensität der Farbe vertiefen. Nicht nur das, ein Blick in diese Augen und ein Mann war hoffnungslos verloren. Thomas hatte es am eigenen Leib erfahren, damals, als er mit ihr zusammengestoßen war. Es hätte nicht viel gefehlt und er hätte sie ohne Grund geküsst. Normalerweise war er ein Gentleman und verhielt sich Frauen gegenüber zivilisiert und rücksichtsvoll, doch Vivien Maas hatte ihn mit ihren Augen verhext. Zudem war er sich sicher, dass sie damals instinktiv bemerkt hatte, was in ihm vorging, denn ihr Verhalten hatte sich schlagartig von einer Sekunde auf die andere verändert. In einem Moment las er Interesse und Neugierde in ihren unergründlichen Augen und im nächsten Augenblick fuhr sie ihre Krallen aus. Vivien Maas hatte ihn bewusst auf

Abstand gehalten. Aber damit konnte er leben, oder? Wann immer sie nun aufeinandertrafen, endete die Begegnung in einer verbalen Auseinandersetzung. Bis zu einem gewissen Grad fand er ihr Temperament und ihre Schlagfertigkeit ansprechend. Ihre fortwährende Abwehr hingegen gefiel ihm gar nicht. Es kratzte an seinem Ego, dass eine Frau ihm nicht sofort verfiel. Zu gerne würde er Vivien Maas die Vorurteile, die sie ihm gegenüber besaß, austreiben.

›*Geduld*‹, mahnte er sich selbst. Der Tag würde kommen, an dem sie ihn mit anderen Augen sah.

Thomas

Punkt 21 Uhr stand Thomas vor Lars Haustür und klingelte. Durch die Gegensprechanlage ertönte zeitgleich mit dem Surren des Türöffners ein: »Komm rein!«

Thomas betrat das einladende Foyer und erkannte sofort das unverkennbare Kichern von Trixi. Abrupt blieb er stehen und schloss für ein paar Sekunden die Augen. ›*Das ist nicht dein Ernst, Lars?*‹, hielt Thomas einen inneren Monolog. Er hatte jetzt schon, ohne Trixi überhaupt gesehen zu haben, Mühe, seine Beherrschung nicht zu verlieren. Seine nächste Sorge war, dass er hoffte, Lars hätte keine Kopie von Trixi eingeladen, denn dann würde er diesen Abend nicht überstehen. Er würde etwas Dummes sagen oder gar tun und die Partynacht wäre damit gelaufen. Nicht einmal für den heißesten Sex würde er eine Frau wie Trixi länger als nötig war ertragen.

»Hey, wo bleibst du denn? Willst du hier draußen Wurzeln schlagen. Komm rein, der Champagner wird warm!«, rief Lars und trat aus dem Wohnzimmer ins Foyer. Thomas schlug die Augen auf und sah seinen Freund warnend an. Lars winkte ab und deutete mit einer ungeduldigen Handbewegung an, dass er endlich herkommen sollte. Widerwillig gehorchte Thomas, nicht jedoch, ohne Lars einen mörderischen Blick zuzuwerfen. Zunächst blieb er im Türrahmen stehen und betrachtete die beiden Frauen, die sein Kumpel eingeladen hatte. Eine davon war, wie schon erkannt, Trixi. Thomas verstand seinen Freund nicht. Was, außer *heißem Sex* reizte ihn an dieser Frau? Trixi redete zu viel, besaß ein proletenhaftes Auftreten und ihr Kichern lief einem durch Mark und Bein. Sein Blick wanderte zur zweiten Frau. Sie war groß und schlank, besaß aber an den richtigen Stellen weibliche Rundungen. Sie trug ein geblümtes, knielanges Sommerkleid mit Neckholder. Ihr Ausschnitt war freizügig und brachte ihre vollen Brüste zur Geltung. Alles in allem gab sie ein recht passables Bild ab und Thomas hoffte insgeheim auf ein klein wenig Intellekt.

Lars setzte sich in Bewegung und lief auf die Frau zu. »Simone, darf ich dir meinen Freund Thomas vorstellen?« Dabei zog er sie mit sich und blieb mit ihr vor Besagtem stehen. Thomas ergriff die Hand der Frau, hob sie an seine Lippen und hauchte einen Handkuss darauf. »Guten Abend, Simone«, erwiderte er höflich und sah ihr direkt in die Augen.

»Simone Duvall«, stellte sie sich vor. Thomas überlegte sofort fieberhaft, doch der Name Duvall war ihm nicht geläufig. »Sie sind nicht von hier?«, fragte er bemüht, das Gespräch in Gang zu bekommen. Er beobachtete Simone dabei, wie sie ihr langes, leicht gewelltes, braunes Haar kokett über die Schulter warf. Alles an ihr wirkte einstudiert. Sie strahlte nichts Natürliches aus. ›*Ob ihre Brüste echt sind?*‹, überlegte Thomas, denn sie besaß eine beachtliche Oberweite.

»Sie haben recht. Ich gestehe, dass ich eine Zugereiste bin. Aber das ist schon ein paar Jahre her«, hörte er Simone sagen.

»Ja, das dachte ich mir, denn der Name Duvall ist mir nicht geläufig.« Kaum hatte er den Satz beendet, überkam ihn das Gefühl, Simone mit seiner Antwort gekränkt zu haben. Sie rang sichtlich um Fassung. ›*Warum?*‹, fragte er sich. ›*Hätte ich den Namen kennen sollen? Ist sie deshalb so pikiert?*‹

»Hier, nimm«, meinte Lars und riss ihn aus seinen Gedanken. Thomas griff mechanisch nach dem Glas Champagner, das sein Freund ihm unter die Nase hielt. »Auf die anmutige Schönheit der Frauen!«, rief Lars und erhob sein Glas. Er hatte die Worte noch nicht richtig ausgesprochen, als Trixis Kichern ertönte. Simone zog kaum merklich ihre Nase kraus, was sie in Thomas Augen ein kleinwenig sympathischer erscheinen ließ. ›*Ich hätte Lars davon abhalten sollen, für heute Abend weibliche Begleitungen zu organisieren*‹, sinnierte Thomas. ›*Was verdammt nochmal stimmt nicht mit mir?*‹

Die Konversation verlief dennoch ganz nett. Trixi trug zum Glück nicht viel dazu bei. Simone hingegen erwies sich als äußerst passable Gesprächspartnerin.

Trotzdem fragte er sich, warum er Lars nicht widersprochen hatte. Sie könnten jetzt in trauter Zweisamkeit mit Blick auf die Skyline von Derchen starren, ein kühles Bier vor sich und über Gott und die Welt philosophieren. Oder sie würden den Abend in Ruhe mit ein paar Freunden im *Hardt's* an der Theke genießen.

Mehr über sich selbst verärgert, wie sich der Abend gestaltete, entschuldigte sich Thomas höflich, um für ein paar Minuten auf die Gästetoilette zu flüchten. Die Tür hinter ihm fiel leise ins Schloss. Er drehte den Schlüssel um und blieb stehen. Still horchte er in sich hinein. Seine Laune war eindeutig im Keller und er sollte besser nach Hause fahren. Thomas trat ans Waschbecken und wusch sich die Hände, so, als könnte er damit seine schlechte Laune abwaschen. Ein leises Klopfen an der Tür erinnerte ihn daran, dass er nicht alleine war. »Alles okay bei dir?«, drang es gedämpft unter der Tür hindurch. Thomas trocknete sich die Hände ab und warf einen letzten Blick in den Spiegel. Er sah perfekt in seinem schwarzen Anzug aus. Auf die Krawatte hätte er verzichten können, doch ohne kam er sich mit dem weißen Hemd nackt vor. Seufzend öffnete er die Tür. Lars musterte seinen Freund und zog fragend eine

Augenbraue in die Höhe. »Was? Sieh mich nicht so an«, zischte Thomas. »Ich hatte gehofft …«

»Was hast du erwartet?«

»Na ja …«, meinte Thomas und fuhr sich mit der Hand über den Nacken, »ich dachte, wir verbringen einen gemütlichen Abend im *Hardt's*. Wenn ich gewusst hätte …«, er deutete dabei in Richtung Wohnzimmer, »… Dann wäre ich lieber ohne Begleitung mit dir ausgegangen.«

»Was ist los mit dir? Erst verkrümelst du dich wochenlang mit deinem Fall, dann willst du feiern, aber ohne Bräute? Die beiden sind heiß!«

»Klar sind die *heiß*. Aber ein kühles Bier wäre jetzt reizvoller.« Thomas glaubte nicht, dass Lars ihn verstand, er begriff ja selbst nicht einmal, was er da redete. Aber zu seiner Verwunderung nickte sein Freund. »Verstehe, du steckst in einer Krise. Das ist normal. Das haben wir alle mal. Mein Vorschlag lautet: Wir fahren jetzt in die Bar mit den Bräuten und warten ab, wie sich der Abend entwickelt.«

»Scheiß Plan, aber im *Hardt's* bekomme ich wenigstens ein kühles Bier und muss nicht an einem Glas Champagner rumnuckeln.«

»Danke für deine Offenheit. Erwarte jetzt aber nicht, dass ich applaudiere. Manchmal bist du ein echtes Arschloch, Herr Klein.« Sein Freund verließ die Gästetoilette. Thomas sah ihm mit einem schiefen Grinsen hinterher und folgte ihm. Er wusste, dass

Lars nicht beleidigt oder sauer auf ihn war. Sie waren Freunde, und denen sagt man die uneingeschränkte Wahrheit, egal wie hart sie ausfiel.

Simone

Leicht angesäuert stieg Simone in das Auto ein. Thomas hielt ihr dazu galant die Tür auf. Ein Glück, dass sie nicht mit Trixi auf dem Rücksitz vorliebnehmen musste. Spätestens da wäre es mit ihrer Geduld zu Ende gewesen. Schlimm genug, dass Thomas Klein sie den ganzen Abend auf Distanz hielt. Egal wie sie sich bemühte, ihm näher zu kommen, er blockte alle ihre Avancen ab. Bisher hatte sie den Medien wenig Glauben geschenkt, doch inzwischen hatte sie sich ein eigenes Bild von dem Staranwalt gemacht und das sah nicht besser aus, als das von der Presse publizierte. Thomas Klein war unnahbar. Sie hatte alles versucht, mit ihren weiblichen Reize gelockt, doch Klein reagierte nicht auf sie. Er blieb distanziert höflich. Und als wäre das nicht demütigend genug gewesen, hatte er sich für eine gewisse Zeit auf die Toilette verkrümelt. Der Mann war entweder aus Stein oder stockschwul. Wie sollte sie ihn unter den Voraussetzungen ins Bett bekommen?

Die Einladung für heute Abend kam überraschend und nicht von Thomas selbst, aber das war ihr egal. Sie hatte die Chance ergriffen. Wann bekäme sie sonst nochmal die Möglichkeit, Thomas Klein nahezukommen. Er war reich und was das Wichtigste dabei war, er war Junggeselle, mehr brauchte sie nicht zu wissen. Dennoch, der Abend fing erst an und es bestand die Chance, dass alles nach ihrem Plan verlief. Sie hoffte darauf, dass Thomas sie mit zu sich nach Hause nahm. ›*Das wäre wie ein Sechser im Lotto*‹, schoss es ihr durch den Kopf. Egal wie. Ihr Vorhaben musste klappen. Sie würde sich eben mehr anstrengen müssen, damit Thomas Gefallen an ihr fand. Wenn sie erst einmal in seinem Bett lag, würde sich der Rest von alleine ergeben. Abschätzend hielt sie ihre linke Hand ein Stück von sich und stellte sich einen funkelnden Diamantring an ihrem Ringfinger vor. ›*Thomas Klein ist die längste Zeit Junggeselle gewesen*‹, dachte sie, und ein siegessicheres Lächeln umspielte ihre Lippen.

Thomas

Gemütlich schlängelte sich Thomas mit seinem BMW Gran Coupé durch den abendlichen Straßenverkehr. Der Wagen war ein Zweitwagen, fünftürig, mit jeder Menge Platz und kam genau dann zum Einsatz, wenn er wie heute Abend in Begleitung von Freunden war. Wäre er nur mit Lars unterwegs, säßen sie jetzt in seinem Porsche. Sich seinen Gedanken hingebend, achtete er weder darauf, was auf der Rückbank passierte, noch bemühte er sich mit Simone eine höfliche Konversation zu führen. Erst als sein Handy eine eingehende Nachricht übermittelte, schenkte er der Umgebung wieder mehr Aufmerksamkeit. Lars alberte mit Trixi herum und Simone musterte ausgiebig ihre linke, ausgestreckte Hand. Thomas war im Begriff sie zu fragen, ob alles in Ordnung mit ihr war, doch in dem Moment schlug sie ihre langen Beine übereinander, sodass ihr Kleid verdächtig weit nach oben rutschte. Abrupt sah er zurück auf die Straße und ein zweiter Blick in ihr Gesicht zeigte, dass sie zufrieden lächelte.

Thomas lenkte seine Aufmerksamkeit wieder auf die Straße, denn je näher sie dem *Hardt's* kamen, desto dichter wurde der Verkehr. Simones Verhalten ärgerte ihn, doch er riss sich zusammen, ihr nicht gleich an Ort und Stelle den Wind aus den Segeln zu nehmen. Er war kein Dummkopf. Zudem regte sich ein ungutes Gefühl in seiner Magengegend. Aus der beruflichen Erfahrung heraus wusste er, dass das nichts Gutes zu bedeuten hatte. Ein weiterer rascher Blick auf Simone bestätigte seine Vermutung. Sie saß jetzt seitlich auf dem Beifahrersitz, ihr Gesicht und ihr Körper ihm zugewandt. In ihren Augen lag etwas Gieriges, ja fast schon Teuflisches.

***

Der Parkplatz vor dem *Hardt's* war gut gefüllt. Eine halbe Stunde später und die Autos würden bis auf die Straße stehen. Kreuz und quer geparkt, was niemanden störte. Nicht einmal die Polizei.

Thomas fuhr in eine freie Parklücke, öffnete gleich darauf die Fahrertür, lief um den Wagen herum und hielt Simone die Tür auf. Er achtete nicht auf ihren weiblichen Charme, den sie beim Aussteigen einsetzte. Thomas sah durch sie hindurch. Erst als Lars ihm die Hand auf die Schulter schlug, war er wieder im Hier und Jetzt. »Hey, was ist heute Abend los mit dir?«, fragte Lars im Flüsterton, sodass Trixi und Simone ihn nicht hörten, da sie ein paar Schritte hinter den beiden herliefen. Thomas war, ohne groß darauf zu achten, ob seine Freunde hinterherkamen, losmarschiert. Insbesondere Simone mit ihren halsbrecherischen Stöckelschuhen, hatte Mühe mit ihm Schritt zu halten. Es blieb ihr nichts anderes übrig, als langsamer zu laufen und somit den Anschluss zu verpassen.

»Entschuldige, heute ist nicht mein Tag«, erwiderte Thomas ebenso leise.

»Nicht dein Tag?«, echote Lars. »Wenn das nicht dein Tag sein soll, welcher ist es dann? Du hast einen aufsehenerregenden Rechtsstreit gewonnen. Schon vergessen?«

»Nein, habe ich nicht. Und als ich dich angerufen habe, hatte ich ja Lust zu feiern, nur eben jetzt nicht mehr«, bemerkte Thomas sachlich.

»Du hörst dich an wie ein bockiges Kind«, meinte Lars.

»Na und, das ändert nichts an den Fakten.«

»Immer ganz der Anwalt. Jetzt sag schon, was los ist. Langsam mach ich mir ernsthaft Sorgen um dich, Thomas.«

»Musst du nicht, Lars. Spendier mir ein kühles Bier und ich verspreche dir, meine Laune wird sich heben.«

»Wenns nicht mehr ist. Komm, lass uns auf die zwei Damen warten«, sagte sein Freund und hielt Thomas dabei am Arm fest. Innerlich seufzend blieb er stehen. Trixi hakte sich fröhlich bei Lars ein und Thomas lief langsam neben Simone her. Beim Betreten der Bar legte er unbewusst seine Hand auf ihr rückenfreies Kleid. Die Berührung ihrer nackten Haut löste keinerlei Regung in ihm aus. Er spürte nichts. Kein Kribbeln in den Fingerspitzen, keine Stromschläge, die durch seinen Körper rasten. Nada. Vielleicht stimmte ja doch etwas nicht mit ihm? ›Nein‹, korrigierte er sich gedanklich. Mit ihm war alles in Ordnung. Er war einfach nur in der Begleitung der falschen Frau.

Simone bemerkte die warme Hand an ihrem Rücken und setzte sofort ein strahlendes Lächeln auf.

Das war ihr Auftritt mit Thomas Klein. Jeder der Anwesenden sollte sehen, dass sie in seiner Begleitung war. Sie hob ihren Kopf ein Stück weit an und richtete sich kerzengerade auf. Von der Theke her waren die ersten Zurufe zu hören. Thomas wurde gehuldigt wie ein Star. Je näher sie dem Tresen kamen, desto strahlender wurde ihr Lächeln. Simone wurden die Umstehenden vorgestellt, dabei wich sie nicht von Thomas Seite.

Trixi war da offenherziger. Sie ließ sich mitten auf den Mund küssen und von jedem in den Arm nehmen. Einer der Männer grabschte ihr sogar an den Hintern, doch das störte weder Trixi noch Lars. Simone verabscheute ihr Auftreten.

Mit Argusaugen beobachtete sie Thomas. Sein Verhalten war reservierter, obwohl er sich unter Freunden und Bekannten bewegte. Den anwesenden Frauen gegenüber verhielt er sich höflich, aber dennoch distanziert, was Simone gefiel. Er gab ihr nicht den Eindruck, dass er ein Schürzenjäger war. Trotzdem störte es sie, dass er mit der weiblichen Konkurrenz Small Talk hielt. Sie ließ es sich nicht anmerken, aber wenn sie mit ihm verlobt wäre, würde sie ihm dieses Verhalten verbieten. Lächelnd hakte sie sich bei Thomas ein und erhob stumm ihren Besitzanspruch auf ihn.

2. Kapitel

Vivien

Das *Hardt's* füllte sich zunehmend und sprengte fast schon den Rahmen, weitere Gäste aufzunehmen. Dementsprechend stieg der Lärmpegel an. Eine angenehme Unterhaltung zu führen wurde zunehmend schwieriger und die begehrten Plätze an den Tischen waren sofort vergeben. Vivien, Mia und Bernard hatten Glück und saßen an einem kleinen Vierertisch mit Blick auf die Theke und den Eingang. Vees Chef unterhielt sich angeregt mit einem Bekannten, der am Nebentisch saß und Vivien erzählte Mia vom neuesten TV-Auftritt von Staranwalt Thomas Klein. »Denken Sie besser nicht junge Frau, überlassen Sie das Denken Menschen mit Verstand!«, ahmte sie ihn aufgebracht nach und als hätten ihn ihre Worte heraufbeschworen, betrat er mit einer aufreizenden Brünetten das Lokal. Dicht gefolgt von Lars Schellmann, seinem besten Freund, der ebenfalls in Begleitung war. Die Frau neben Thomas Klein hatte ein Dauergrinsen im Gesicht. Vivien fragte sich, ob die Dame an seiner Seite einen Krampf im Kiefer hatte und wenn ja, ob dieser schmerzhaft war.

»Kaum spricht man vom Teufel«, murmelte Mia und beobachtete das Quartett. Ihr Blick blieb an Lars Schellmann hängen, der sie ungeniert in Augenschein nahm. »Der lässt auch nichts anbrennen«, brummte Vee. Dabei warf sie einen prüfenden Seitenblick auf Mia. Sie fragte sich, ob ihre Freundin tatsächlich flirtete und knuffte sie in die Seite, um wieder ihre Aufmerksamkeit zu erlangen.

»Flirtest du etwa mit Schellmann?«, sprach Vee ihren Gedanken frei aus.

»Na und, er hat damit angefangen.«

»Er ist in Begleitung.«

»Das ist nur Trixi, also nichts Ernstes.«

»Woher willst du das wissen?«

»Hallo? Auf welchem Planeten lebst du, Vivien Maas? Das ist Trixi. Trixi hüpft von einem Kerl zum nächsten. Ja, sie ist heute Abend mit Lars Schellmann hier, aber das heißt noch lange nicht, dass sie mit ihm das Lokal auch wieder verlässt.«

Den Mund zu einer Erwiderung geöffnet, starrte Vivien ihre Freundin an, doch sie war sprachlos, was selten passierte. Regelrecht geschockt sah sie Trixi hinterher und beobachtete, wie sie sich zur Begrüßung von einem Kerl zum nächsten hangelte.

»Das ist widerlich, Mia.«

»Nein, das ist Trixi.« Ihre Freundin zwinkerte ihr zu. Vivien war bemüht, dem Spektakel um Thomas Klein nicht allzu viel Aufmerksamkeit zu schenken.

Doch es gelang ihr nicht. Immer wieder spähte sie zur Theke und beobachtete den bunten Haufen schillernder Persönlichkeiten. Soweit Vivien wusste, handelte es sich überwiegend um Kollegen. Dennoch, ein paar Gesichter waren ihr nicht geläufig. Sie hatte Mia gefragt, doch auch sie kannte nicht alle. Einige Gäste gratulierten TKT zu seinem Prozessgewinn, indem sie ihm lauthals ihre Glückwünsche über den Lärm hinweg zuriefen.

Ein gewisser Holger Passinger zog Thomas Klein an die Theke und klopfte ihm anerkennend auf die Schulter, gleichzeitig bewunderte er dessen Begleitung. Vee wunderte sich nicht darüber, denn die Frau besaß eine beachtliche Oberweite. Nicht, dass sie auf die Brünette neidisch wäre, nein, die Dame bestätigte nur ihren Eindruck, den sie von TKT besaß. Dennoch hätte Vivien zu gerne gewusst, wer die Frau war. Weder Mia noch Bernard kannten sie. Dafür erkannte ihr Chef die Person, die sich freudestrahlend an den Hals von TKT warf. Sie hieß Rita Nikolić und sie war Standesbeamtin. Ritas überschwängliche Begrüßung missfiel eindeutig TKTs Begleitung. Für Sekunden erstarb ihr aufgesetztes Lächeln und ihre Miene wurde todernst. Den Blick, den sie Rita zuwarf, war furchteinflößend. Vivien würde behaupten, die Frau war eifersüchtig. Neugierig musterte Vee sie daraufhin. Sie war attraktiv, das stand außer Frage, aber etwas an ihrer

Ausstrahlung störte Vivien. Schlagartig wurde ihre Aufmerksamkeit wieder auf TKT gelenkt und verächtlich verfolgte Vee das Schauspiel an der Theke. »Ich sagte doch, er wird gefeiert wie ein Popstar«, zischte sie Mia zu.

»Nun gönn dem Mann schon seinen Erfolg, Vee. Oder bist du neidisch?«, neckte Mia sie.

»Hey, auf wessen Seite stehst du?« Empört boxte Vee ihre Freundin spielerisch am Arm.

»Ist ja schon gut«, kicherte Mia. »Beruhig dich wieder. Ich verstehe die Medien ja.« Bevor Vivien ihr jetzt völlig durchdrehte, redete Mia hastig weiter. »Er sieht verdammt heiß aus. Sollte seine Karriere als Anwalt mal vorbei sein, kann er zu jeder Zeit als Model arbeiten.« Perplex starrte Vivien ihre Freundin an. Ihr fehlten die Worte. »Sieh mich nicht so entsetzt an«, verteidigte Mia sich. »Im Gegensatz zu dir bin ich nicht blind. Dein TKT sieht nun mal sexy aus.«

»Er ist nicht *mein* TKT«, knurrte Vee mit zusammengebissenen Zähnen. »Und zudem ist es mir schnurz egal, wie der Kerl aussieht. ICH KANN IHN NICHT AUSSTEHEN!«

»Bist du dir da sicher?«

»Ja, verdammt noch mal. Soll ich es dir vielleicht schriftlich geben und dazu noch buchstabieren?«

Plötzlich legte sich ein dunkler Schatten über den Tisch. Vivien sah auf und verstummte. Vor ihr

47

verharrte eine Bedienung mit einem Tablett in der Hand, auf dem zwei Gläser Weißwein standen. Sie beugte sich zu Vivien und meinte: »Kleiner Gruß von dem schwarzhaarigen, gutaussehenden Herrn dort an der Theke.« Vee folgte dem Finger der Bedienung und zog scharf die Luft ein. Der Staranwalt besaß doch tatsächlich die Frechheit, ihr und Mia einen Drink zu spendieren. Mia nahm ungeniert ein Glas entgegen. Vee hingegen weigerte sich und schüttelte ablehnend mit dem Kopf: »Nein, danke«, rief sie über den Lärm hinweg der Bedienung zu, doch die ließ sich nicht davon abhalten ihren Auftrag auszuführen, stellte achselzuckend das zweite Glas auf den Tisch und verschwand wieder in der Menge. Vivien warf TKT einen vernichtenden Blick zu, den er mit einem überheblichen Grinsen abtat. Er ging sogar so weit, dass er seine Bierflasche zum Gruß hob und einen kräftigen Schluck daraus trank. Mia schenkte ihm ein Tausend-Volt-Lächeln und prostete ihm ungeniert zu. Angewidert griff Vee nach ihrer Flasche und zeigte TKT die kalte Schulter. So bekam Vivien nicht mit, wie die Frau an Kleins Seite sie ins Visier nahm. War zuvor der Blick auf Rita Nikolić schon furchteinflößend, wirkte der auf Vee mörderisch.

Der Abend entartete allmählich zu einer wilden Party. Diejenigen, die noch anwesend waren, ließen sich von der Feierlaune von der Traube an der Theke anstecken. Mia, die nicht mehr still auf ihrem Stuhl sitzen konnte, meinte: »Jetzt komm schon Vee, gib dir einen Ruck. Lass uns an den Tresen gehen und feiern. Der Abend ist jung und schreit danach Spaß zu haben.«

»Vergiss es, Mia. Solange *er* dort steht, bringen mich keine zehn Pferde auch nur ansatzweise in die Richtung.«

»Du bist so eine Spaßbremse, Vee«, beschwerte sich Mia und nahm einen weiteren Schluck von ihrem Weißwein. Schmollend drehte sie dabei das Weinglas zwischen ihren Fingern hin und her. Die helle Flüssigkeit bildete einen kleinen Strudel und schien Mia für den Moment abzulenken. Genervt leerte Vee ihr Bier und warf einen Blick auf die Menschen an der Theke. TKT hörte angestrengt seiner brünetten Begleitung zu und schien alles um sich herum ausgeblendet zu haben. ›*Typisch Mann*‹, dachte Vivien. Denn der tiefe Ausschnitt der Frau versprach weitaus mehr, als sich nur den ganzen Abend zu unterhalten. Kein Mann würde sich diese Chance entgehen lassen. Jäh hob TKT den Kopf und hielt seine Flasche an den Mund, dabei blieb sein Blick an Vee hängen. Er verzog keine Miene, trank einen Schluck und starrte sie nur an. ›*Sieh weg!*‹, schrie alles in ihr, doch ihr Körper wollte ihr nicht gehorchen. Die Intensität mit der Thomas Klein sie anstarrte, zog Vee in den Bann. Aus einem ihr unerfindlichen Grund war sie uneingeschränkt auf den Staranwalt konzentriert. Weder das Stimmengewirr, noch die Musik, die im Hintergrund lief, lenkten Vee ab. In diesem Augenblick gab es nur den Mann mit dem süffisanten Grinsen an der Theke. Lauernd musterten sie sich gegenseitig. Keiner wagte es, als erster den Blick zu senken oder zu blinzeln. Es war wie ein stummes Duell aus der Ferne. Trotz der Entfernung glaubte Vee, eine Wildheit in seinen grauen, emotionslosen Augen zu erkennen. Viviens Herzschlag beschleunigte sich und ein kaum merkliches Flattern durchzuckte ihren Unterleib. Das verräterische Ziehen rief ihren Verstand auf den Plan und schlagartig war der Bann gebrochen. Überheblich zog Vee eine Augenbraue in die Höhe. Erst recht als sie bemerkte, wie TKTs Begleitung sie herablassend musterte.

Für einen Moment trotzte Vivien dem missbilligenden Blick der Frau. Verärgert über sich selbst, versuchte Vee ihre aufgewühlten Gefühle wieder in den Griff zu bekommen. Hektisch fächerte sie sich mit einem Bierdeckel Luft zu. Irritiert über die Situation, suchte sie Ablenkung und fragte Bernard, ob er ein Bier wollte. »Warum nicht, eins geht noch«, brummte er und lenkte seine Aufmerksamkeit wieder seinem Bekannten zu, der am Nebentisch saß. Die beiden steckten schon den ganzen Abend die Köpfe zusammen und lamentierten über vergangene Präzedenzfälle. ›Männer‹, dachte Vee.

Das laute Grölen, das von der Theke herüberdrang, erweckte ihre Neugierde. Holger Passinger, ebenfalls Anwalt, gab sein Bestes und erzählte einen Juristenwitz nach dem anderen. Die Menge lachte Tränen. Rita hatte eine derart prägnante Lache, dass es Vee unmöglich war, nicht darüber zu grinsen. Heimlich schielte sie dabei zu Mia und sah, wie ihre Freundin sehnsüchtig zu dem lustigen Haufen hinüber starrte. Sie verstand Mia ja. Sie war eine Frohnatur. Mia kannte weder miese Laune, noch hegte sie ernsthaften Groll gegen Menschen. Ihre Freundin genoss das Leben in vollen Zügen, flirtete auf Teufel komm raus und war auf ihre blauäugige Art und Weise glücklich. Manchmal beneidete Vee sie darum. Erst recht, wenn ein attraktiver Mann sich für sie interessierte, so wie in diesem Augenblick. Lars Schellmann, der beste Freund von TKT hatte es allem Anschein nach auf Mia abgesehen. Dabei störte es ihn kaum, dass er mit einer anderen Frau in der Bar war. Böse Zungen behaupteten, er wäre Kleins zweiter Schatten und ja, er sah verdammt sexy aus. Lars Schellmann war das komplette Gegenteil von Thomas Klein. Er war ein Sonnyboy, wie er im Buche stand. Sein Charme den er versprühte und die Fröhlichkeit, die er an den Tag legte, zog das weibliche Geschlecht an, wie das Licht die Motten. Es bereitete Vee Kopfschmerzen, wenn sie ihre Freundin dabei beobachtete, wie sie auf dem besten Weg war, sich bis über beide Ohren in Lars Schellmann zu verknallen. Erst recht, da es ihn nicht im Geringsten störte, dass Trixi sich ungeniert in Holgers Arme schmiegte. Sie ließ sich von dem Mann küssen und sah dabei bewundernd zu ihm auf. Wenn der ältere Anwalt seine Witze erzählte, stach ihr Lachen aus dem der anderen heraus. Lars interessierte das alles nicht, denn er hatte nur Augen für Mia. Er prostete Vees Freundin zu und schenkte ihr ein charmantes Lächeln, gleichzeitig winkte er sie zu sich. Vivien schüttelte sich innerlich und der Ausdruck Sodom und Gomorra bekam ein neues Bild.

Mia schmolz förmlich dahin und seufzend gab sich Vee einen Ruck. Sollte wenigstens ihre Freundin Spaß haben. »Na schön«, sagte sie. »Du hast gewonnen. Ich folge dir unauffällig an die Theke. Doch sollte TKT versuchen, mich anzusprechen oder nur in meine Richtung atmen, dann bin ich weg und du kannst alleine bei dem feiernden Haufen bleiben.«

»Ich wusste, du würdest deine Meinung ändern, Vee.«

»Ach ja, woher denn? Agierst du neuerdings als Orakel?«

»Nein, aber ich war mir sicher, weil du deinen Tiefkühlterminator zu gerne provozierst.«

»Hey, Moment mal, das ist nicht *mein* TKT!«, rief Vee ihr hinterher und schob ärgerlich ihren Stuhl zurück. »Verdammt, warum nur habe ich nachgegeben?« Über sich selbst verärgert folgte sie Mia, gab aber zuvor Bernard Bescheid, dass sie ihren Standort wechselten. »Macht das«, nickte er ihr zu und hielt sie abrupt am Arm zurück: »Vee?«

»Ja?«

»Nimm dich in Acht, Thomas Klein steht da vorne. Ich habe keine Lust dich aus einem Scharmützel zu befreien, dafür bin ich zu alt.«

»Danke Bernard, fall du mir auch noch in den Rücken. Warum glaubt alle Welt, ich hätte ein Problem mit TKT?«

»Du hast ein Problem mit ihm, Vee.«

»So ein Quatsch! Bloß weil ich ihn nicht leiden kann, heißt dass noch lange nicht, dass ich ihn gleich meucheln werde.« Bernard schob zweifelnd seine Augenbrauen in die Höhe und zog es vor zu schweigen. Vees Augen sprühten Funken, ein Zeichen dafür, dass sie mehr als wütend war. Ruckartig wandte sie sich um und gesellte sich zu Mia an die Theke.

»Hallo Vivien«, sagte Lars.

»Hallo Herr Schellmann«, entgegnete Vee, da ihr nicht bewusst war, dass sie mit ihm per du war. Ein

Blick auf Mia genügte und sie wusste, dass ihre Freundin dahinter steckte. So wie sie die beiden einschätzte, hatten sie die aufgesetzten Höflichkeiten auf Anhieb übersprungen.

»Was kann ich dir zu trinken holen?«, fragte Lars.

»Eine Cola, bitte.«

»Cola?« Entsetzt verzog Lars das Gesicht dabei.

»Ja bitte. Ich hatte schon ein Bier und der Abend ist noch nicht zu ende.«

»Auch wieder wahr«, stimmte er ihr zu und bestellte das Getränk. Vee nahm es dankend entgegen und prostete Mia und Lars zu. Letzterer legte selbstgefällig den Arm um Mia. Vee unterdrückte den aufsteigenden Impuls, ihn wegzuschubsen. Was bildete sich der Kerl eigentlich ein? Kam in weiblicher Begleitung hierher und grub zugleich Mia an. »Stört es deine Freundin nicht, wenn du fremde Frauen in den Arm nimmst?« Vee konnte nicht anders als ihm diese Frage zu stellen, sonst wäre sie vor Empörung geplatzt. Mia sah sie mit großen Augen an, doch Vivien ließ sich davon nicht abschrecken. Abwartend musterte Lars sie, grinste plötzlich breit und drehte sich zur Seite, um nach seiner Begleitung zu sehen. Trixi hing in Holgers Armen, was ihn nicht im Geringsten störte. Das war sie: Trixi, *everybody´s Darling*. Sie hieß jeden Mann, der ihr gefiel, willkommen. Dabei war es ihr egal, mit wem sie ursprünglich verabredet war. Durch ihr zügelloses Verhalten hatte sie schon so manche Schlägerei heraufbeschworen. Doch Lars wusste, worauf er sich mit ihr einließ. Heute war es Holger und morgen irgendein anderer Typ. Achselzuckend drehte er sich wieder zu Vee. »Ich denke nicht, dass es Trixi groß interessiert, wenn ich meinen Arm um Mia lege.« Dabei zwinkerte er ihr schelmisch zu.

»Ich wusste nicht, dass ihr eine offene Beziehung führt.« Vee bohrte weiter nach. So schnell ließ sie sich nicht abwimmeln.

»Wir führen keine Beziehung. Trixi hat eine Mitfahrgelegenheit gesucht, mehr nicht.« Lars zuckte gleichgültig mit der Schulter.

»So so, eine Mitfahrgelegenheit.« Zweifelnd schob Vee eine Augenbraue in die Höhe und nickte bedächtig.

»Vee, was soll das?«, fragte Mia und warf ihr einen warnenden Blick zu.

»Ich will nicht, dass du auf einen Womanizer hereinfällst.«

»So ein Quatsch, Vee. Lars und ich, wir lernen uns gerade erst kennen.«

»Moment mal.« Lars mischte sich jetzt ein. »Mia und ich, wir haben nur ein bisschen Spaß. Was ist daran so verwerflich?«

Eindringlich musterte Vivien ihn, so als könnte sie seine Gedanken lesen. Achselzuckend unterbrach sie schließlich den Blickkontakt. Lars schmunzelte siegessicher und wandte sich Mia zu. Diese schälte sich jedoch aus seinem Arm. Sie stellte sich vor Vee und zog ihre Freundin in eine herzliche Umarmung. Dabei flüsterte sie ihr ins Ohr: »Du musst dir keine Sorgen machen. Ehrlich. Ich pass schon auf, dass er nicht auf meinen Gefühlen herumtrampelt.«

Mia und Lars flirteten auf Teufel komm raus und Vivien kam sich wie das fünfte Rad am Wagen vor. Aus der Not heraus, hörte sie wohl oder übel Holgers ›humoristischen‹ Erzählungen zu, doch unter Humor verstand sie etwas anderes.

Vermutlich hatte Mia recht und sie war eine Spaßbremse.

Der Schnaps floss in Strömen. Die erste Runde fand Vee okay, die zweite ebenso, doch beim dritten Durchlauf lehnte sie dankend ab. Vivien vertrug keinen Alkohol, zumindest nicht in den Mengen, wie es andere taten. Zudem hatte sie bereits ein Bier getrunken, dazu die zwei Schnäpse und sie hatte ihr Quantum für heute erreicht. Sie war definitiv nicht mehr nüchtern.

Thomas

Thomas stand neben Simone und folgte nur halbherzig ihrem Redeschwall, dessen Inhalt in seinen Ohren zunehmend oberflächlich und banal klang. Ihn interessierten keine Anwaltsserien, die aktuell im TV liefen und erst recht nicht die Prozessfälle der superreichen Stars. Sein Interesse galt einzig und allein der Frau, die wenige Schritte hinter Simone stand. Vivien Maas. Er hatte sie genau in dem Moment entdeckt, als er mit den anderen das *Hardt's* betrat. Sie war wie ein Magnet, der ihn unbewusst anzog. Für Sekunden hatten sich ihre Blicke getroffen und aus ihren Augen war blanke Verachtung gesprüht. Der Drang, zu ihr zu laufen und sich zu rechtfertigen, für etwas das sie sowieso nicht hören wollte, wuchs von Minute zu Minute. Keine andere Frau zeigte ihm so offenkundig die kalte Schulter. Ihre spürbare Abneigung störte ihn. Mehr noch, er zwang sich dazu, ihr nicht an Ort und Stelle zu sagen, dass sie mit ihrer Meinung über ihn völlig daneben lag. Doch er unternahm nichts dergleichen, behielt sie nur wachsam im Auge. Vivien Maas war seiner Ansicht nach verbohrt und, durch die Medien hervorgerufen, voller Vorurteile. Sie besaß eine völlig falsche Vorstellung von ihm und er wusste nicht, wie er dieses Bild aus ihrem sturen Kopf bekommen sollte. Zudem ärgerte es ihn, dass Frau Maas sein ganzes Denken einnahm und er zunehmend unkonzentriert und reizbar wurde.

›*Vivien Maas ist mein Fluch und mein Untergang*‹, sinnierte er. Sie brachte es fertig, dass sein bis dato diszipliniertes Leben in Schieflage geriet. Und das Dumme daran war, dass er keinen Ausweg sah.

»Thomas? Thomas?«, rief jemand seinen Namen und schnippte energisch mit den Fingern vor seinem Gesicht herum. Es war Simone. Fragend sah sie ihn an. »Entschuldige, ich bin heute Abend ein miserabler Zuhörer«, sagte er diplomatisch und schenkte ihr ein entwaffnendes Lächeln. »Ja«, erwiderte sie leicht verschnupft. »Wenn ich dich mit meinem Gerede langweile, dann sag es mir.«

»Nein«, log er. »Vielleicht sollten wir uns zu den Anderen gesellen?«

»Ich weiß nicht«, zögerte Simone. »Wie wär es, wenn wir irgendwohin gehen, wo es nicht so laut ist?« Ihre Augen sprachen Bände, als sie zu ihm aufsah. Thomas wusste ihr Angebot zu schätzen, doch ihm war nicht nach Sex, nicht mit Simone Duvall.

Lächelnd lehnte er ab. »Das ist meine Feier, ich kann unmöglich jetzt schon nach Hause gehen.«

Simone war zutiefst gekränkt, das konnte er ihr ansehen. Demonstrativ blickte sie auf ihre Armbanduhr und auf die feiernde Traube an der Theke. Genervt zupfte sie sich einen imaginären Fussel von ihrem Kleid. Schließlich hörte er sie sagen: »Bitte entschuldige mich für einen Moment.« Simone wandte sich ab und lief in Richtung der Toiletten.

Thomas sah ihr nach, wie sie sich durch die Menge schlängelte. Ein paar Männer traten höflich zur Seite und schauten ihr interessiert hinterher.

Seufzend wandte er sich ab und bestellte sich an der Theke ein Wasser. Dankend nahm er die kleine, kühle Flasche entgegen und trank sie mit wenigen Schlucken leer. »Hey, warum trinkst du Wasser?«, meinte Lars neben ihm und legte lässig seinen Arm auf Thomas Schulter.

»Weil ich Durst habe.«

»Ach, komm schon Thomas, du willst dich nur nicht mit uns betrinken. Wo steckt überhaupt Simone?«

»Sie ist mal für ›kleine Mädchen‹ gegangen.«

»Dachte schon, du hättest sie vergrault.«

»Kann noch passieren, viel fehlt nicht mehr dazu.«

»Was hast du angestellt?«

»Nichts.«

»Wie? Irgendetwas musst du getan haben, wenn du sie fast vergrault hast.«

»Hast du nichts Wichtigeres zu tun, als mit mir über ›Madame Duvall‹ zu reden?«

Kopfschüttelnd drehte Lars sich um und sah zu Mia. Sie stand bei Vivien und unterhielt sich mit ihr, als sie seinen Blick bemerkte, schenkte sie ihm ein bezauberndes Lächeln.

Vivien drehte sich zur Seite, damit sie sah, wem Mia zulächelte. Das war ein blöder Fehler, denn sie schaute geradewegs TKT an, der neben Lars stand und griesgrämig zu ihr hinüber starrte. Sein typischer

Gesichtsausdruck veranlasste sie, ihm die kalte Schulter zu zeigen. Das Verhalten von Frau Maas ärgerte Thomas. Sein Blick verfinsterte sich um weitere Nuancen. »Alles okay bei dir?«, fragte Lars und stieß ihn mit dem Ellenbogen an.

»Ja«, log er heute Abend schon zum zweiten Mal. Nichts war okay, solange diese Frau in seiner Nähe war und ihn bewusst ignorierte. Intuitiv lockerte er seine Krawatte, nahm sie aber nicht ab. Er hatte plötzlich das Gefühl an seiner Wut zu ersticken. »Hier.« Sein Freund hielt ihm eine kleine Flasche Bier vor die Nase. »Ich glaube, die kannst du jetzt gebrauchen.« Wissentlich sah Lars zu Vivien und gleich darauf wieder zu Thomas. Der riss ihm das Getränk aus der Hand und nahm einen kräftigen Schluck. Sein Freund grinste amüsiert.

Thomas beobachtete Simone, wie sie sich einen Weg durch die Menge, zu ihm, bahnte. Er war zu den anderen aufgerückt und stand jetzt neben Holger, der den ganzen Abend schon Witze erzählte. Er bemerkte Simones Zögern, doch je näher sie ihm kam, desto breiter und strahlender wurde ihr Lächeln. Sie blieb neben ihm stehen und stützte sich lässig mit den Armen an seiner Schulter ab, gleichzeitig schmiegte sie sich von der Seite an seinen Körper.

»Da bin ich wieder.« Die Worte wisperte sie ihm ins Ohr und wartete vergebens darauf, dass er seinen

Arm um sie legte. »Soll ich dir etwas zu trinken organisieren?«, fragte Thomas stattdessen.

»Nein, danke.« Enttäuscht löste sie sich ein Stück von ihm.

»Was heißt hier *nein, danke*!«, rief Holger gekünstelt echauffiert. »Heute wird gefeiert, junge Dame. Da bleibt kein Auge trocken. Harry! Bitte einen Schnaps für die Schönheit hier. Ach was, eine Runde für alle!« Rita jauchzte vor Freude. Selbst Lars und Mia huldigten dem Spender. Einzig Vivien, Thomas und Simone stimmten nicht in den Jubel mit ein. Vivien, weil ihr bewusst war, dass sie Rücken an Rücken mit TKT und seiner Begleitung stand. Und Thomas, wegen Frau Maas, die ihn absichtlich ignorierte.

Simone trat ein Stück zurück und meinte zu Thomas: »Ich denke, es ist besser, wenn ich jetzt nach Hause gehe.« Zugegeben, es war eine lustige Feier. Kurz zögerte sie, doch letztendlich siegte die Vernunft. Sie war nicht trinkfest genug, um mit den anderen mithalten zu können, und ersparte sich besser, peinlich in Erscheinung zu treten. Sie sah Thomas tief in die Augen und sagte: »Ich würde dich gerne wiedersehen. Wie wäre es mit morgen Abend? Ein gemütliches Abendessen, nur wir beide?« Während sie sprach, war sie wieder näher an ihn herangetreten und legte ihre rechte Hand auf seine Brust. Thomas griff danach und wich ein Stück von

ihr weg, soweit es die Enge in der Menge zuließ.
»Danke für dein Angebot, Simone. Ich komme gerne
ein andermal darauf zurück, jedoch nicht morgen
Abend.« Thomas sah die Enttäuschung in ihren
Augen und für Sekunden etwas, das er nicht deuten
konnte und das ihm intuitiv zur Wachsamkeit riet.
Vielleicht hatte er sich getäuscht. Der Alkohol zeigte
allmählich seine Wirkung. »Soll ich dir ein Taxi
rufen?«, bot Thomas ihr an, doch Simone verneinte
dankend. Rasch beugte sie sich zu ihm und gab ihm
einen Kuss auf die Wange. Wortlos drehte sie sich um
und verließ die Bar.

Thomas

Während Thomas auf sein Bier wartete, beobachtete er weiterhin Vivien Maas. Er wusste, dass sie ihm absichtlich den Rücken zuwendete. Selbst als Holger den Schnaps an alle verteilte und jeder sich zuprostete, sah sie nicht ein einziges Mal in seine Richtung. Sie tat so, als wäre er unsichtbar. Ihr störrisches Verhalten entlockte ihm ein wölfisches Grinsen. Er bedankte sich beim Barkeeper für die Flasche Bier und steuerte auf Vivien Maas zu. Wenn sie meinte, ihn ignorieren zu müssen, dann hatte sie nicht mit seiner Entschlossenheit gerechnet. Er stellte sich direkt hinter sie, legte eine Hand auf ihre Schulter, beugte sich zu ihr und hauchte dicht an ihrem Ohr: »Netter Abend, Vivien, finden Sie nicht?«

Vee versteifte sich augenblicklich, als sie die große feingliedrige Hand auf ihrer nackten Schulter bemerkte. Instinktiv fiel ihr Blick darauf und beim Anblick der Männerhand, durchlief sie ein ungewollter Schauer. Sämtliche Synapsen in ihrem Hirn schalteten auf Alarmstufe. Erst recht, als ein warmer Atem ihr Ohr und ihren Hals streifte und sie die geflüsterten Worte registrierte. Abrupt hob sie den Kopf und sah in ein paar stechend hellgraue Augen. Eben dieser Blick, der sie schon den ganzen Abend unaufhörlich verfolgt hatten. Sie sah direkt in das Gesicht von Thomas Klein!

Wachsam musterte der Anwalt sie. Vivien Maas war eine begehrenswerte und sinnliche Frau. Sie zog ihn förmlich in ihren Bann. Er hatte gar keine andere Wahl gehabt, als sie zu berühren und ihre Reaktion abzuwarten. Sie war geschockt, das erkannte er an ihrem Gesichtsausdruck. Ihre Augen waren so klar und rein, wie ein Glas Whiskey, das man gegen das Licht hielt und dessen hellbraune Flüssigkeit darin funkelte. Thomas senkte seinen Blick auf ihren wohlgeformten Mund. Es reizte ihn, sie an Ort und Stelle zu küssen. Der Drang von ihren einladenden Lippen zu kosten, war verlockend, doch er beherrschte sich. Denn sollte er es wagen, sie jetzt zu küssen, bedeutete das für ihn lebenslänglich, in jeder Hinsicht. Die Vorstellung, sie niemals zu berühren und von diesen Lippen zu kosten, grenzte an Folter. Es wäre die sprichwörtliche Hölle auf Erden, und das würde er auf keinen Fall riskieren. Sein nahes Herantreten an sie war mehr als grenzwertig, daher löste er den Blick von ihrem Mund und betrachtete stattdessen ihr Gesicht. Viviens ebenmäßige Züge waren umrahmt von einer wilden Mähne aus braunen Locken, klein und korkenzieherähnlich, die ein stetiges Eigenleben pflegten. So wie jetzt, in dem sich einzelne Kringel aus ihrem hochgestecktem Haar lösten. Für Sekunden hörte die Welt auf sich zu drehen. Mit den Augen tasteten sie sich ab. Thomas stand nach wie vor hinter Vivien. Sein Gesicht ihr zugewandt. Sie hatte ihren Kopf zur Seite gedreht und sah ihn abwartend an. Prüfend, ja fast lauernd verharrten sie, bis Thomas von hinten angerempelt wurde und gegen Vivien stieß. Reflexartig schnellte seine Hand vor und hielt sie am Oberarm fest. Gleichzeitig schlang er seinen anderen Arm um ihre Körpermitte und presste sie an sich, damit sie nicht ins Straucheln geriet, vorwärts fiel und einen Dominoeffekt auslöste.

Durch den Zwischenfall aus ihrer Starre gelöst, wurde Vivien bewusst, welche Worte TKT ihr zugeflüstert hatte. Energisch versuchte sie, sich aus seiner Umarmung zu befreien, doch Thomas wollte sie nicht freigeben, aus Angst sie könnte trotzdem das Gleichgewicht verlieren und stürzen. »Halt gefälligst still, wenn du willst, dass ich dich loslassen soll.« Seine gezischten Worte bewirkten, dass Vivien abrupt innehielt. Ihr Brustkorb hob und senkte sich hektisch und Thomas lockerte langsam seinen Griff. Als er sicher war, dass sie sich nicht weiter wehrte, ließ er sie endgültig los.

Aufgebracht drehte Vivien sich zu ihm herum und sagte mit vor Zorn bebender Stimme: »Tun. Sie. Das. Nie. Wieder, Herr Klein. Außerdem: Für Sie, immer noch Frau Maas. Und richtig erkannt, Herr

Anwalt, bis vor zehn Sekunden hatte ich einen überaus netten Abend.«

Sie hatte ihre bevorzugte Abwehrhaltung ihm gegenüber eingenommen. Dennoch sah Vivien Maas bezaubernd aus in ihrem schwarzen Satinblusentop mit der locker hängenden Schleife an ihrem Dekolleté. Zu gerne würde er jetzt daran ziehen, nur um zu sehen wie das Satinband sich langsam löste. Stattdessen vergrub er seine Hände in den Hosentaschen. Ihre Krallen waren ausgefahren und somit jegliche vernünftige Unterhaltung passé. ›Schade darum‹, dachte er wehmütig. Dennoch beschloss Thomas, weiterhin auf Konfrontation zu gehen, und sprach Vivien mit ihrem Spitznamen an, den er ihr verpasst hatte. Er verglich sie mit einer Kiwi, außen pelzig und auf den ersten Blick abstoßend, doch im Innern fruchtig süß und wohlschmeckend.

»Kiwi, Sie sind eine Spaßbremse«, hielt Thomas ihr sachlich vor.

Empört schnappte Vee nach Luft. »Was erlauben Sie sich?«, platzte es aus ihr heraus. »Ich sagte doch, für Sie Frau Maas, Herr Klein.« Die Stirn in Falten gezogen, funkelte sie ihn wütend an. »Kiwi? Sehe ich etwa aus wie eine Kiwi?«, schürte sie weiter ihre Wut an. »Und wer hat Ihnen überhaupt erlaubt, mich anzufassen?«

»Praevalent inlicita«, erwiderte Thomas lakonisch lächelnd.

»Wie bitte?«

»Das ist ein Zitat von Tacitus und bedeutet soviel wie: ›*Was verboten ist, hat seinen besonderen Reiz.*‹«

»Ich verstehe den Zusammenhang nicht, Herr Klein. Was hat das mit Ihnen und mir zu tun? Ist mir irgendetwas entgangen?«

»Denken Sie nach, Kiwi. Seit Beginn der Menschheit hat das Verbotene einen gewissen Reiz. Bestes Beispiel Adam und Eva, die Vertreibung aus dem Paradies.«

»Das ist doch lächerlich. Sie reden wirres Zeug und sind betrunken.«

»Oh nein«, zur Bestätigung schüttelte Thomas den Kopf, »noch weiß ich was ich rede, Kiwi.«

»Nennen Sie mich nicht ständig Kiwi«, unterbrach Vee ihn energisch. »Sie … Sie … Tiefkühlterminator!« Die Sekunden verstrichen, in denen keiner sich rührte. Plötzlich brach Thomas in schallendes Gelächter aus. Nach Luft japsend stammelte er: »Tief… kühl… termi… nator… wo … wie?« Thomas brachte keinen vernünftigen Satz mehr zustande. Vivien hätte ihm zu gerne eine schallende Ohrfeige verpasst, doch sie standen schon im Fokus der Umstehenden und das Letzte, was sie wollte, war noch mehr Aufmerksamkeit zu erregen. Thomas wischte sich die Lachtränen aus den

Augenwinkeln und meinte: »Tiefkühlterminator? Ist das Ihr Ernst?«

»*Kiwi*, ist das Ihr Ernst?«, konterte Vee und entlockte Thomas damit ein schiefes Grinsen.

»Touché, Frau Maas«

»Wo steckt eigentlich Ihre Begleitung?«, suchend ließ Vivien ihren Blick schweifen, entdeckte die brünette Frau aber nirgendwo.

»Warum fragst du?« Thomas hörte bewusst auf sie zu siezen.

»Hat sie Ihnen einen Korb gegeben? Würde mich nicht wundern, bei Ihrer Arroganz.«

»Ach komm schon, Kiwi, fällt dir nichts Neues ein? Die Nummer mit der Arroganz und der Kaltherzigkeit hatten wir zu Genüge. Zudem lese ich fast täglich einen Artikel in der Zeitung darüber.«

»Jetzt hören Sie mir mal zu, Herr Klein«, meinte Vivien und pikste ihren Zeigefinger in TKTs Brust. »Ich habe Sie weder gebeten, in meine Nähe zu kommen, noch habe ich Sie ermuntert, mich anzusprechen. Das war einzig und alleine Ihre Entscheidung.«

»Glaubst du nur eine Silbe von dem, was du da redest?«

»Denken Sie Ihre Gesellschaft erfreut mich? Es gibt weitaus interessantere Herren als Sie. Männer mit Herz und Gefühl. Sie sind doch nur eine leere Hülle mit einem Klumpen Eis in der Brust.«

Das saß. Feindselig starrten sie sich an. Lars, der bis jetzt mit Mia geflirtet hatte und den beiden am nächsten stand, meinte: »Ach kommt schon Leute. Müsst ihr zwei euch unentwegt streiten? Es ist so ein netter Abend.« Dabei fiel sein Blick auf Mia, die ihm gegenüber stand und jetzt zu ihm trat, sodass er locker einen Arm um ihre Taille legen konnte.

»Ich habe nicht angefangen, zu streiten«, meinte Thomas und sah dabei herausfordernd zu Vivien.

»Das stimmt, Sie streiten nicht, sondern provozieren ja nur«, zischte Vee.

»Nehmt euch ein Beispiel an uns«, sagte Lars diplomatisch und deutete dabei auf Mia und sich. »Wir genießen den Abend, haben Spaß, lachen und sind glücklich. Das kann doch nicht so schwer sein?«

Thomas schenkte Vivien ein siegessicheres Grinsen. Sein Freund traf den Nagel auf den Kopf.

»Genau!«, rief Holger mit Trixi im Arm und alle anderen stimmten mit ein.

»Lasst uns darauf einen trinken«, grölte Rita, und hob ein leeres Schnapsglas in die Höhe. Jubelnd schlossen sich die Umstehenden an und Harry schenkte eine weitere Runde Schnaps ein. Thomas nahm von Lars ein Glas entgegen, doch Vee zögerte. »Nein, danke«, lehnte sie kopfschüttelnd ab. Mit Herrn Klein würde sie gewiss nicht anstoßen. »Jetzt stell dich nicht so an, Vivien. Nimm dir ein Beispiel an Mia«, meinte Lars und hielt ihr das Glas erneut unter die Nase. »Frau Maas ist sich scheinbar zu fein, um mit uns anzustoßen«, neckte Thomas sie. »Dein Stolz steht dir wie immer im Weg, Kiwi.« Herausfordernd sah er sie dabei an.

Tief sog Vee die Luft ein. Ihr Puls raste und der aufsteigende Zorn vernebelte ihr die Sinne. Trotzig griff sie nach dem Glas, trat einen Schritt auf TKT zu, reckte ihr Kinn und sah ihm direkt in seine eisgrauen Augen. Sein Anblick ließ sie erstarren. Die sonst darin liegende Kälte war einem lodernden Blick gewichen. Hastig blinzelte sie, doch die ungezügelte Leidenschaft in seinen Augen brannte wie Feuer auf ihrer Haut. Die Intensität raubte ihr den Atem.

Eine Woge von Gefühlen brach über sie herein, die sie nicht einzuordnen wusste. Ihr Herz raste wild in ihrer Brust. Und plötzlich tanzten Schmetterlinge in ihrem Bauch. Das ergab doch alles keinen Sinn. Irritiert schüttelte sie den Kopf. Das waren Sinnestäuschungen. Der Alkohol zeigte seine Wirkung. Sie sollte auf der Stelle nach Hause gehen.

»Kiwi?«, fragte Thomas leicht besorgt, nachdem sie ihn jetzt schon sekundenlang regungslos anstarrte.

Langsam, wie aus einer Trance erwachend, hob Vivien das Glas an ihre Lippen. Ohne ihn aus den Augen zu lassen, leerte sie es in einem Zug. Die umstehende Meute spendete Beifall. Einige stießen laute Pfiffe aus und grölten lautstark dazu. Thomas trank ebenfalls sein Glas leer, dabei bohrte sich sein Blick in ihren. Wie zwei Duellierende standen sie sich gegenüber, umringt von den Feiernden, und belauerten sich. Von den Umstehenden schrie jemand laut: »Küssen! Küssen!«

Gleich darauf stimmte der Rest mit ein. Im Chor riefen sie: »Küssen! Küssen!« Die rufenden klatschten dazu rhythmisch in die Hände und stampften mit den Füßen auf. Kurz: Die Menge um sie herum tobte, doch weder Vivien noch Thomas rührten sich.

Bernard

Das laute Pfeifen und Johlen, das von der Theke herüberdrang, weckte Bernards Interesse. Er entschuldigte sich bei seinem Gesprächspartner und näherte sich der feiernden Gruppe. Was er dort sah, bereitete ihm mehr als nur Kopfschmerzen.

»Ist das nicht Vivien?«, hörte er seinen Bekannten neben sich fragen.

»Wie sie leibt und lebt«, brummte Bernard.

»Läuft da was zwischen Klein und ihr?«

»Laufen würde ich das Ganze nicht nennen. Es ist eher ein kleines Machtspielchen zwischen den beiden.«

»Ach, so dramatisch?«

»Nenn es prekär. Dagegen ist ein Treffen mit *Freddy Krueger* ein Kindergeburtstag.«

»Ah, verstehe«, nickte Bernards Bekannter und klopfte ihm mitfühlend auf die Schulter.

»Ich wette, er gewinnt und schleppt sie heute noch ab.«

»Hm, ich weiß nicht«, überlegte er laut. »Sie ist verdammt stur und in der Hinsicht auf Klein unberechenbar.«

»Er gewinnt. Schlag ein, Bernard.«

»Um was wetten wir überhaupt?«, hakte Eddi vorsichtig nach.

»Ich will ja nicht so sein. Sagen wir, wenn ich gewinne – und ich werde gewinnen Bernard – zahlst du die Zeche.«

»Du bist dir deiner Sache aber verdammt sicher. In Ordnung, ich schlage ein, wenn du verlierst, zahlst du.«

»Einverstanden, Bernard.«

Zur Besiegelung schüttelten sie sich gegenseitig die Hand.

»Noch ne Runde?«, fragte Eddi. »Der Abend wird lang.«

»Bin dabei.«

An die Theke gelehnt, bestellten sie sich jeweils ein Bier. Kaum hatten sie angestoßen, entdeckte er Mia, in den Armen von Lars Schellmann. »Siehst du die Kleine dort, bei Schellmann?«

»Hm.«

»Sie ist das genaue Gegenteil von Vee. Eine wahre Frohnatur, und wie du siehst, glücklich in den Armen eines Mannes. Aber Vivien«, dabei deutete er mit der Bierflasche in der Hand auf Vee, »ist ein hoffnungsloser Fall. Ich verstehe nicht, was sie gegen Klein hat. Der Typ sieht gut aus, hat Geld, Erfolg und ist Single. Hab ich was vergessen?«

»Nee. Aber kapier einer die Frauen. Die wollen immer genau das Gegenteil von dem, was ihnen geboten wird.«

»Hm.« Zustimmend nickte Viviens Chef und stieß erneut mit seinem Bekannten an. Eine Weile starrten sie schweigend vor sich hin, bis sich Eddis Bekanntschaft kurz entschuldigte, um die Toilette aufzusuchen.

»Bernard! Da steckst du. Ich habe dich gesucht.«

»Hallo Mia, was ist so wichtig, dass du nicht ohne mich auskommen kannst?«

»Hast du nichts mitbekommen?«

»Was?«

»Na das da.« Mia deutete aufgeregt in Richtung Vivien und Thomas.

»Ach, das«, winkte er seufzend ab.

»Bernard!«, rief Mia entsetzt und stampfte mit dem Fuß auf. »Du musst sie da rausholen und Schlimmeres verhindern. Bitte.« Flehentlich sah Mia ihn an, doch Viviens Chef ließ sich nicht erweichen.

»Du weißt, wie stur sie ist, Mia. Selbst wenn ich wollte, könnte ich ihr in diesem Zustand nicht mehr helfen. Sie weiß, was passiert, wenn sie sich mit Klein anlegt und das daraus Konsequenzen auf sie zukommen können.«

»Sie tickt regelrecht aus, wenn sie auf TKT trifft. Vee ist dann nicht sie selbst und das Wort *Vernunft* existiert nicht mehr in ihrem Wortschatz.«

»Und du glaubst allen Ernstes, dass sie jetzt noch auf mich hört? Sie hat Alkohol getrunken, der lässt bekanntlich die Hemmschwelle sinken.«

»Du bist mehr als ihr Arbeitgeber, Eddi. Wenn ihr noch jemand helfen kann, dann du. Ich hab schon alles versucht, doch sie reagiert nicht auf mein Zureden.«

Verzeihend schüttelte Bernard den Kopf. Mia warf ihm einen letzten verzweifelten Blick zu. Ihr schwante Schlimmes. Vee war im Begriff die größte Dummheit ihres Lebens zu begehen – nämlich sich mit TKT anzulegen.

»Wir brauchen mehr Schnaps!«, rief Rita. »So wird das nix.«

Nach drei weiteren Runden hielt sich Vivien leicht schwankend am Tresen fest. Der Alkohol zeigte seine Wirkung. Sie war betrunken und kicherte darüber. TKT lehnte lässig an der Theke und grinste. »Was ist so lustig, Kiwi?«

»Lustig?«, meinte sie und prustete los. Sie lachte, bis ihr die Tränen kamen, dabei sah sie immer wieder zu TKT. »Es ist ja nett, Kiwi, dass ich zu deiner Erheiterung beitrage, aber es wäre lustiger, wenn ich mitlachen könnte.« Allmählich beruhigte Vee sich wieder. Sie zog ein Taschentuch aus ihrer Handtasche und tupfte sich die Augen trocken. Mit Sicherheit war ihre Wimperntusche verschmiert, doch das war ihr egal. Für wen sollte sie attraktiv aussehen? Etwa für TKT? Heimlich musterte sie ihn. Der Abend war auch an ihm nicht spurlos vorübergegangen. Sein perfektes Äußeres zerfiel allmählich. Zum ersten Mal sah sie ihn zerzaust und entspannt. Eine Haarsträhne seines nach hinten gegelten, rabenschwarzen Haares hatte sich gelöst und hing ihm in die Stirn. Die Krawatte, die er den ganzen Abend getragen hatte, steckte jetzt achtlos in seinem Jackett und baumelte zur Hälfte aus der Tasche. Vivien erhielt einen ausführlichen Blick auf einen freigelegten, muskulösen Hals und einen Teil dunkler Brusthaare. Die Ausstrahlung seiner Männlichkeit überwältigte sie. Seit wann fand sie TKT anziehend? War es möglich, sich jemanden schön zu trinken? Sie war definitiv nicht mehr Herr ihrer Sinne. Zeit, nach Hause zu gehen. Doch daraus wurde nichts, denn genau in dem Moment kam Lars zu ihnen, legte einen Arm um ihre Schulter, den anderen um seinen Freund und lallte: »Ich wette, ihr zwei schafft es nicht, euch eine Woche nicht zu streiten.«

»Das ist zu simpel, Lars«, nuschelte Rita dicht hinter ihm und hickste laut. »Die beiden müssten sich nur eine Woche aus dem Weg gehen. Nein.« Energisch schüttelte sie den Kopf dabei und krallte sich an Lars fest. »Das ist zu leicht.«

»Was ist zu leicht?«, fragte Holger und hielt Mia im Arm.

»Hey, Finger weg, das ist mein Mädchen!«, beschwerte sich Lars lauthals und zog Mia zu sich. Kurz darauf entbrannte eine heiße Diskussion und jeder redete wild durcheinander. Einzig Vivien und Thomas hielten sich raus. Sie lehnten beide an der Theke und lauschten den irrwitzigen Ideen. Unbewusst blies sich Vee immer wieder eine störrische Haarlocke aus dem Gesicht. Eine Weile beobachtete Thomas sie, bis es ihm zu dumm wurde und er sich zu ihr drehte, sodass er direkt vor ihr stand. Kurzerhand umfasste er ihr Kinn und hielt es fest, um mit der freien Hand, die Haarsträhne zu greifen und sie sanft hinter ihr Ohr zu stecken. Instinktiv schlug Vee nach ihm, verfehlte ihn aber. Ihre Reaktion und Koordination war leicht außer Gefecht gesetzt. »Lassen Sie das«, empörte sie sich und versuchte erneut nach ihm zu schlagen. Blitzschnell ergriff Thomas ihre Hand, hielt sie fest und beugte sich bedrohlich über sie. Mit den Augen taxierte er sie und wartete ab, bis er ihre volle Aufmerksamkeit besaß. Erst dann knurrte er warnend: »Noch einmal, Kiwi … und ich werde dich übers Knie legen und dir deinen süßen Hintern versohlen.« Seine stahlgrauen Augen bohrten sich dabei in ihre, und unter der Wirkung des Alkohols hörten sich seine Worte mehr wie ein verheißungsvolles Versprechen an, als wie eine Warnung.

Vivien und Thomas

»Ich habs!«, rief Lars grinsend. »Ich wette … Ich wette, dass Thomas und Vivien es nicht schaffen, eine gemeinsame Woche zu verbringen, ohne sich dabei zu zerfleischen. Wobei mit ›verbringen‹ meine ich, zusammen leben … in einem Haus.« Geschäftig deutete er mit dem Zeigefinger zwischen den beiden hin und her. Um seine Aussage zu untermauern, formten seine Lippen immer wieder das Wort ›zusammen‹, gleichzeitig zwinkerte er Thomas aufmunternd zu.

»Und ohne Sex zu haben.« Rita hickste laut. »Ein gewisser Schierich… Schwierigkeitsgrad muss sein, sonst isses zu simpel.«

»Aber küssen ist erlaubt«, warf Holger ein und gab Trixi, die wieder an seiner Seite stand, einen demonstrativen Kuss.

»Die Kunst liegt darin, der verbotenen Frucht zu widerstehen!«, rief Lars und sah dabei bedeutungsvoll zu Thomas, dessen sinngemäße Worte er vorhin aufgeschnappt hatte. Zudem erfreute es ihn, dass die anderen ebenfalls Gefallen an der Idee fanden. Selbst Mia lächelte verhalten. Einzig Thomas und Vivien starrten verständnislos in die Runde.

Alle Augenpaare waren auf das auserkorene Paar gerichtet und warteten geduldig auf eine Reaktion der beiden. »Moment mal, Leute«, ergriff Thomas letztendlich diplomatisch das Wort. »Habe ich das richtig verstanden? Ihr wollt, dass Kiwi und ich …«, dabei deutete er zwischen sich und ihr hin und her.

»Niemals!«, rief Vivien laut und richtete sich zu ihrer vollen Größe auf. Sie hob ihren Kopf, reckte ihr Kinn und hielt sich vorsichtshalber an der Theke fest.

»Das ist keine gute Idee«, murmelte Mia.

»Wieso?«, fragte Lars.

»Na weil sie TKT nicht ausstehen kann«, meinte Mia etwas zu laut und bemerkte somit nicht, dass Vivien ihr einen warnenden Blick zuwarf.

»TKT?«, hakte Lars nach und sah zwischen seinem Freund, Mia und Vee verständnislos hin und her. Thomas schwieg, doch um seine Mundwinkel zuckte es verräterisch. »Also … Na ja …«, stammelte Mia und sah dabei hilfesuchend zu Vee. Diese erstarrte für Sekunden und warf TKT einen prüfenden Seitenblick zu. Wie immer verriet seine Mimik nichts, deshalb erwiderte sie so würdevoll als möglich: »TKT ist die Abkürzung für Tiefkühlterminator.«

Stille. Niemand sagte ein Wort. Selbst Rita hatte aufgehört zu hicksen. Lars prustete als Erster los und riss die Umstehenden mit sich. Rita gackerte wie ein Huhn. Holger wieherte wie ein Pferd. Kurz: Alle bogen sich vor Lachen. Selbst Mia kicherte hinter vorgehaltener Hand und sah ihre Freundin entschuldigend an. Vee hingegen warf ihr einen ›*Was hast du angerichtet?*‹ – Blick zu. Sogar Bernard, der an der Theke stand, lachte Tränen.

Einzig Thomas riss sich zusammen und blieb ernst. Dunkel und bedrohlich, wie eine Gewitterwolke, baute er sich vor Vivien auf. »Ich wette!«, rief er in einer Lautstärke, sodass alle um ihn herum langsam verstummten. »Ich wette, dass Vivien Maas innerhalb einer Woche meinem Charme erliegt.« Sein durchdringender Blick nagelte Vee regelrecht fest.

Stille.

»Wiederhole das bitte nochmal?«, meinte Lars und wischte sich die letzten Lachtränen aus den Augenwinkeln.

»Ich sagte, ich wette, dass Vivien Maas innerhalb einer Woche meinem Charme erliegen wird.«

Vees erster Impuls war, Thomas Klein anzuschreien, ob er noch ganz bei Sinnen war, doch ihr kam kein Wort über die Lippen. Fassungslos blieb ihr der Mund offen stehen. Ihr vernebeltes Hirn suchte vergeblich nach einem sinnvollen Gegenangriff, aber das Einzige, das ihr einfiel, war ein gehauchtes: »Niemals.«

»Dann gilt die Wette«, hielt Holger die Lage sachlich fest und grinste beide an.

»Aber was ist denn der Wett… einsatz?«, fragte Rita und hickste.

»Einhunderttausend Euro!«, verkündete Thomas, ohne mit der Wimper zu zucken. Ein Raunen lief durch die Runde und verebbte. Niemand sagte mehr ein Wort. Nicht einmal ein Räuspern war zu hören, selbst Rita war gänzlich verstummt. Die eingetretene Stille hörte sich unheimlich an. Würde die Musik im Hintergrund nicht laufen, hätte man eine Stecknadel fallen hören. Entsetzt hatte es allen die Sprache verschlagen. Lars war derjenige, der sich als Erster von dem Schock erholte und leise durch die Zähne pfiff.

Vee erwachte aus ihrer Starre und schnappte empört nach Luft, doch ehe sie ihren Giftstachel ausfuhr, rief Thomas: »Sollte ich die Wette verlieren, werde ich das Geld für einen wohltätigen Zweck spenden. Es gibt Einrichtungen, die sich über eine finanzielle Unterstützung freuen.« Mit Argusaugen beobachtete er dabei Viviens Reaktion. Es wunderte ihn, dass sie nicht zu einem verbalen Gegenangriff ausgeholt hatte. Doch er gestand sich ein, dass selbst in seinen Ohren die Wette und der Wetteinsatz mehr als bizarr klangen. Wer verwettete schon mal eben einhunderttausend Euro um eine Frau in sein Bett zu bekommen?

Niemand außer ihm. Es war grotesk, unmoralisch und schlichtweg idiotisch. Sein Vorteil war, dass er es sich leisten konnte. Geld spielte in seinem Leben keine Rolle. Zum einen verdiente er genug und zudem hatte er das Vermögen seines Vaters geerbt. War er deswegen arrogant oder herzlos? Nein. Doch Frau Maas warf ihm genau diese beiden Eigenschaften unentwegt vor. Sein Ziel war es, sie vom Gegenteil zu überzeugen, koste es, was es wolle. Auch auf die Gefahr hin, sich dabei lächerlich zu machen. Ein Mann in seiner Position und mit seinem Aussehen hatte freie Wahl, was Frauen anbelangte. Doch nicht jede weibliche Person befriedigte ihn, im übertragenen Sinne. Ob Vivien Maas dazu in der Lage war, das hieß es herauszufinden. Der Einsatz war hoch und zugleich riskant. Doch er liebte die Herausforderung und bis zu einem gewissen Grad auch die Gefahr.

Lars trat auf Thomas zu, zog ihn an sich und klopfte ihm anerkennend auf die Schulter. »Du scheinst dir deiner Sache ziemlich sicher zu sein, TKT«, meinte er mit einem Augenzwinkern und einem Hauch Ironie in der Stimme. Thomas ahnte, dass Lars etwas im Schilde führte. Er kannte seinen Freund. Die Geste hatte nichts Gutes zu bedeuten, ebenso wenig wie sein selbstgefälliges Grinsen. Thomas wartete nicht lange auf seine Vermutung, denn Lars ließ ihn abrupt los und wendete sich an die anderen. »Was meint ihr?«, fragte er. »Ich für meinen Teil finde, wir sollten das Ganze schriftlich festhalten und ein paar Vertragsklauseln mit einfügen. Schließlich sind wir Anwälte.«

»Einspruch!«, rief Vee mit einem Anflug von Panik in der Stimme und erlangte damit die Aufmerksamkeit der Umstehenden, einschließlich Thomas. »Ihr glaubt doch nicht allen Ernstes, dass ich bei dieser irrwitzigen Wette mitspiele?« Abwartend sah sie in die Runde. Keiner sagte ein Wort und sie nutzte die Gelegenheit, um weiterzureden. »Das vergesst mal alle schnell. Niemals, ich betone: Niemals, werde ich mich auf diesen Mann hier einlassen.« Sie deutete mit ausgestreckten Zeigefinger auf ihren Kontrahenten. Instinktiv trafen sich ihre Blicke. TKT musterte sie unverwandt. *Ist ja klar, dass Herr Staranwalt sich nicht in die Karten schauen lässt.* Wut und Verzweiflung brachen sich ihre Bahn und Vee wäre am liebsten schreiend aus dem Lokal gerannt. Warum geriet sie immer wieder in derartige Situationen? Allen voran mit TKT?

Weil du dein Hirn nicht einschaltest und dein loses Mundwerk zügelst, Vivien Maas, verfluchte sie sich selbst.

Die darauffolgende Diskussion trug nicht gerade dazu bei, dass Vivien sich besser fühlte. Im Gegenteil, plötzlich drehte sich alles um sie herum. Schuld war nicht nur der Alkohol, auch die sich überschlagenden Ereignisse des Abends setzten Vivien zu.

Thomas bemerkte, wie sie sich haltsuchend an der Theke anlehnte. Ihr sonst selbstbewusstes

Auftreten brach in sich zusammen. Er handelte spontan aus dem Bauch heraus und zog Vivien auf die Seite. Jetzt hatten sie ein wenig Abstand zu dem schnatternden Haufen.

»Hey, alles okay mit dir?«, fragte er und ließ sie nicht aus den Augen.

»Okay? Nichts ist mehr in Ordnung. Was haben Sie sich nur dabei gedacht, eine derartige Wette auszusprechen?«

»Ich ...« Thomas verstummte und fuhr sich frustriert mit der Hand durch sein Haar.

»Einhunderttausend Euro! Das ist doch lächerlich. Diese ganze Wette ist … ein Witz«, empörte sich Vee.

»Du lässt einem ja keine andere Wahl. Würdest du mit mir ausgehen, wenn ich darum bitten würde?«, fragte Thomas sie und kam ihrem Gesicht ein Stück näher. Wie eine Beute in die Enge getrieben und kurz vor dem Todesstoß, wagte Vivien einen letzten verzweifelten Versuch. »Nein. Für kein Geld der Welt würde ich mit Ihnen ausgehen wollen«, entgegnete sie hitzig. Ihr vor Zorn glühender Blick sprach Bände.

So kam er nicht weiter. Thomas musste sich etwas anderes einfallen lassen. Vivien Maas hatte sich wieder unter Kontrolle. Nichts deutete mehr auf ihren kleinen Schwächeanfall hin. Aus ihren Augen sprühte ihm ihre ganze Verachtung entgegen und eine steile Falte zeichnete sich auf ihrer Stirn ab. Dennoch zog es Thomas systematisch zu ihr hin. Und zwar so nah, dass sich ihre Nasenspitzen fast berührten. Hitzig und trotzig zugleich hielt Vee seinem Blick stand. »Warum?«, fragte er dicht über ihren Lippen schwebend. Ihr Duft vernebelte ihm die Sinne. Er wusste nicht, wie lange er ihr noch widerstehen konnte.

»Ich kann Sie nicht ausstehen. Ihre ganze überhebliche, selbstgefällige Art geht mir gehörig auf die Nerven«, schleuderte sie ihm verachtungsvoll entgegen. Ihre Worte ergossen sich wie Eiswasser über ihn. Dennoch wich Thomas keinen Millimeter zurück. Im Gegenteil, er behielt seine Position bei und zischte: »Ich hatte dich nicht für derart oberflächlich gehalten, Vivien Maas. Du glaubst allen Ernstes den ganzen Schund, den die Presse über mich verbreitet? ›*Vorurteile sind das Kind der Ignoranz*‹ Das hat schon William Hazlitt gesagt, Frau Maas.«

Vivien schwirrte der Kopf. TKTs Nähe und sein männlich herber Duft reizten ihre aufgekratzten Nerven. Sie fühlte sich zugleich angezogen und abgestoßen von ihm. Heiße und kalte Schauer jagten durch ihren Körper und beschleunigten ihren Herzschlag. Unverwandt sah sie ihm in die Augen und sein intensiver Blick erregte sie. Erneut drohte sie den Halt zu verlieren. Ihre Knie gaben nach und instinktiv krallte sie sich an TKTs Jackett fest. Sie sah ihm dabei die ganze Zeit ins Gesicht.

»Du bist eine miserable Lügnerin, Vivien Maas. Du läufst vor deinen eigenen Gefühlen davon. Stur wie du bist, willst du es dir nicht eingestehen, dass du einen Funken Sympathie für mich empfindest.« Thomas ließ seinem Frust freien Lauf und zeigte ihr ein selbstgefälliges Grinsen. Viviens Augen hatten sie verraten. Es war nur ein kurzes Aufflackern gewesen, doch es genügte ihm, um die tiefe Sehnsucht und den Hunger nach mehr darin zu erkennen. Vivien Maas begehrte ihn! Hätte er sie nicht mit Argusaugen beobachtet, wäre es ihm entgangen, aber so hatte er sie. Mehr brauchte er für den Moment nicht zu wissen.

Seine harten Worte glichen für Vivien einer schallenden Ohrfeige. Abrupt ließ sie ihn los und trat hastig einen Schritt zurück. Sein herablassender Blick sprach Bände. Langsam schüttelte sie den Kopf. »Nein«, zischte sie zornig. »Da liegen Sie völlig falsch, Herr Klein. Ich laufe nicht vor meinen Gefühlen davon, im Gegensatz zu Ihnen besitze ich wenigstens Gefühle. Sie sind nur eine hohle Phrase, nichtssagend und bedeutungslos.«

»Stopp!«, unterbrach Holger die beiden, riss sie aus ihrem Disput und verhinderte zugleich Schlimmeres.

»Wir haben den perfekten Fahrplan für euch.«

»Genau«, mischte sich Lars ein.

Irritiert sah Vivien Thomas' Freund an.

»Das wird eure sogenannte *Ehe* auf Probe«, meinte dieser sachlich. »Für eine Woche testet ihr zwei aus, wie es ist zusammen zu *Überleben*.« Das letzte Wort betonte er und brachte die anderen damit zum Lachen. »Halt, Stopp Leute, ich war noch nicht fertig. Solltet ihr die Woche lebend überstehen …«, mit den Augenbrauen wackelnd sah Lars die beiden an, »… dann stünde einer richtigen Hochzeit nichts mehr im Wege. Oder was meint ihr dazu?« Fragend sah er in die Runde. Einstimmige Zurufe erklangen und Holger imitierte den berühmten Hochzeitsmarsch.

Thomas sah dem Schauspiel eine Weile schweigend zu, schließlich stieß er einen schrillen Pfiff aus, um sich Gehör zu verschaffen. »Du hast da eine Kleinigkeit vergessen, Lars«, sagte er, als er die Aufmerksamkeit aller hatte. »Vivien Maas kann mich nicht ausstehen. Ich behaupte sogar, dass sie mich hasst.«

»Papperlapapp«, mischte sich jetzt Bernard ein. Inzwischen war er mindestens genauso angetrunken wie der Rest der Beteiligten. Er hatte still den ganzen Irrsinn aus dem Hintergrund verfolgt. Doch jetzt hatte er genug davon. Er hatte gesehen, wie sich Vivien Stück für Stück, knietief in den Schlamassel manövriert hatte.

»Eddi!«, rief Vee entsetzt. »Was redest du da?«

»Ich spreche die Wahrheit und nichts als die Wahrheit, Vee. Dein ganzer Tagesablauf richtet sich nach diesem Mann da aus«, dabei deutete er mit dem Zeigefinger auf Thomas. »Ich höre immerzu, Thomas Klein hat jenes gesagt und dies getan. Das geht den ganzen langen Tag so. Du bist besessen von diesem Mann, Vee.«

»Und du bist betrunken, Bernard.«

»Na und, du siehst auch nicht mehr nüchtern aus.«

»Ich dachte, wir sind Freunde?«

»Wir sind sogar mehr als das, Vee. Ich bin es einfach nur leid, dir ständig deinen Hintern zu retten. Du hast dir die Suppe eingebrockt, löffel sie gefälligst auch aus.«

»Du fällst mir in den Rücken, Bernard.«

»Nein Vee. Ich sehe es als Chance.« Sein Blick ruhte auf ihr. Mit seinen dunklen Augen sah er sie beschwörend an. »Lerne Herrn Klein kennen. Gib dir diese eine Woche, in der du herausfindest, wer dieser Mann ist. Sollte es mit euch nicht funktionieren, kannst du dich freuen, dass er sein Geld an eine Einrichtung spenden wird. Es liegt bei dir, mach was draus.«

Unsicher sah Vee in die Runde. Sie kam sich vor wie eine Hexe, die kurz davor stand auf dem Scheiterhaufen verbrannt zu werden. Ihr Blick blieb an Mia hängen, die sich an Lars schmiegte. Beschämt senkte sie die Augenlider und wich ihr aus. ›So viel zum Thema beste Freundin‹, dachte Vee enttäuscht. »Ihr seid doch alle verrückt!«, schrie sie zu ihrer Verteidigung und bahnte sich einen Weg durch die Menge.

»Vivien, warte!«, rief Thomas ihr hinterher und Vee stoppte abrupt. Langsam drehte sie sich zu ihm um. Mit schief geneigtem Kopf musterte sie ihn. Dieser Mann schaffte es, sie immer wieder auf die Palme zu bringen. Schlagartig nahm die irrwitzige Idee, mit ihm für eine Woche zusammenzuleben eine reizvolle Gestalt an. Näher als in dieser Zeit würde sie ihm nie mehr kommen. Sie war felsenfest davon überzeugt, dass sie ihm widerstehen konnte. Obwohl, gerade nagte ein kleiner Funke namens Zweifel an ihr. Vor allem, weil Thomas Klein sie mit diesem vielsagenden Blick bedachte, mit dem er sie heute schon mehrmals angesehen hatte. Das irritierende Gefühl schob sie jedoch rasch auf Seite. ›Eine Woche‹, überlegte sie. Danach wären ihre Koffer wieder gepackt und der Herr Staranwalt für immer aus ihrem Leben verschwunden. Zudem würde sein Bankkonto um einhunderttausend Euro erleichtert sein. Für einen kurzen Moment empfand sie Mitleid mit ihm. Doch gleich darauf hörte sie sich fragen: »Wie lautet der Vertrag?«

3. Kapitel

Vivien und Thomas

Freitag Morgen

Das laute Pochen in ihrem Kopf, oder war es das Klopfen an einer Tür, riss Vivien aus einem schrecklichen Alptraum. Stöhnend rollte sie sich auf den Rücken und legte den Unterarm über ihren Kopf, doch das Geräusch ließ nicht nach. Aus der Ferne hörte sie eine dumpfe Stimme rufen: »Zimmerservice!« Es dauerte ein paar weitere Sekunden bis ihr vernebeltes Gehirn das Gesagte verarbeitet und eingeordnet hatte. Sie grübelte, warum überhaupt jemand an ihre Schlafzimmertür klopfte. In ihrer Überlegung unterbrochen, hörte sie plötzlich neben sich ein Genuscheltes: »Schick den Zimmerservice weg, Kiwi. Er soll später nochmal kommen.«

Schneller als ihr Kreislauf es zuließ, schoss Vivien in die Höhe. Sie drehte sich zur Seite und sah auf den nackten Oberkörper eines Mannes, der seinen Kopf unter dem Kissen vergraben hatte. Entsetzt sah sie an sich herunter, nur um festzustellen, dass sie ebenfalls halb nackt war. ›Oh, mein Gott!‹, schoss es ihr panisch durch den Kopf. Hektisch sah sie sich um.

Sie war nicht zu Hause, sondern in einem Hotel. Jetzt ergab auch der Zimmerservice einen Sinn. Rasch wickelte sich Vivien die dünne Zudecke um den Körper und sprang aus dem Bett. Das entpuppte sich als fataler Fehler, denn sofort drehte sich alles. So schnell wie sie aufgesprungen war, so rasch ließ sie sich wieder zurück plumpsen. Der Schwindel verflog, doch ihre Kopfschmerzen und die Übelkeit blieben. Sie verfluchte sich selbst dafür, dass sie gestern zu viel Alkohol getrunken hatte. Das änderte allerdings nichts an dem Umstand, dass sie einen mordsmäßigen Kater hatte. Was jedoch weitaus schlimmer war, war die Tatsache, dass sie halb nackt neben einem Mann aufgewacht war. Sie hatte keine Ahnung, wie sie hierher gekommen war. Und vor allem mit wem. Vorsichtiger als beim ersten Mal stand sie auf und wartete, bis sich ihr Kreislauf an die veränderte Position angepasst hatte. Verwirrt sah sie sich um und suchte langsam ihre verstreuten Kleider zusammen.

Dabei wurde sie jäh von einer ihr bekannten Stimme unterbrochen. »Wo willst du hin?«, ertönte es mürrisch vom Bett her und Vivien drehte sich in Zeitlupe um. »Nein«, hauchte sie und schüttelte ungläubig den Kopf.

Thomas Klein saß notdürftig bedeckt in dem Bett, aus dem sie zuvor geflüchtet war. ›*Bitte liebes Schicksal, sag dass das nicht wahr ist. Ich stecke in einem Alptraum und wache jeden Moment auf*‹, hielt sie einen inneren Monolog, doch nichts dergleichen geschah. TKT starrte sie finster an und zeigte keinerlei Anstalten sich zu bedecken. ›*Na schön*‹, dachte sie und hob trotzig ihr Kinn. »Herr Klein …«

»Thomas, ich heiße Thomas und soweit ich mich erinnere, waren wir beim Du angelangt«, unterbrach er sie übellaunig.

»Herr Klein, was immer letzte Nacht zwischen uns … vorgefallen ist, es hat nichts zu bedeuten.«

»So, hat es nicht?« Seufzend schwang Thomas die Beine aus dem Bett. Panisch drückte Vivien die Augen zu. Das Letzte was sie jetzt gebrauchen konnte, war, Mr. TKT splitterfasernackt zu sehen.

Thomas baute sich unmittelbar vor ihr auf. Ein Schmunzeln huschte über seine Lippen, als er sah, dass sie krampfhaft ihre Augen geschlossen hielt. »Sieh mich an, Kiwi«, sagte er, doch sie rührte sich nicht. »Bitte«, fügte er sanfter hinzu. Vivien öffnete zunächst nur ein Auge und checkte sozusagen die Lage. Sein Oberkörper war nackt, den Rest hielt er – wie sie – mit der Bettdecke verdeckt.

»Scheinbar kannst du dich an nichts mehr erinnern«, stellte Thomas sachlich fest. Ertappt schüttelte Vivien den Kopf und bereute es zugleich. Ihr wurde erneut schwindelig. Ihr Hirn war wie vernebelt, einzelne Erinnerungsfetzen jagten wie Blitze durch ihren Kopf, doch nichts davon ergab einen Sinn. Hinzukam, dass ihr der Albtraum, den sie gehabt hatte, immer noch in den Gliedmaßen steckte und ihr eine Heidenangst einjagte. TKT spielte eine große Rolle darin, aber auch daran erinnerte sie sich nicht mehr so genau. Plötzlich durchfuhr sie blanke Panik. Was, wenn der Albtraum gar keiner war, sondern Realität? Letztendlich war sie neben ihm aufgewacht, halb nackt, dazu verkatert. Ihr graute es vor der Wahrheit und dem Ausmaß. Das Wort ›*Konsequenz*‹, spukte ihr durch den Kopf. Krampfhaft überlegte sie, in welchem Zusammenhang es stand. Bernard.

Er war es, der ihr gesagt hatte, dass sie mit den Konsequenzen zu leben hatte. *Mist!* Sie würde Herrn Klein nie mehr in die Augen sehen können, ohne dabei vor Scham im Erdboden zu versinken.

Thomas nahm eine ihrer widerspenstigen Locken zwischen seine Finger und spielte damit. Reflexartig wollte Vivien seine Hand wegschlagen, doch sein drohender Blick ließ sie innehalten. Zitternd atmete sie ein und stellte die unausgesprochene Frage: »Was ist letzte Nacht passiert?«

Undurchdringlich musterte Thomas sie. Die Sekunden verstrichen, ohne, dass er ein Wort sagte. Das ungute Gefühl nahm zu und Vivien hatte Mühe, die aufsteigende Übelkeit zu unterdrücken.

»An was kannst du dich erinnern, Kiwi?«, fragte er und sah sie weiterhin mit diesem seltsamen Blick an. Unbewusst langte Vivien sich an die Stirn und rieb darüber, so als käme damit ihre verlorengegangene Erinnerung zurück. Doch da waren nur Gesprächsfetzen von einer irrwitzigen Wette und einem Vertrag, die ihr immer wieder durch den Kopf schwirrten. Deshalb sagte sie vorsichtig: »Eine Wette und ein Vertrag?« Zustimmend nickte Thomas. »Und weiter?« Frustriert schüttelte Vivien den Kopf und bereute es im selben Augenblick. Erneut drohte ihr Kreislauf schlapp zu machen. Sie hatte gestern Abend eindeutig zu viel Alkohol getrunken und insgeheim schalt sie sich eine Idiotin, dass sie derart die Kontrolle über sich verloren hatte. »Setz dich, Kiwi«, sagte er. »Bevor du mir zusammenklappst und …« Abrupt hielt er inne. Er wartete, bis sie sich gesetzt und ein wenig mehr Farbe im Gesicht hatte. »Ich habe einhunderttausend Euro gewettet, dass du innerhalb einer Woche meinem Charme erliegst.«

Erschrocken keuchte Vivien auf und schlug sich die Hand vor den Mund, gleichzeitig schüttelte sie immer wieder ungläubig den Kopf. Sie schmeckte Galle und unterdrückte einen Würgereiz. So schnell es ihr möglich war, stolperte sie in das angrenzende Bad und übergab sich.

Am ganzen Körper zitternd, kniete Vivien vor der Toilette und hielt sich daran fest. Ihr Magen gab nichts mehr her, doch der Würgereiz schien nicht zu enden. Ein leises Klopfen an der Tür erinnerte sie, dass sie nicht alleine war.

»Gehen Sie«, sagte sie mit zittriger Stimme. Ihr Körper war zu geschwächt. Vergebens. Die Tür öffnete sich und TKT kam herein. Sie hörte, wie er etwas auf dem Waschbecken abstellte, den Wasserhahn auf und zu drehte und kurz darauf ein zischendes Geräusch ertönte. Zu allem Überfluss kniete er sich jetzt neben sie und legte ihr ein nasses Handtuch in den Nacken, gleichzeitig drückte er ihr einen Waschlappen in die Hand und lehnte sie an die Duschwand. Er schloss den Klodeckel und betätigte die Spülung. Wortlos lief er zum Waschbecken und kam mit einem Glas zurück. Wieder kniete er sich neben sie und sagte mitfühlend: »Hier trink das, Vee, dann geht es dir gleich besser.« Vorsichtig stützte er sie und half ihr ein paar Schlucke zu trinken.

Die Flüssigkeit schmeckte scheußlich, aber in der Hoffnung, dass es ihr helfen würde, trank sie tapfer das Glas leer. »So ist es brav«, murmelte er. »Du ruhst dich jetzt ein wenig aus, danach reden wir.« Mühelos hob er sie auf die Arme und trug sie zurück in das Schlafzimmer. Vorsichtig legte er sie auf das Bett und betrachtete sie schweigend. Vergebens kämpfte Vivien gegen die Müdigkeit und

95

Erschöpfung an. Letztendlich verlor ihr geschwächter Körper den Kampf. Entkräftet fielen ihr die Augen zu und ihre ruhigen Atemzüge verrieten Thomas, dass sie eingeschlafen war.

›*Sie ist so wunderschön*‹, sinnierte er. Und für eine Woche würde sie ihm gehören. Eine tiefe Genugtuung erfasste ihn. Langsam beugte er sich über sie und hauchte ihr einen Kuss auf die Stirn. Vivien Maas besaß schöne lange Wimpern und ebenmäßige Gesichtszüge. Kurz, sie war makellos. Bis auf eine steile Falte, die sich zwischen ihren Augen bildete, wenn sie wie jetzt, missmutig die Stirn runzelte. ›*Selbst im Traum scheint sie mich zu hassen*‹, stellte Thomas seufzend fest. Für einen Moment sah er ihr beim Schlafen zu, dann erhob er sich resigniert und lief ins Bad. Er stellte sich unter die Dusche und drehte das Wasser auf. Der eiskalte Strahl ließ ihn kurz nach Luft schnappen, dennoch wich er nicht zurück. Langsam wurde es wärmer und seine schmerzenden Muskeln entspannten sich allmählich. Unwillkürlich ließ er den gestrigen Abend Revue passieren.

Der Abend war alles andere als normal verlaufen. Verärgert schnaubte Thomas. Lars mit seiner bescheuerten Wette! Er war noch so dumm gewesen und auf den Zug mit aufgesprungen. Die Summe von einhunderttausend Euro, war wie aus dem Nichts, in seinem vernebelten Verstand aufgetaucht. Er hatte nicht vorgehabt, diesen Gedanken laut auszusprechen, doch ein Blick in Viviens' Maas unergründliche Augen und seine Zunge hatte sich verselbstständigt. Es war wie ein Zwang. Die Frau ließ ihn nicht mehr rational denken. In ihrer Nähe übernahmen seine Gefühle das Kommando. Er war wie besessen von ihr.

Sollte er froh darüber sein, wie es gelaufen war? Wäre die Wette nicht gewesen, würde Vivien Maas jetzt nicht in dem Bett nebenan liegen. Den Kopf schüttelnd und die Hände gegen die Wand gestemmt, stand er regungslos unter der Dusche. Irgendwie war alles aus dem Ruder gelaufen. Er wollte Vivien Maas lediglich aus der Reserve locken. Daraus geworden ist ein Spektakel. Nachdem Vee die entscheidende Frage gestellt hatte ›*Wie lautet der Vertrag?*‹, überschlugen sich die Ereignisse.

Lars war diejenige gewesen, der den Vorschlag mit dem Vertrag gemacht hatte. Er war der Meinung, dem Ganzen, einen extra Anreiz damit zu geben. Bevor jedoch die Vereinbarung unterschrieben wurde, floss weiterhin reichlich Alkohol. Wobei sich Thomas bewusst zurückgehalten hatte. Er hatte sogar auf Vivien eingeredet, dass sie das Ganze abblasen sollten und erst über den weiteren Verlauf der Wette verhandelten, wenn sie beide wieder nüchtern waren. Doch stur wie Frau Maas war, hatte sie dagegen gesprochen. Sie hatte sogar im Gegenzug ihr Strandhaus in Italien gesetzt.

Thomas war sich nicht sicher, ob Vivien das mit dem Vertrag für bare Münze gehalten hatte oder mehr für einen üblen Scherz. Denn sie hatte lebhaft mit Lars und Holger über den Inhalt diskutiert. Nichtsdestotrotz saßen alle Beteiligten an einem der Tische und sahen zu, wie er und Vivien den Vertrag unterzeichneten. Erst da wurde ihm bewusst, was für eine Schnapsidee sie in die Tat umgesetzt hatten. Vivien Maas würde ihm die Hölle auf Erden bereiten. ›Zu Recht‹, dachte er. Nachdem das Dokument unterschrieben war, kam es zum allgemeinen Aufbruch. Es wurden zwei Taxis bestellt. Holger und Trixi teilten sich den ersten Wagen mit Rita. Lars und Mia entschieden sich, mit der S-Bahn zu fahren, wobei Bernard meinte, er müsste seine Frau aus dem Bett klingeln. Letztendlich blieb ihm nichts anderes übrig, als das letzte Fahrzeug mit Vivien zu teilten. Vee war zunächst zögernd auf dem Gehweg stehen geblieben. Er hatte sie gefragt, was los sei, und sie besorgt am Arm berührt. Sie musste ihren Kopf in den Nacken legen, um ihn anzusehen. Nervös hatte sie sich über die Lippen geleckt. Das war der Moment, der ihn jegliche Vernunft auf Seite schieben ließ. Langsam hatte sich sein Mund ihren Lippen genähert. Doch bevor es zu einem Kuss kam, floh Vee in das Taxi. Kaum, dass sie beide im Wagen saßen und er dem Fahrer eine Adresse zu einem Hotel in Derchen genannt hatte, war Vivien neben ihm eingeschlafen. Sie hatte sich an seine Schulter gelehnt. Vorsichtig hatte er einen Arm um sie gelegt und ihren Kopf in seine Armbeuge gebettet. Ihre rechte Hand legte sich wie von selbst auf seinen Oberkörper. Die Geste wirkte vertraut und sein Herzschlag beschleunigte sich. Vivien Maas weckte eine unbekannte Sehnsucht in ihm. Mehr noch, sie hielt sein Herz in der Hand.

***

Vivien erwachte erneut, doch dieses Mal nicht durch das stetige Klopfen vom Zimmerservice, sondern vom gedämpften Gemurmel einer männlichen Stimme, die aus dem Nebenraum zu ihr drang. Leise stand sie auf und lauschte an der Tür. »Ich sagte doch, Sie sollen das prüfen«, herrschte TKT jemanden ungeduldig an. Vivien stieß die Tür auf und krallte ihre Hände schützend in das Bettlaken in dem sie seit heute Morgen eingewickelt war. TKT drehte sich überrascht zu ihr um. Mit einem gemurmelten: »Ich rufe später zurück«, beendete er das Telefonat. Schweigend sahen sie sich an.

»Was auch immer gestern passiert ist, ich will das sie das rückgängig machen. Sie sind Anwalt. Ich bestehe darauf, dass sie den Vertrag anfechten«, durchbrach Vivien die Stille. Müde rieb sich Thomas über das Gesicht. »So leicht ist das nicht, Kiwi. Wir haben beide hoch gepokert.«

»Gepokert?«, fragte sie verständnislos.

»Na ja, nicht gepokert im eigentlichen Sinne. Zugegeben die Wetteinsätze sind immens. Zudem haben wir beide den Vertrag unterschrieben.«

»Wir waren betrunken. Das alleine sollte für eine Anfechtung ausreichen.«

Verlegen kratzte sich TKT am Kopf. »Das geht nicht.«

»Warum nicht?«

»Vertragsklausel.«

»Ich glaube Ihnen kein Wort.«

»Setz dich, Kiwi«, sagte er und kramte in seinen Unterlagen auf dem Schreibtisch herum. Er zog ein DIN-A4-Blatt hervor und reichte es ihr.

Vivien las den Vertrag gleich dreimal. Fassungslos sah sie zu TKT und schüttelte den Kopf. »Nein! … Oh nein, das ist doch alles nicht wahr! Ich habe das Haus meiner Tante verwettet? Dieser Vertrag kann unmöglich gelten? Einhunderttausend Euro?« Völlig entgeistert sah Vee von dem Stück Papier auf.

»Das sind die Fakten«, nickte Thomas.

»Aber …« Den Tränen nahe, senkte Vivien den Kopf und starrte wieder auf den Zettel in ihrer Hand. Wie sollte sie das ihrer Tante Tilli beibringen? Ihre

Gedanken überschlugen sich und sie bemühte sich krampfhaft, sich an den gestrigen Abend zu erinnern, aber außer ein paar zusammenhangslosen Erinnerungsfetzen war da nichts.

»Okay«, sagte Vee und versuchte sachlich an die Lage heranzugehen. »Wir sind zwei erwachsene Menschen mit einem gesunden Menschenverstand.« Bei ihren Worten zog Thomas zweifelnd eine Augenbraue in die Höhe. Vee wischte seine Geste unwirsch mit einer Handbewegung zur Seite und lief in dem kleinen Raum hin und her. »Wie dem auch sei. Was spricht dagegen, wenn wir diesen Vertrag verbrennen? Kein Vertrag, keine Wette. Wir tun so als wäre das alles nie passiert.«

»Netter Versuch, Kiwi. Du vergisst die Zeugen.«

»Zeugen?«

»Ja.«

»Ach ja, die Zeugen«, meinte Vee und langte sich mit der flachen Hand an die Stirn. Ein paar verschwommene Gesichter tauchten vor ihrem geistigen Auge auf, die jedoch schnell wieder verschwanden. Deshalb fragte sie: »Wer sind gleich nochmal die Zeugen?«

»Na alle, die gestern dabei waren.«

»Ah, okay«, gab Vee kleinlaut zu verstehen, sich nicht eingestehend, dass sie eine riesengroße Gedächtnislücke hatte. Schweigend nahm sie ihren Marsch durch den Raum wieder auf.

»Kannst du nicht auf deinem süßen Hintern sitzen bleiben, Kiwi? Deine Rennerei macht mich nervös.«

»Ich kann nicht denken, wenn ich still auf einem Stuhl sitze.«

»Und ich kann nicht nachdenken, wenn du halb nackt vor mir herumläufst«, donnerte er los. Vivien schoss die Schamröte ins Gesicht. Oder war es doch eher die Wut, die ihre Wangen rot färbte? Erhobenen Hauptes schritt sie an TKT vorbei in das angrenzende Schlafzimmer. »Bernards Frau hat dir eine Tasche mit frischer Kleidung und anderem Krimskrams vorbeigebracht. Ich denke, es ist besser, wir reden weiter, wenn du dich angekleidet hast.« Wortlos schnappte sich Vee die Tasche und betrat das angrenzende Badezimmer. Mit einem lauten Knall warf sie die Tür hinter sich ins Schloss. Thomas sah, wie sich dabei ein kleines Bild von der Wand im Schlafzimmer löste. Es fiel krachend auf den Nachttisch und traf die darauf stehende Lampe. Die demzufolge scheppernd zu Boden polterte. Stumm verfolgte Thomas das Szenario. Aus einem ihn unerfindlichen Grund, brach er in schallendes Gelächter aus.

Vivien

Freitag Vormittag

Frisch gestylt und angezogen betrat Vee das kleine Arbeitszimmer, das an das Schlafzimmer angrenzte. TKT telefonierte und wies sie an, Platz zu nehmen, doch sie dachte nicht daran und blieb stehen. Nachdem er das Gespräch beendet hatte, sah er sie nachdenklich an. »Setz dich, Kiwi«, sagte er und es klang nicht nach einer höflichen Bitte. Wie aus Trotz blieb Vivien stehen. ›War ja klar‹, dachte Thomas verstimmt, wie sonst sollte sie auf seinen Wunsch reagieren. Ihr überheblicher Blick, der auf ihn gerichtet war, sprach für sich. »Na schön, dann eben nicht«, seufzte Thomas, des Kampfes müde, und erhob sich, um den kleinen Schreibtisch zu umrunden und sich lässig dagegen zu lehnen. Die Beine überkreuzt und die Arme vor der Brust verschränkt, musterte er sie abwegig. »Ich fasse unsere Situation mal zusammen«, sagte er und ließ Vee nicht aus den Augen. Abwartend hielt er inne, ob sie irgendwelche Einwände erhob. Doch sie nickte kaum merklich und Thomas redete weiter: »Das Verzwickte in unserem Fall ist, dass wir eine Wette abgeschlossen und diese durch einen Vertrag besiegelt haben, vor beziehungsweise mit Zeugen.«

»Unser Fall kann unmöglich rechtsgültig sein. Wir waren alle betrunken und nicht mehr Herr unserer Sinne«, entgegnete Vee und verschränkte ebenfalls die Hände vor der Brust. Schweigend starrten sie sich an. Thomas gab sich einen Ruck und meinte: »Das stimmt, aber unsere ›Freunde‹ ...«

»Ihre Freunde«, unterbrach Vee ihn harsch und deutete drohend mit dem Zeigefinger auf Thomas. Völlig unbeeindruckt setzte er fort: »... haben dafür gesorgt, dass wir aus diesem Vertrag und der Wette nicht herauskommen. Ich habe den ganzen Morgen vergeblich nach einem Ausweg gesucht.«

»Aber ...«, stammelte Vee, doch dieses Mal ließ sich Thomas nicht unterbrechen und redete unbeirrt weiter.

»Selbst wenn wir uns einigen sollten, die Wette und den Vertrag als Nonsens abzutun, wären da immer noch unsere sogenannten ›Freunde‹.« Abwartend hielt er inne und Vivien zog fragend eine Augenbraue in die Höhe. Das nahm Thomas zum Anlass, seinen Monolog fortzusetzen.

»Sie haben sich in den Kopf gesetzt, dass wir das hier durchziehen. Eine Woche zusammenleben und am Ende ...« Nachdenklich verstummte er. Er wusste selbst nicht, was ihn nach dieser Woche mit Vivien erwartete oder was sich die anderen dadurch erhofften. Mit Sicherheit würde es kein Happy End geben. Er wäre schon froh, wenn sie sich bis dahin nicht zerfleischen würden.

»Warum haben Sie die Wette angenommen?«, fragte Vivien ohne Umschweife und beobachtete ihn wachsam. Einzelne Fragmente von gestern schossen ihr wie Blitze durch den Kopf und füllten allmählich die Erinnerungslücken. Ihr Blick ruhte nach wie vor auf ihm, nicht vorwurfsvoll oder wütend, eher neutral mit ernsthaftem Interesse.

Genau diese Frage hatte er sich heute Morgen auch gestellt. Immer und immer wieder rief er sich das schlichte Wörtchen *Warum* ins Gedächtnis, doch er kam auf keine Antwort. Fakt war, dass Vivien Maas ihn hasste und das wiederum wurmte ihn. Er hatte instinktiv gehandelt, als er die Wette aussprach. Er wollte sie provozieren, sie aus der Reserve locken und hatte nicht mit diesem Ausmaß gerechnet. Für ihn war Vivien Maas eine Herausforderung, die es galt zu bewältigen. Zugegeben keine leichte Aufgabe, aber dennoch machbar.

Vivien Maas sollte ihm am Ende der Woche nicht mehr mit Verachtung begegnen. ›*Hoffentlich …*‹

»Warum?«, unterbrach sie seine Gedanken und ihr Blick flehte ihn um eine Antwort an. Ihre plötzliche Verletzlichkeit kroch ihm unter die Haut und er fühlte sich wie ein Monster. ›*Du bist ein Narr, wenn du glaubst, dass du eine Frau wie Vivien Maas durch eine Wette erobern könntest*‹, meldete sich die

Stimme der Vernunft in ihm. Leider kam die Erkenntnis zu spät und er hatte keine Ahnung, wie er aus dieser Nummer wieder herauskam. Er zählte sich selbst zu den sogenannten Siegertypen. Das Wort Niederlage existierte nicht in seinem Wortschatz. Von frühester Kindheit an wurde ihm eingetrichtert, Erfolg sei der Schlüssel für ein glückliches Leben. Nur wer hart arbeitete und den benötigten Ehrgeiz besaß, schaffte es, auf der Karriereleiter nach oben zu steigen.

Demnach waren diese beiden Eigenschaften seine Steckenpferde. Soweit die Theorie. Die Praxis sah bei weitem anders aus. Durch seine Beharrlichkeit und seinen unermüdlichen Fleiß hatte er stets sein Ziel erreicht. Doch zu welchem Preis? Bedeutete ein gewonnener Prozess zugleich glücklich zu sein? Sein bisheriges Leben hatte ihm das vorgespielt, bis er auf Vivien Maas traf. Sie war die große Ausnahme, die unbekannte Gleichung in seinem Leben. Die Wette war Fluch und Segen zugleich. Strategisch war sie so angesetzt, dass er Vivien Maas erobern sollte, um ihr zu zeigen, wer er wirklich war. Der Preis dafür war hoch und der Einsatz riskant, doch ihm war jedes Mittel recht. Was am Ende für ihn zählte, war das Ergebnis, nämlich Vivien Maas für sich zu gewinnen und die Kluft, die zwischen ihnen stand, zu überbrücken. Vivien sollte lernen, ihm zu vertrauen und ihre Abneigung ihm gegenüber ad acta zu legen.

Er war nicht der Feind, den es galt zu besiegen. Er hoffte darauf, ihr das in dieser einen Woche zu beweisen.

»Nun …«, sagte Thomas zögerlich. Er hielt dabei ihrem Blick stand und rieb sich verlegen den Nacken. »Ich schätze, dass der Alkohol mein Urteilsvermögen vernebelt hat.« Ihr fragender Gesichtsausdruck verwandelte sich in Verzweiflung. Unruhig wanderte er auf und ab, auf der Suche nach den passenden Worten. »Herrje, Kiwi, sieh mich nicht so an. Glaubst du, ich bin zufrieden mit dieser Situation?«, fauchte er los, frustriert darüber dass sie ihn noch verzweifelter ansah. »Eine Woche mit dir unter einem Dach leben und …«, plötzlich brach er mitten im Satz ab und seine gequälte Miene sprach Bände. Seine Worte ließen sie aus der Haut fahren. »Nennen Sie mich nicht immerzu Kiwi. Mein Name ist Vivien Maas, für Sie Frau Maas! Sie … Sie … aufgeblasener, selbstverliebter Gockel.« Wütend wandte Vee sich von ihm ab, um den Raum zu verlassen. In dem Moment klingelte ihr Handy. Erschrocken fuhr sie zusammen und hielt in der Bewegung inne. »Willst du nicht rangehen?«, fragte Thomas. Verärgert griff Vee in die hintere Hosentasche ihrer Jeans und zog das Handy heraus. »Ja?«, meldete sie sich harsch und warf dabei Thomas einen mörderischen Blick zu.

»Begrüßt man so seine Tante?«, hörte sie Tilli sagen. Vivien wich jegliche Farbe aus dem Gesicht.

Sie fühlte sich auf der Stelle ertappt und schuldig im Sinne der Anklage. Vee drohte den Halt zu verlieren, da ihre Beine sich schlagartig in Pudding verwandelten.

»Tante Tilli?«, krächzte sie mit einem fetten Kloß im Hals und ließ sich auf einen der Sessel plumpsen. Mit zittriger Hand rieb sie sich über die Stirn. »Rufe ich ungelegen an, Vee? Ich kann mich auch später noch mal melden.«

»Nein, nein!«, rief Vee hastig und ihre Stimme überschlug sich fast dabei.

»Ist alles in Ordnung mit dir?«, fragte ihre Tante besorgt.

»Ja, mir geht es gut, Tilli.« Sichtlich gefaster nahm Vee Haltung ein, setzte ein Lächeln auf und meinte: »Ist bei dir alles okay?«

»Natürlich, Schätzchen. Ich bin zwar steinalt, dennoch will mich der Herrgott nicht in seinem Himmel haben und dem Teufel bin ich anscheinend zu lasterhaft. Es bleibt mir nichts anderes übrig, als ewig auf dieser Erde zu verweilen.« Vee schmunzelte über ihre Bemerkung. Es war nicht das erste Mal, dass sie diesen Satz von sich gab. Tilli war unverbesserlich und Vee liebte ihre Art von Humor. Ein betretenes Schweigen setzte ein und ihre Tante fragte: »Wo steckst du? Ich hatte bei Bernard angerufen, doch der meinte nur, dass du heute aus gegebenem Anlass später anfängst. Habe ich etwas verpasst?«

»Nein … Außendienst … ähm… Erkundigungen … ich bin dabei Erkundigungen einzuholen, für einen aktuellen Fall«, stammelte Vivien und automatisch traf ihr Blick auf den von Thomas. Er lehnte hinter dem kleinen Schreibtisch an der Fensterbank, hatte die Arme verschränkt und schmunzelte über sie. ›Idiot!‹, dachte Vee verärgert. Nachdem ihr ungehaltener Blick in seine Richtung, ihn nicht dazu brachte mit dem Grinsen aufzuhören, griff sie nach dem erst besten Gegenstand und warf damit nach ihm. In diesem Fall war es ein Buch, ein Paragraphenbuch, das ihn nur knapp verfehlte, weil er sich zur Seite duckte. Mit ihrer Aktion hatte sie genau das Gegenteil erreicht. TKT prustete lauthals los, sodass Tilli misstrauisch fragte: »Ist das etwa ein Mann, der da im Hintergrund lacht?«

»Also … Na ja … ja, das ist ein Mann, aber das ist nicht so, wie du denkst«, flüsterte Vee und drehte sich von Thomas weg.

»Ach, was denke ich denn?«, fragte Tilli lauernd.

»Du ziehst völlig falsche Schlüsse.«

»Das kannst du deiner Großmutter erzählen, Vee. Ich freu mich für dich, Kindchen. Ich dachte schon, du endest als alte Jungfer.«

»Tante Tilli!«, rief Vee fassungslos.

»Was? Nur weil ich alt und schrumpelig bin, heißt das noch lange nicht, dass ich gefühlstot bin. Ich erzähle dir seit Jahren, du sollst das Leben genießen, solange du jung bist.«

»Aber ich …«

»Nichts für ungut, Vee, ich will euch nicht länger stören. Ach ja, warum ich überhaupt anrufe … Hast du in den nächsten Tagen Zeit, um mit deiner alten Tante eine Tasse Tee zu trinken?«

»Du störst nicht, weil da nichts ist«, sagte Vee mit Nachdruck. »Aber ja, ich komme gerne vorbei. Wie wäre es mit heute?«

»Gerne, wenn die Stimme im Hintergrund nichts dagegen hat. Oder besser: Bring ihn doch mit, damit ich ihn kennenlernen kann.«

»Tilli. Da läuft nichts zwischen …«, zischte Vee und als sie zu TKT sah, zog der nur breit grinsend eine Augenbraue in die Höhe. »… Vergiss es, Tante Tilli. Ich komme heute Nachmittag vorbei. Bis später.« Vee legte auf. So würdevoll wie möglich erhob sie sich aus dem Sessel und ihr hitziger Blick veranlasste Thomas, ergeben die Hände zu heben. »Hey, ich hab nichts getan. Sieh mich nicht so an, Kiwi«, verteidigte er sich und schon wieder zuckte es verdächtig um seine Mundwinkel.

»Ich heiße Maas, Vivien Maas!«, zischte sie mit zusammengebissenen Zähnen. »Sie sollten Ihr Gedächtnis mal auf Alzheimer untersuchen lassen.«

Thomas ließ sich nicht auf ihre Bemerkung ein. Er stieß sich von der Fensterbank ab, umrundete den Schreibtisch und kam vor ihr zum Stehen. »War das deine Tante, von der du das Haus hast?«, fragte er mitfühlend. Mit einem Mal war Vees aufsteigender Zorn verpufft. Sie schluckte heftig. ›*Er hat schöne Augen*‹, schoss es ihr durch den Kopf und die ungewohnte Wärme in seinem Blick löste seltsame Gefühle in ihr aus. Für gewöhnlich mochte sie keine hellgrauen Iriden, sie wirkten stechend und kalt, insbesondere bei ihm. Doch in diesem Moment verlor sie sich darin. Irritiert über ihre Empfindung und die Erkenntnis, trat sie einen Schritt zurück, doch der Sessel hinter ihr brachte sie ins Straucheln. Thomas packte sie am Arm und zog sie mit einem Ruck an sich, woraufhin sich ihre Leiber berührten. Vee hob den Kopf und sah zu ihm auf. Ihr einziger Gedanke war: ›*Lauf so schnell du kannst oder du bist für immer verloren.*‹

Thomas hielt sie weiterhin an sich gedrückt und bemerkte ein kaum merkliches Zittern, das von ihrem Körper ausging. Es war so leicht und zart wie der Flügelschlag eines Schmetterlings. Forschend musterte er ihr Gesicht und versuchte den Ausdruck in ihren Augen zu deuten. Flackerte darin Begehren? Ihre Iriden hatten sich um Nuancen verdunkelt, was sein Verlangen nur noch mehr schürte. Wenn er jetzt nicht Abstand nahm, würden seine Gefühle das

111

Kommando übernehmen. Kurz: Er würde sie küssen. »Es ist besser, wenn du jetzt gehst, Vee«, sagte er ruhig, doch in seinem Inneren tobte ein Sturm. »Wir reden später weiter.« Abrupt ließ er sie los und lief in das angrenzende Schlafzimmer. Er benötigte Abstand von ihr. Eine Sekunde länger in Viviens Nähe und er hätte all seine Beherrschung über Bord geworfen.

Vee sah ihm wie in Trance hinterher, unfähig auch nur eine Silbe über ihre Lippen zu bekommen. ›*Was war das?*‹, fragte sie sich und rieb unbewusst ihre nackten Arme. Sie hatte eine Gänsehaut und fröstelte, aber nicht vor Kälte, sondern weil wohlige kleine Schauer ihren Körper durchfluteten. Ruckartig holte die Realität sie wieder ein und ihr Fluchtinstinkt setzte ein. Sie betrat ebenfalls das Schlafzimmer, um ihre Tasche zu holen. Kurz sah sie sich um, doch TKT war nicht zu sehen. ›*Zum Glück*‹, stellte sie erleichtert fest. Sie hörte aus dem angrenzenden Bad Wasserrauschen. Ein letztes Mal sah sie auf das zerwühlte Bett und beschloss, ein ernsthaftes Wort mit Bernard zu reden. Wenn einer die Katastrophe gestern Abend hätte verhindern können, dann er. Aber das hatte er nicht und sie wollte wissen warum.

Vee war im Begriff zu gehen, als Thomas' Stimme sie stoppte.

»Wie kann ich dich erreichen?« Lässig lehnte er dabei im Türrahmen und wartete auf eine Antwort. Vor Schreck ließ Vee ihre Tasche fallen und drehte sich zu ihm um. »Erreichen? Sie? Mich? Gar nicht«, sagte sie.

Frustriert hob Thomas den Kopf und starrte an die Decke, dabei zählte er langsam bis drei. »Das ist dumm und kindisch, Kiw … Vivien«, sagte er und unterstrich seine Worte mit einer Handbewegung in ihre Richtung.

»Ich bin weder dumm noch kindisch. Im Gegensatz zu Ihnen sehe ich der Sache realistisch entgegen.« Sie hatte die Hände in die Hüfte gestemmt und sah ihn herausfordernd an.

»Wegrennen ist keine Lösung. Wir sollten uns einen Plan zurechtlegen, wie wir die nächste Woche …«

»Einen Plan zurechtlegen?«, unterbrach Vee ihn fassungslos. »Sie glauben doch nicht ernsthaft, dass ich diese Farce mitspiele? Das ganze Theater können Sie sich sparen. Ich suche mir einen Anwalt, der mich aus diesem Witz von Albtraum befreit.«

»Nein!«, rief Thomas mit einer Heftigkeit in der Stimme, die Vivien zusammenzucken ließ. Langsam kam er auf sie zu. Vee wich vor ihm zurück, bis sie die Wand im Rücken spürte. Unmittelbar vor ihr blieb er stehen und keilte sie mit seinem Oberkörper ein, indem er sich mit einer Hand an der Wand abstützte. Mit vor Zorn bebender Stimme zischte er: »Kein Anwalt außer mir wird diesen Fall bearbeiten. Hast du mich verstanden, Kiwi. Je mehr Menschen

113

darüber wissen, desto größer ist die Gefahr, dass die Presse davon Wind bekommt.«

»Ich verstehe«, nickte sie. »Ihr Image steht auf dem Spiel. Sie sind sowas von erbärmlich, Herr Klein. Ich kann Sie nur verabscheuen und jetzt lassen Sie mich gehen. Sofort!« Für Sekunden duellierten sich ihre Blicke, schließlich gab Thomas sie frei. Ihre harten Worte und die Abscheu in ihren Augen hinterließen einen bitteren Beigeschmack bei ihm. Vivien Maas war und blieb ein unerreichbares Ziel.

Thomas

Freitag Vormittag

Ein letzter Blick durch die Hotelsuite und Thomas zog die Tür hinter sich zu. ›*Was für eine Nacht*‹, sinnierte er kopfschüttelnd auf dem Weg zum Fahrstuhl. Dort angekommen drückte er den Knopf und wartete. Und erst der heutige Morgen. Schrecklicher konnte ein Tag nicht anfangen. Die Tür öffnete sich und Thomas betrat den Aufzug. Innerlich aufgewühlt konzentrierte er sich auf die Fahrstuhlmusik. Alles in ihm tobte. Er musste sich beruhigen. Leichter gesagt als getan, denn er hatte die Nacht mit Vivien Maas verbracht. Nicht in dem Sinne, wie es einem Mann vorschwebte, aber dennoch hatte sie halbnackt neben ihm gelegen. Eine Zeit lang hatte er noch ihren regelmäßigen Atemzügen gelauscht, bis er selbst darüber eingeschlafen war.

Der Aufzug hielt und Thomas überließ einem älteren Ehepaar den Vortritt. Sie bedankten sich mit einem Lächeln, das er mit einem knappen Kopfnicken erwiderte. Vivien hätte sich darüber aufgeregt und ihn als Eisblock beschimpft. Sie hätte dem Paar zugelächelt und einen kurzen Smalltalk über das Wetter angefangen. Hastig schob er die

115

Gedanken an Vivien zur Seite und konzentrierte sich auf das Jetzt und Hier. Er gab den Zimmerschlüssel an der Rezeption ab und zahlte mit seiner Kreditkarte die Rechnung. Die Dame hinter dem Tresen lächelte ihn an, dankte für den Aufenthalt, wünschte ihm noch einen angenehmen Tag und meinte, dass er sie bald wieder beehren sollte. Wortlos wandte sich Thomas ab und verließ das Hotel.

Die Sonne stach ihm in die Augen und nahm ihm die Sicht. Instinktiv tastete er sein Jackett nach seiner Sonnenbrille ab, doch er hatte sie nicht dabei. Warum auch, er war ja seit gestern Abend unterwegs. Er legte eine Hand an die Stirn und schirmte die gleißende Sonne ab, um nach dem Taxi Ausschau zu halten, das er bestellt hatte. Es stand am Straßenrand zwischen zwei parkenden Autos. Der Fahrer war halb ausgestiegen, sein Arm lag locker auf der offenen Fahrertür und er telefonierte. Mit eiligen Schritten lief Thomas auf das Taxi zu. Der Mann bemerkte ihn und beendete sein Gespräch. Gleichzeitig fragte er, nachdem er in Hörweite war: »Herr Klein?«

»Ja«, bestätigte Thomas und stieg ein.

»Wo solls denn hingehen?« Der Taxifahrer ließ den Motor an.

Thomas nannte dem Fahrer die Adresse. Sein Ziel war zunächst die Kanzlei. Die Arbeit rief und fragte nicht danach, wie er sich fühlte oder ob er heute in Stimmung war. Zudem hatte ihn seine

Sekretärin, Frau Meierhofer schon zweimal per Mail kontaktiert. Sie benötigte dringende Unterschriften. Sie wollte dies erledigt haben, bevor sie sich ins Wochenende verabschiedete.

»Sehr ruhige Gegend«, sagte der Taxifahrer und heftete kurz seinen Blick über den Rückspiegel auf Thomas. Der kommentierte das mit einem Brummen und zog sein Handy heraus, um seine E-Mails zu lesen. Der Mann zuckte kurz mit den Schultern und konzentrierte sich wieder auf den Straßenverkehr. Er hatte es nicht nötig sich aufzudrängen. Wenn ein Kunde nicht reden wollte, war das für ihn völlig in Ordnung.

Thomas überflog seine Mails. Er hatte zwar heute Morgen schon den größten Teil davon gelesen, aber eben nicht alle. Zu sehr war er mit dem gestrigen Abend und mit Vivien Maas beschäftigt gewesen. Sie verabscheute ihn nach wie vor und er hoffte, dass sie seine Warnung in Bezug auf den Vertrag ernst nahm. Er benötigte keine weiteren Mitwisser. Je weniger davon erfuhren, desto besser. Zudem war ihm klar, dass Vivien das Abkommen im nüchternen Zustand niemals unterzeichnet hätte. Das wurmte ihn und sein schlechtes Gewissen regte sich. Seufzend drückte er seinen Daumen und Zeigefinger gegen die Nasenwurzel. Der Fall Vivien Maas war einer der nervenaufreibendsten in seiner bisherigen Laufbahn als Anwalt. Er konnte inzwischen auf viele Streitfälle zurückblicken, aber auf keinen mit diesem Ausmaß, in dem er selbst involviert war. Gedankenverloren sah er aus dem Fenster und ließ die von der Hitze ausgemergelte Landschaft an sich vorbeiziehen. Der Anblick, der sich ihm dabei bot, spiegelte seine innere Stimmung wieder.

Es war die Einsamkeit, die sich wie Säure durch seine Eingeweide fraß. Sie nahm eine ungeahnte Dimension an, die ihm ein Stück weit Angst einjagte. Paradoxerweise hatte er den Eindruck, je mehr Erfolg er besaß, desto isolierter fühlte er sich. ›*Das ist doch komplett idiotisch*‹, dachte er und stieß ein leises Schnauben aus. Er hatte Freunde, Geld und an weiblicher Gesellschaft mangelte es ihm auch nicht. Dennoch nagte das Gefühl an ihm und ließ sich nicht abschalten. *Klack, klack, klack* – so schallten die Gedanken in seinem Kopf wider, wie das Takten einer Fußgängerampel, an der man stand und darauf wartete, dass die Ampel auf Grün schaltete. Mit dem großen Unterschied, dass bei ihm das Klacken nicht aufhörte, sondern unaufhaltsam weiter ging.

Vivien Maas hatte ihn als ›hohle Phrase‹, als ›*nichtssagend und bedeutungslos*‹ bezeichnet. War er das wirklich? Zweifel nagten an ihm und sein Selbstbewusstsein bekam einige Kratzer. Wenn er nicht aufpasste, würden daraus lange tiefe Risse entstehen. Vivien Maas war dazu im Stande, sein komplettes Leben auf den Kopf zu stellen und bleibende Schäden zu hinterlassen. Die Frage war nur, ob er das Risiko eingehen wollte.

Der Mensch war ein Gewohnheitstier und verließ nur ungern seine Komfortzone. Er bildete da keine Ausnahme. Mit Vivien würde es definitiv nicht langweilig werden. Sie war weder berechnend noch habgierig. Er glaubte sogar, dass sie genau wie er selbst, auf der Suche nach einem Platz in dieser Welt war. Da gab es diese große Sehnsucht, die hin und wieder in ihren ausdrucksstarken Augen lag.

Ein abruptes Bremsmanöver riss Thomas aus seinen tristen Gedanken. Entschlossen konzentrierte er sich wieder auf die Bearbeitung der E-Mails. Es gab eine Nachricht von seinem Sicherheitssystem. Er rief die Message auf, klickte den Link an und wartete, bis das Video runtergeladen war. Thomas sah sich den kurzen Film nun schon zum dritten Mal an. Die Aufnahme war von heute Morgen gegen zehn Uhr. Vor seiner Tür stand Simone Duvall. Sie trug eine enge Capri-Hose, Sandalen mit Absatz und eine Kurzarmbluse, die ihr einladendes Dekolleté unterstrich. Ihr Gesicht wurde von einem großflächigen Sonnenhut und einer überdimensionalen Sonnenbrille umrahmt. Sie klingelte, wartete und läutete erneut. Erst als sie ihr Gesicht hob und in die Kamera sah, erstarrte sie für Sekunden und verließ dann fluchtartig sein Grundstück. So viel er erkannte, war sie zu Fuß da.

Zumindest entdeckte er kein Auto in dem Abschnitt, den die Kamera festhielt. Nachdenklich starrte er auf sein Handy. Ein ungutes Gefühl kündigte sich an. Was wollte Simone Duvall von ihm?

***

Das penetrante Surren seines Handys entlockte Lars ein gequältes Stöhnen. Er war noch nicht bereit dazu, seine Augen zu öffnen, geschweige denn sich einen Millimeter zu bewegen. Doch der unterdrückte Klingelton seines auf lautlos gestellten Handys, hörte nicht auf. Neben ihm regte sich jemand und für Sekunden überlegte er, wer außer ihm noch im Bett lag. Abrupt fiel es ihm wieder ein. Es war Mia, die Freundin von Vivien Maas, die wiederum … »Verfluchter Mist!«, stieß Lars laut hervor und schoss aus der Waagrechten in die Höhe. Erneut fluchte er, da sich alles um ihn herum drehte. So rasch, wie er aufgeschossen war, so schnell ließ er sich wieder zurück in die Kissen fallen. Geistesgegenwärtig griff er dabei nach seinem Handy auf dem Nachttisch neben ihm. Ohne nachzuschauen, wer ihn um diese Uhrzeit anrief, hob er ab. »Wehe, wenn es nicht um Leben und Tod geht«, presste er unter pochenden Kopfschmerzen hervor. Sein nackter Oberarm ruhte dabei über den Augen, die er vor dem gleißenden Licht der Sonne zu schützen versuchte. Die Helligkeit drohte seinen Schädel zerplatzen zu lassen und stach wie tausend kleine Pfeilspitzen in seinen Kopf.

Mia räkelte sich und streckte ihre Gliedmaßen aus. Stumm verübte sie eine Bestandsaufnahme. Außer ein wenig Kopfschmerzen bemerkte sie kein Unwohlsein und dafür war sie sich selbst dankbar. Sie hatte sich gestern zurückgehalten und nicht annähernd so viel Alkohol getrunken wie der Rest der Truppe. Träge drehte sie sich zu Lars und ein Lächeln huschte über ihre Lippen. Irgendwie tat er ihr leid, denn so wie er da lag, hatte er mit Sicherheit einen mordsmäßigen Kater. Sie war im Begriff ins Bad zu huschen und nach Kopfschmerztabletten zu suchen, als sie Vees Namen hörte.

»Vivien?«, fragte Lars. »Woher soll ich das wissen. Ich weiß ja selbst nicht einmal, wo ich bin.« Der Schlag traf ihn hart und ohne Vorwarnung in die Seite.

»Autsch!«, rief er und rieb sich die getroffene Stelle, wobei sein zorniger Blick an Mia hängen blieb. Diese funkelte ihn wütend an. Plötzlich grinste Lars.

»Alles okay bei dir?«, fragte Thomas am Telefon vorsichtig nach.

»Ja. Ich weiß zwar immer noch nicht, wo ich bin, aber ich liege neben der schönsten Frau auf diesem Planeten.«

»Lügner«, säuselte Mia.

»Du hast Mia abgeschleppt?«, erklang Thomas Stimme aus dem Lautsprecher des Handys.

»So krass würde ich das nicht bezeichnen, Kumpel. Wir sind beide aus freien Stücken hier und werden es wohl noch eine Weile bleiben. Der Tag ist jung und die Nacht …«

»Ist ja schon gut, Lars, erspar mir die Details«, bat Thomas und seufzte. Lars könnte wetten, dass sein Freund sich in diesem Moment nervös über die Stirn rieb. »Warum ich dich überhaupt anrufe: Hast du gestern noch mit Simone gesprochen, bevor sie das *Hardt's* verlassen hat?«

»Simone Duvall?«

»Ja, Himmelhergottnochmal, Lars! Wie viele Frauen namens Simone kennst du?«

»Also da wäre die eben genannte und …«

»Vergiss es, Lars. Aber um auf deine Frage zurückzukommen, ja, ich meine Simone Duvall.«

»Okay.« Schweigen.

Lars ließ die Sekunden verstreichen, ohne einen Laut von sich zu geben.

»Bist du noch dran?«, fragte Thomas nach einer gefühlten halben Minute.

»Ja.«

»Warum antwortest du dann nicht auf meine Frage?«

»Ich überlege noch. Warum bist du deswegen so gereizt?«

»Hast du jetzt oder hast du nicht?«, überging Thomas seine Frage.

»Nein«, meinte Lars und schüttelte zur Bestätigung mit dem Kopf, was er im selben Augenblick schon bereute, da ihm sein Schädel zu platzen drohte. Stöhnend drückte er seinen Oberarm fester auf seinen Kopf und wartete, dass der Schmerz nachließ.

»Ist bei dir wirklich alles okay?«, fragte Thomas und die Besorgnis in seiner Stimme war nicht zu überhören.

»Höllische Kopfschmerzen«, presste Lars hervor.

»Ah, verstehe, die Nachwehen deines ausschweifenden Nachtlebens.«

»Im Gegensatz zu dir habe ich wenigstens ein Leben.«

»Das mag wohl sein, aber dafür plagen mich keine Kopfschmerzen. Zumindest nicht in diesem Sinne.«

»Simone Duvall scheint dich ja ganz schön zu beschäftigen«, stellte Lars fest und gähnte herzhaft in den Telefonhörer. »Ist etwas vorgefallen zwischen euch?«, hakte er nach.

»Nein. Ich weiß auch nicht, da ist nur so ein Gefühl, Lars. Schlaf erst einmal deinen Rausch aus. Ich ruf dich morgen an.«

»Du mich auch. Gute Nacht«, sagte sein Freund und legte auf.

»Ist was passiert?«, fragte Mia besorgt. Sie hatte sich im Bett aufgesetzt und hielt mit den Armen ihre Knie umschlungen.

»Nein«, meinte Lars und zwang sich zu einem Lächeln. »Unser Staranwalt hat nur ein paar Frauenprobleme.« Er sagte das leichtfertig, um Mia nicht zu beunruhigen, doch insgeheim machte er sich Sorgen um seinen Freund.

***

Selbst am Tage und vor allem zur Mittagszeit herrschte reges Treiben in der *Hardt's Bar*. Wie am Abend zuvor, waren die großen Schaufenstertüren zur Seite geschoben. Das Ambiente lud dazu ein, Platz zu nehmen, zu verweilen und den vorbeieilenden Menschen nachzusehen. Unschlüssig blieb Simone etwas abseits stehen und beobachtete die kommenden und gehenden Gäste. Die Plätze im Freien waren begehrt, trotz der Mittagshitze. Große Sonnenschirme spendeten zwar Schatten, doch vor der heißen Luft boten sie keinen Schutz. Simone hatte Glück, ein kleiner Zweiertisch wurde frei. Ein Pärchen zahlte und sie beeilte sich den Platz zu ergattern, bevor ihr jemand zuvorkam. Sie hatte keinen Hunger, doch es sprach nichts gegen ein kühles Erfrischungsgetränk. Sie entschied sich für einen Eiskaffee. Während sie darauf wartete, ließ sie ihren Blick über die Gäste schweifen. Sie hatte gehofft, Thomas Klein anzutreffen, aber er war nicht unter den Besuchern. Nervös fächerte sie sich mit der Speisekarte Luft zu. Die Hitze trieb ihr den Schweiß aus den Poren. Ein einzelner Tropfen bahnte sich unaufhaltsam einen Weg auf ihrem Rücken hinab. Selbst in ihrem Dekolleté sammelten sich kleine Schweißperlen, die sie mit dem stetigen Fächern der Karte zu trocknen versuchte.

Die Bedienung kam mit der Bestellung, Simone bedankte sich und meinte: »Heiß heute.«

»Sie sagen es. Diese anhaltende Hitze setzt einem ganz schön zu.«

»Das stimmt. Sie sind wirklich nicht zu beneiden, bei diesem Wetter auch noch zu arbeiten. Ich schwitze schon alleine vom Herumsitzen«, stimmte Simone der Kellnerin zu.

»Ich glaube, eine Abkühlung täte allen gut.«

»Auf jeden Fall«, lächelte Simone und fragte die Bedienung geradewegs heraus: »Wissen Sie zufällig, ob Herr Klein heute zum Mittagessen hierher kommt?«

»Der Staranwalt, Thomas Klein? Nee«, schüttelte sie den Kopf und musterte Simone verhalten. Die ließ sich davon nicht beirren, strahlte die Frau freundlich an und setzte zu einer Erklärung an: »Wir waren gestern Abend verabredet, doch dann wurde ich

125

unpässlich und habe in der Eile vergessen, ihn etwas zu fragen. Leider erreiche ich ihn telefonisch nicht. Er steckt ja immer knietief in Arbeit.«

»Oder in der Klemme«, brummte die Kellnerin mehr zu sich selbst.

»Oh!«, stieß Simone theatralisch hervor und legte ihre Hand auf die Brust. Gleichzeitig wiederholte sie das soeben Gehörte, indem sie sich in die Richtung der Kellnerin beugte und verschwörerisch flüsterte: »In der Klemme?«

Wieder wurde sie von der Frau gemustert. »Sie flippen aber nicht aus, wenn ich Ihnen das jetzt erzähle? Sind Sie mit ihm … na ja, Sie wissen schon«, druckste die Frau herum.

»Wir sind nur Freunde«, log Simone und gab sich unberührt.

Vorsichtig sah sich die Kellnerin um, ob sie niemand belauschte. Die Hand vor dem Mund haltend, flüsterte sie: »Na ja, das kann man sehen wie man will, schließlich ist er ja Anwalt.« Geduldig sah Simone die Frau an, doch innerlich hätte sie die Bedienung gern geschüttelt vor Aufregung.

»Er soll gewettet haben. Es ging um eine schöne Stange Geld.«

»Wie viel?«, fragte Simone und konnte ihre Neugierde kaum zügeln.

»Einhunderttausend Euro«, zischte die Kellnerin und legte eine Pause ein, bevor sie weiter sprach:

»Und das alles nur um diese Rechtsanwaltsgehilfin ins Bett zu bekommen.« Ungläubig schüttelte sie den Kopf. »Es soll sogar einen Vertrag geben.«

Simone traute ihren Ohren nicht und sie riss sich sichtlich zusammen, um der Frau nicht an die Gurgel zu springen, sie zu schütteln und anzuschreien, was sie da für einen Blödsinn erzählte. Doch die Kellnerin blieb todernst. »Wer ist denn die Glückliche?«, hakte Simone vorsichtig nach, nicht damit rechnend einen Namen zu erfahren.

»Maas, die Frau heißt Vivien Maas. Dabei kann sie den Kerl nicht ausstehen.«

»Tz.« Simone schüttelte den Kopf. »Sachen gibts.«

»Ja, vor allem wenn man überlegt, was Leute alles für Geld machen. Aber Sie haben nichts gehört, zumindest nicht von mir«, zwinkerte die Kellnerin ihr verschwörerisch zu. Simone verneinte und fuhr sich mit Daumen und Zeigefinger über den Mund, als Zeichen ihrer Verschwiegenheit.

Nachdem die Kellnerin verschwunden war, trommelte Simone gedankenverloren mit den Fingern auf der Tischplatte herum. Ihr Eiskaffee schmolz dahin, ohne dass sie einen Schluck davon getrunken hatte. Abrupt erhob sie sich, warf das Geld für das Getränk auf den Tisch und verließ das Lokal. ›*Einhunderttausend Euro!*‹, echote es entsetzt in ihr. Simone überlegte nicht lange, um zu wissen, um wen es sich bei Vivien Maas handelte. Zu deutlich hatte sie das Bild der Frau vor Augen. Zugegeben, sie war hübsch, aber ihrer Meinung nach viel zu dünn. »Miststück«, murmelte Simone. Das konnten die beiden nicht mit ihr machen. Thomas Klein würde sich noch wünschen, ihr nie begegnet zu sein. Wütend stieg sie in ihr Auto, warf die Tür zu und schlug fluchend auf das Lenkrad ein.

4. Kapitel

Thomas und Vivien

Freitag, früher Nachmittag

»Dakaré«, meldete Ivona Dakaré sich wirsch, ihr Telefon zwischen Schulter und Kinn geklemmt. Der Rest ihres abgestandenen Kaffees hatte sich soeben über den Schreibtisch verteilt und sie versuchte zu retten, was zu retten war. Ein paar nasse Zettel in die Höhe haltend hörte sie die Frau aus der Zentrale sagen: »Hallo Ivona, ich hab hier eine anonyme Anruferin für dich in der Leitung.«

»Anonym?«

»Ja, sie nennt mir keinen Namen und will ausdrücklich nur mit dir sprechen.«

Fast wöchentlich erhielt Ivona anonyme Anrufe. Immer mit derselben Masche, dass es sich dabei um eine außergewöhnliche Story handelte, die ein gefundenes Fressen für die Presse wäre und die zu horrenden Preisen angeboten wurden. Ivona wappnete sich innerlich und gleichzeitig stöhnte sie resigniert auf, trotzdem schärften sich ihre Sinne. Rasch legte sie die durchnässten Unterlagen zur Seite, griff nach ihrem Block und einem Stift. Sie war mit Leib und Seele Reporterin und würde sich solch einen Anruf nicht entgehen lassen. Ihr Instinkt sagte ihr, wann sie es mit einer brauchbaren Story zu tun hatte und wann nicht. Zu ihrer Kollegin meinte sie: »Ich bin gespannt, was wir dieses Mal für die Veröffentlichung geboten bekommen. Immerhin stecken wir im berühmten Sommerloch. Der Fund eines Riesenzahns, der von einem Säbelzahntiger aus der Urzeit stammt, würde sich anbieten. Ich lese schon die Schlagzeilen: *Der Säbelzahntiger ist zurück!*«

Ihre Kollegin am anderen Ende kicherte und Ivonas Sarkasmus kam in Fahrt. »Oder vielleicht doch nur eine Story über einen Mops, der seinen Fünfzigsten feiert.« Seufzend lehnte Ivona sich zurück. Da ihr Chef im Moment nicht in der Redaktion war, nahm sie sich die Freiheit heraus und legte ihre Füße auf den Schreibtisch. »Danke Diana, du kannst die Anruferin durchstellen.«

»Gerne, bis später. Ich bin neugierig, was sie anzubieten hat.«

Ein Piepton erklang.

»Dakaré«, meldete Ivona sich erneut. Die Stille in der Leitung erzeugte den Eindruck, als hätte der Anrufer aufgelegt, doch sie hörte die Person am anderen Ende atmen.

»Hallo?«, rief Ivona und vernahm ein zaghaftes Räuspern. »Mein Name ist Dakaré, Sie wollen mit mir sprechen?«

»Ja«, meldete sich eine weibliche Stimme.

Stille.

»Hallo? Sie müssen schon mit mir kommunizieren, Frau ...?«

»Mein Name tut nichts zur Sache«, antwortete die Unbekannte barsch.

»Okay. Wie kann ich Ihnen helfen?«, unternahm Ivona erneut einen Anlauf. Auch diese Art von Anrufen kannte sie. Viele verließ plötzlich der Mut und sie legten kurzerhand wieder auf, ohne dass sie nur einen Bruchteil einer Story zu hören bekam. Vermutlich würde dieses Gespräch in spätestens drei Sekunden genauso enden.

»Ich habe brisante Informationen über Staranwalt Thomas Klein«, hörte sie die Frau ohne Einleitung sagen.

»Der Thomas Klein?«, fragte Ivona neugierig geworden nach.

»Ja.«

»Können Sie mir irgendwelche Details nennen?« Ivona war gespannt, was die Anruferin ihr für eine Story andrehen wollte.

»Es geht um eine Wette.«

»Wette? Hm.« Die Reporterin schrieb ein paar Stichpunkte auf ihren Block. Die Nachricht haute sie nicht gerade um. Jeden Tag wetteten Menschen um irgendetwas. Da musste schon mehr kommen als das. »Um was geht es bei dieser Wette?«

»Um eine Menge Geld. Genauer gesagt um einhunderttausend Euro!«

Hellhörig geworden, hob Ivona ruckartig die Füße vom Schreibtisch und pfiff leise durch die Zähne. Ihr Reporterinstinkt war aufs Äußerste geschärft. Sie hielt ihren Stift in der Hand und schob sich ihren Schreibblock zurecht und notierte sich die Summe, um sie anschließend mehrmals einzukreisen.

»Das hört sich ja alles interessant an, junge Frau«, meinte Ivona.

Schlagartig stand die Zeit still. Ivonas rechter Fuß wippte unter dem Schreibtisch auf und ab, gleichzeitig klopfte sie mit ihrem Bleistift einen imaginären Takt mit. Das Tacken hallte in der Stille und Ivona stoppte abrupt. »Ich benötige Details«, sagte sie.

»Was wäre Ihnen denn die Geschichte wert?«

Es war jedes Mal dasselbe. Die Leute, die bei ihr anriefen und eine Story anboten, dachten allen Ernstes, einen Profit herausschlagen zu können. Doch sie vergaßen dabei, dass die KP&T eine kleine lokale Zeitung mit einem Onlinesender war.

»Hat die Wette mit einem aktuellen Fall von Herrn Klein zu tun?«, fragte Ivona dennoch nach.

»Weder noch«, erwiderte die Anruferin knapp. »Meiner Meinung nach handelt es sich um eine idiotische Wette, aber mit genügend Potenzial, um es in die Nachrichten zu schaffen.«

»Hm … Ich will ehrlich zu Ihnen sein. Wir sind nur eine kleine Zeitung und besitzen nicht das Geld, um Informationen zu erkaufen. Entweder Sie wünschen, dass die Story veröffentlicht wird oder nicht. Aber ich denke wir könnten uns trotzdem treffen und in Ruhe über alles reden. Was meinen Sie?«

»Dazu ist keine Zeit, Frau Dakaré«, sagte die Anruferin aufgebracht. Ivona konnte das Rattern ihrer Gedanken hören. Wie würde sie sich entscheiden? Ihr Interesse war geweckt. Ivona hoffte, dass die Frau nicht auflegte. Es wäre zeitaufwendig, alle Details selbst herauszufinden.

»In Ordnung«, hörte sie schließlich die Anruferin sagen. »Ich gebe Ihnen die Informationen.«

»Die da wären?«, fragte Ivona.

»Herr Klein wettet, binnen einer Woche eine Frau in sein Bett zu bekommen. Wenn er verliert, spendet er einhunderttausend Euro einer gemeinnützigen Einrichtung und sollte er gewinnen, verliert die Frau ihr Haus.«

»Wer ist die Dame, die Klein dazu treibt, eine derartige Summe zu verwetten?«, fragte Ivona.

»Vivien Maas, eine Rechtsanwaltsgehilfin von einem seiner Konkurrenten.«

Jetzt war es Ivona, der es die Sprache verschlug. Hatte sie sich verhört? »Und Sie sind sich sicher, dass es sich dabei um Thomas Klein handelt?«, hakte sie fassungslos nach.

»Ja. Sie können meine Angaben gerne überprüfen.« Die Anruferin nannte ihr die *Hardt's Bar* als Ort des Geschehens und beschrieb ihr die Kellnerin mit der sie gesprochen hatte. »Wenn Sie Glück haben, treffen Sie die Bedienung noch an.«

Ivonas Hand flog über den Schreibblock. Während sie alles aufschrieb, arbeitete ihr Verstand bereits auf Hochtouren, wie sie an die Sache herangehen würde. Sie hatte sich die Beschreibung der Kellnerin notiert und es lagen ihr weitere Frage auf der Zunge, als plötzlich das Freizeichen in der Leitung ertönte. »Nein!«, rief Ivona und legte verärgert den Hörer auf. Sie starrte auf ihre Notizen. ›*Thomas Klein, der Scheidungsanwalt. Der Mann, der selten einen Prozess verlor, der Womanizer!*‹ Kopfschüttelnd las sie den Namen und konnte ihr Glück kaum fassen. Die Story würde einschlagen wie eine Bombe. Einzig aus dem Grund, dass es sich dabei um Thomas Klein handelte. Der Staranwalt war erfolgreich, stinkreich und der sexiest *man* in der Kleinstadt. Warum sollte er darum wetten, eine Frau in sein Bett zu bekommen? Sie lagen ihm täglich zu Füßen. Wer war diese Vivien Maas, für die er so viel Geld verwettete? Ivonas Gedanken überschlugen sich. Sie war nicht in der Lage, die nagende Neugierde, die von ihr Besitz ergriffen hatte, zu befriedigen. Hastig packte sie ihre Sachen zusammen und im Hinausgehen murmelte sie: »Na dann wollen wir doch mal sehen, wie viel von der Story der Wahrheit entspricht.«

***

Den Kopf in die Hände gestützt saß Bernard an seinem Schreibtisch. ›*Warum tu ich mir das an?*‹, sinnierte er griesgrämig. Warum meldete er sich nicht für den restlichen Tag krank? Es war bereits früher Nachmittag. Die Kanzlei würde eh bald schließen, letztendlich rentierte sich sein Auftauchen gar nicht. Dennoch, er war der Chef und als dieser schritt er mit gutem Beispiel voran. ›*Wer feiern kann, kann auch arbeiten*‹, lautete das Credo seines Vaters. »Jammer nicht rum«, murmelte er vor sich hin und seufzte wehleidig. Sein Schädel drohte zu zerplatzen, trotz der Kopfschmerztabletten, die er genommen hatte. Dass er sich so elend fühlte, lag einzig und allein am Schnaps. Er hätte beim Bier bleiben sollen, doch als die Runden ausgegeben wurden, war er schon angetrunken und hatte sich nicht mehr unter Kontrolle. Erst recht nicht, nachdem Vivien sich wieder einmal ins Aus manövriert hatte. »Verdammt«, seufzte Bernard erneut. Apropos Vivien: Wo steckte die Frau? Sollte sie nicht hier am

Arbeiten sein? An manchen Tagen hatte er den Eindruck, als tanzte ihm sein Personal auf der Nase herum. Sie kamen und gingen, wie es ihnen in den Kram passte. Allen voran Vivien, doch sie war mehr als nur eine Angestellte für ihn. Vee war die Tochter, die er und seine Frau nie hatten. Nichtsdestotrotz würde er ein ernsthaftes Wort mit ihr reden. Seine Kanzlei hatte feste Arbeitszeiten, die auch für eine Frau Maas galten. Familiengedöns hin oder her. Apropos Vivien, wenn er an sie dachte, verschlimmerten sich seine Kopfschmerzen um das Dreifache. Diesmal hatte sie richtigen Mist gebaut und den Bogen zu weit überspannt. Ein Wunder, dass sie nicht schon längst vor ihm stand und ihm vorwarf, sie nicht vor ihrer eignen Dummheit bewahrt zu haben.

Das Läuten des Telefons auf seinem Schreibtisch ließ ihn zusammenfahren. Instinktiv legte er schützend seine Hände über die Ohren, um den schrillen Klingelton zu dämpfen. Das Geräusch brachte seine Kopfschmerzen erneut zum Pulsieren. Schmerzverzerrt kniff er die Augen zusammen, aber das Läuten hörte nicht auf. Er war versucht, das Telefon vom Schreibtisch zu fegen, doch sein vernebelter Verstand riet ihm, den Hörer in die Hand zu nehmen.

»Bernard«, krächzte er und räusperte sich, um sich erneut zu melden, diesmal mit kräftiger Stimme.

»Herr Bernard? Hat mein Anruf Ihnen die Sprache verschlagen?«, fragte Thomas Klein am anderen Ende der Leitung.

»Herr Klein, was verschafft mir die Ehre, dass Sie sich die Mühe machen und persönlich bei mir anrufen?«

»Oh, Mühe würde ich das nicht nennen, Bernard. Im Übrigen, wie fühlen Sie sich heute?«

»Danke der Nachfrage, aber ich hatte schon bessere Tage. Wieso fragen Sie?«

»Ich dachte … Na ja, der gestrige Abend hat bei dem einen oder anderen Spuren hinterlassen. Manche haben ihn sich sogar heute Morgen nochmals durch den Kopf gehen lassen, wenn Sie wissen, was ich meine?«

»Verstehe«, brummte Bernard und riss sich zusammen, nicht laut aufzustöhnen. »Sie haben mich aber nicht angerufen, um mit mir über die Nachwehen des gestrigen Abends zu reden, Herr Klein.«

»Nein, ich suche Ihre reizende Rechtsanwaltsgehilfin«, meinte Thomas nonchalant.

Für Sekunden überschlugen sich Bernards Gehirnzellen und zum ersten Mal an diesem Tag machte er sich Sorgen um Vivien. Er war der Meinung gewesen, dass sie friedlich in Thomas Kleins Armen schlummern würde. Aber wenn sie nicht bei ihm war und nicht in der Kanzlei, wo war

137

sie dann? Zu Hause, ihren Rausch ausschlafen? Nein, das wäre nicht Vees' Art. Wobei, wenn sie sich so fühlte, wie er es tat, wäre es durchaus möglich, dass Vivien friedlich in ihrem Bett schlief.

»Bernard, sind Sie noch dran?«, fragte Thomas und holte ihn wieder in die Gegenwart zurück. Kurz sammelte sich Bernard und entgegnete: »Sie hat sich heute noch nicht gemeldet und gesehen habe ich sie auch nicht. Ich war der Meinung, nachdem sie die Nacht mit Ihnen verbracht hat, verbringt sie auch den Tag mit Ihnen.« Bernard vernahm ein abfälliges Schnauben und kicherte. »Keine einfache Aufgabe, die Sie sich da vorgenommen haben, Herr Klein. Eine Löwin zu bändigen, stelle ich mir leichter vor.«

»Wo könnte Vivien sein, wenn sie nicht bei Ihnen ist? Zuhause? Würden Sie mir ihre Adresse geben oder besser ihre Telefonnummer?«

»Tut mir leid Herr Klein, diese Fragen kann ich Ihnen nicht beantworten.« Seufzend rieb sich Bernard über die Stirn. Sein Schädel brummte ununterbrochen und das Denken fiel ihm schwer. »Vee wird mich dafür verteufeln«, sagte er und gab Herrn Klein Vees' Adresse samt Telefonnummer durch.

»Danke.«

»Danken Sie mir nicht zu früh, Herr Klein.«

Thomas schwieg, dem war nichts hinzuzufügen. Er kannte Vivien inzwischen gut genug, um zu wissen, dass sie Bernard und ihm dafür die Hölle heiß machen würde.

»Ich will Sie nicht länger stören, Dank …«

»Ist sie sehr wütend?«, fragte Bernard und unterbrach Thomas dabei, sich erneut bei ihm zu bedanken.

»Hm, was soll ich sagen … normalerweise hat sie immer das letzte Wort und ist dabei aufgebracht, aber dieses Mal …«

»Mal ehrlich, Herr Klein? Auf einer Skala von eins bis zehn? Wo liegt Viviens Level?«

»Schätzungsweise bei neun.«

»Ein weiser Rat von mir. Ziehen Sie sich warm an, Herr Klein« Die Schadenfreude ließ ihn für den Moment seinen höllischen Brummschädel vergessen. Thomas verabschiedete sich. Bernards Grinsen ging in ein Kichern über. Kurz darauf lachte er laut auf. Nur um sich im selben Moment dafür zu verfluchen. Seine Kopfschmerzen schlugen mit voller Wucht wieder ein und gaben ihm das Gefühl, dass jeden Augenblick seine Schädeldecke zerplatzen würde. Über die Sprechanlage bat er Frau Ehrenbusch, ihm ein weiteres Schmerzmittel zu bringen.

***

»Bernard!, Bernard?«

»Ich bin hier. Warum schreist du so herum, ich bin nicht taub, Vee.«

»Eddi, sag dass das alles nicht wahr ist und ich in einem Albtraum stecke und jeden Moment aufwache.«

»Was redest du da, Vee?«

»Die Wette. Eddi, ich soll eine ganze Woche mit Thomas Klein zusammenleben. Wenn ich es nicht tue, verliere ich das Strandhaus. Warum hast du nichts dagegen unternommen?« Aufgebracht tigerte Vivien im Büro umher. Ihr Chef saß zusammengesunken hinter seinem Schreibtisch. Er sah um Jahre gealtert aus.

Trotz der Schmerztabletten plagten Bernard mörderische Kopfschmerzen. Zudem war ihm der gestrige Abend nur schemenhaft im Gedächtnis. Vorsichtig nickte er und brummte: »Du hast darauf bestanden. Wenn du dich erst einmal in eine Sache verrannt hast, kannst du stur wie ein Maulesel sein.«

»Aber … du hast mich sonst nie im Fall TKT in mein Verderben rennen lassen. Warum gestern?«

»Seh es als große Chance, Vee. Überleg doch mal. Er ist die Konkurrenz. Und außerdem bist du so besessen von diesem Mann, dass dir regelrecht die Sicherungen durchbrennen. Es war kein

Rankommen mehr an dich und nebenbei bemerkt war ich zu betrunken.«

»Du musst mir aus dem Schlamassel helfen, Eddi. Ich darf das Haus von Tante Tilli nicht verlieren. Das würde sie mir nie verzeihen.«

»Tut mir leid, Vee. Ich kann dir nicht helfen. Nimm dir Urlaub und bring die Sache hinter dich. Vielleicht ist Klein ja nett und ihr versteht euch sogar. Zumindest könntest du deine Phobie gegen ihn kurieren.«

»Du lässt mich hängen?«, sagte Vee empört.

»Nein, ich gebe dir die Gelegenheit, das Beste aus der Situation herauszuholen. Sieh mich nicht so an, Vee. Herr Klein ist mit Sicherheit kein Unmensch. Und wer weiß, vielleicht kannst du von ihm noch was lernen. Ich bin alt und werde nicht immer auf dich aufpassen können. Du musst dir angewöhnen alleine zurechtzukommen.«

Zum zweiten Mal an diesem Tag verließ sie wortlos einen Raum, in dem Fall Eddis Büro. Sie war verraten und verkauft. Jedoch weitaus mehr schmerzte, dass sie sich allein gelassen fühlte. Im Laufen suchte sie in der Handtasche nach ihrem Handy. Sie wählte Mias Nummer. »Hi, Vee«, meldete sich Mia sofort. »Hi, Mia, ich muss mit dir reden, aber nicht am Telefon. Kann ich vorbeikommen?«

»Ähm … Also … Das ist gerade schlecht, Vee«, stammelte Mia.

»Du hast doch heute frei?«

»Ja«

»Wer ist da am Telefon, Mia. Leg auf und komm wieder ins Bett«, hörte Vee eine männliche Stimme im Hintergrund.

»Es … es tut mir leid, Vee.«

»Ich verstehe«, sagte Vivien tonlos.

»Wir können doch am Telefon reden, bitte Vee. Ich …«

»Wir sehen uns, Mia. Machs gut.« Vee legte ohne ein weiteres Wort auf. Vor ihr tat sich ein tiefer Abgrund auf, ach was, ein riesengroßes, schwarzes Loch, das drohte sie auf ewig zu verschlucken. Auf dem Gehweg verharrte Vee und wusste nicht wohin. Sie sah von einer Seite zur anderen, bis ihr Blick an ihrem Wagen hängen blieb, der seit gestern Abend auf dem Parkplatz vor der Kanzlei stand. Sie suchte nach dem Autoschlüssel und stieg in das Auto.

***

Viviens' nächste Anlaufstelle war ihre Tante Tilli. Sie überlegte, wie sie ihr schonend beibrachte, dass sie das Haus in Italien verwettet hatte. Der Baustil des Gebäudes glich dem einer alten Villa. Mit dem Unterschied, dass es sich um eine Miniaturausgabe davon handelte. Das Haus lag am Meer und für Vivien war es der schönste Fleck auf Erden. Niemals würde sie es sich verzeihen, ihr Domizil zu verlieren. Eine Woche war eine lange Zeit, vor allem mit jemanden an der Seite, den man nicht ausstehen konnte. Tränen der Verzweiflung schossen ihr in die Augen, wenn sie an den lächerlichen Vertrag dachte. ›*Küssen erlaubt!*‹, als würde sie mit TKT herumknutschen. Sollten sie miteinander schlafen, hätte er gewonnen und sie wäre ihr Strandhaus los. ›*Pff, soweit käme es noch*‹, maulte ihr Verstand. Allmählich kamen die Erinnerungsfetzen zurück. Sie war dabei das Lokal zu verlassen, als TKT sie gebeten hatte zu warten. Sie wusste nicht warum, aber als sie ihn vor sich stehen sah, wirkte er mit einem Mal hilflos und verletzlich. Nichts wies mehr auf den knallharten Anwalt hin. Dennoch mahnte sie sich zur Vorsicht. Er verstand es, sie zu reizen, sodass sie trotzig auf ihn reagierte. Ja, sie hatte der Wette zugestimmt mit dem Hintergedanken, ihm das Leben zur Hölle zu machen. Zudem spukten ihr Bernards Worte im Kopf herum, dass sie die Chance nutzen sollte. Er hoffte allen Ernstes darauf, dass sie TKT vom aktuellen Fall Bergmann ablenken würde. Doch das war nicht ihr Ziel. Ihr Plan war, ihn zu verführen, aber nicht mit ihm ins Bett zu gehen. Noch gestern war sie davon überzeugt, ihm widerstehen zu können. Heute Morgen, nüchtern betrachtet, war sie sich nicht mehr so sicher. Zumal seine Fürsorge ihr gegenüber sie irritiert hatte. Vee war davon überzeugt, dass nichts zwischen ihnen passiert war. Daran hätte sie sich doch erinnert, oder? Ein letzter Funke Zweifel blieb.

Die Ampel schaltete auf Grün. Seufzend fuhr Vee weiter, gedanklich immer wieder bei TKT. Zugegeben, er hatte heute Morgen verdammt sexy ausgesehen, mit seinem nackten Oberkörper und nur notdürftig mit einer Decke um die Hüften bedeckt. Dazu der dunkle Bartschatten und sein zerwühltes Haar. All das hatte Vee auf eine harte Probe gestellt. Wäre es nicht TKT gewesen, der vor ihr gestanden hätte, wäre sie mit dem Mann zurück ins Bett gestürzt. So schnell der Gedanke gekommen war, so rasch verflüchtigte er sich wieder. Allein die Vorstellung mit Klein intim zu werden, relativierte alles. Für Vivien stand mehr denn je fest: Sie würde sich nicht von Staranwalt Klein verführen lassen.

Vivien

Freitag Nachmittag

Tante Tilli wohnte in Moorbach, einem Stadtteil von Derchen. Moorbach war ein Künstlerviertel und zeichnete sich durch viele Reihenhäusern mit schmucken Innenhöfen aus. Die Höfe waren liebevoll gestaltet mit kleinen Cafés und Läden. Selbst wenn sie nur begrünt waren mit gemütlichen, schattigen Sitzplätzen sprühten sie ihren Charme aus. Zudem waren viele der Höfe miteinander verbunden. Wobei die Durchgänge individuell angefertigte Torbögen zierten. Obwohl Moorbach ein Künstlerviertel war, wohnte Tante Tilli in einem alten Stadthaus, das einer Villa glich. Die Straße, in der das Haus stand, wurde von einer uralten Baumallee gesäumt. Überhaupt war Moorbach ein hauptsächlich begrünter Stadtteil. Wer hier wohnte, lebte mitten in der Natur. Die Artenvielfalt, die sich sowohl bei den Pflanzen als auch bei kleineren Tieren bot, war für ein Stadtviertel in einer Großstadt einzigartig.

Vivien liebte diesen Stadtteil und kam gerne hierher, doch der heutige Tag zählte definitiv nicht dazu. Sie parkte vor der kleinen Stadtvilla ihrer Tante. Das Lenkrad fest umklammert, blieb sie im Auto sitzen und starrte auf das Eisentor. Bei dem

145

Gedanken, ihrer Tante das ganze Ausmaß ihrer Dummheit zu erzählen, krampfte sich ihr Magen zusammen. Vee war sich sicher, dass Tilli ihr nicht den Kopf abreisen würde, dennoch hinterließ das Geschehene einen bitteren Beigeschmack.

»Sei kein Feigling«, sprach sie sich selber Mut zu. Gleichzeitig atmete sie tief durch und stieg aus dem Auto aus. Es machte wenig Sinn, das unvermeidbare Gespräch länger hinauszuzögern. Entschlossen öffnete sie die niedrige Eisentür und stieg die drei Stufen zum Eingang empor. Den kleinen Vorgarten umrahmten Zypressen, die Schutz vor ungebetenen Blicken boten. Die schlichte, weiße Haustür war in einen Erker eingearbeitet, über dem eine kleine Terrasse lag. An der linken Seite des Hauses schmiegte sich der Wintergarten an. Die Stadtvilla erinnerte Vivien an das Häuschen in Italien. Der Baustil ähnelte sich und der Gedanke an das Haus versetzte ihr einen Stich ins Herz. Mit zittriger Hand drückte sie den Klingelknopf. Es dauerte eine Weile, bis eine Hausangestellte die Tür öffnete. Berta, die gute Seele, empfing sie herzlich. »Vivien, ich bin erfreut Sie zu sehen. Ihre Tante erwartet Sie bereits. Kommen Sie herein, Ottilie sitzt im Wintergarten bei einer Tasse Tee. Nehmen Sie schon einmal Platz, ich bringe Ihnen gleich ein zweites Gedeck.« Lächelnd sah Vee der Haushälterin hinterher. Solange sie zurückdachte, war Berta schon bei ihrer Tante beschäftigt. Vivien war sich aber nicht sicher, wer von den beiden älter war. Im Gegensatz zu Tilli hatte sich an Bertas äußerem Erscheinungsbild nichts verändert. Einzig ihr Haar war ergraut, ansonsten sah sie aus wie immer. Berta trug stets ein dunkles Kleid mit einer weißen Schürze im ›Old-School-Look‹ und dazu einen perfekt sitzenden Haarknoten. Tilli hingegen färbte sich die Haare fuchsrot, trug schillernden Schmuck und ihr Klamottenstil ließ zu wünschen übrig. An manchen Tagen lief sie in wehenden Gewänder herum, als gehöre sie einer Sekte an und dann wieder einmal steckte sie in exklusiver Kleidung und war ladylike gestylt. So wie heute. Sie trug ein schwarzbraun-meliertes Kostüm mit einer grünen Bluse darunter. Ihre Haare waren locker am Hinterkopf hochgesteckt. Einzig die grünen Ohrstecker stachen aus dem Gesamtbild, das sie abgab, hervor.

Zögernd blieb Vivien am Eingang zum Wintergarten stehen. Sie beobachtete ihre Tante, die vornübergebeugt in einer Zeitung las. Dazu hielt sie ein altertümliches Lorgnon, besser bekannt als Stielbrille, in der Hand.

Aus einer Intuition heraus hob Tilli den Kopf und entdeckte Vivien. »Schätzchen!«, rief sie. »Wie lange stehst du schon da? Komm herein und sag deiner alten Tante guten Tag.«

»Hallo, Tilli«, meinte Vee und lief lächelnd auf sie zu. Sie beugte sich zu ihr und hauchte ihr links und rechts einen Kuss auf die Wange. »Du siehst blass aus, Kindchen. Ist etwas passiert?«

Vivien setzte sich und räusperte sich ein paar Mal und sah dankend zu Berta auf, die ihr wortlos eine Tasse Tee hinstellte und sich wieder diskret zurückzog. Vee griff nach dem Löffel und rührte den Tee damit um. Dankbar dafür, ihren Händen etwas zu tun zu geben, überlegte sie sich eine Strategie. Ihre Tante ließ Vee nicht aus den Augen. Sie hob ihre Tasse an, um einen Schluck zu trinken. »Wenn ich dich so anschaue, gewinne ich den Eindruck, dass du etwas ausgefressen hast«, sagte sie. Ertappt hörte Vee mit dem Rühren auf und sah zu Tilli, die mit bedacht ihre Tasse abstellte.

»Na ja …«, lächelte Vivien nervös. »Ich habe in der Tat etwas sehr Dummes angestellt.«

»Ach?«, rief ihre Tante erstaunt und musterte sie abwartend. Vee gab sich endlich einen Ruck und erzählte Tilli alles, woran sie sich erinnerte. Einschließlich das Erwachen neben TKT heute Morgen. Ihre Tante lauschte gespannt und nickte hin und wieder, sagte aber kein Wort. Erst als Vivien verstummte und vor Scham den Blick gesenkt hielt, fragte Tilli: »Und du bist dir jetzt nicht sicher, ob ihr Sex hattet?« Abrupt hob Vee den Kopf und sah ihre Tante entsetzt an. »Was guckst du mich so an? Ich war schließlich auch mal jung. Nur weil ich alt bin, heißt das noch lange nicht, dass ich kein Sexleben hatte.« Mitfühlend klopfte sie ihrer Nichte die Hand.

»Aber Tilli, hast du mir nicht zugehört? Ich habe das Haus verwettet!«

»Das Haus ist ein alter renovierungsbedürftiger Kasten. Glaub mir, Thomas Klein hat mit Sicherheit kein Interesse daran«, konterte Tilli.

»Aber das tut doch nichts zur Sache. Wette ist Wette und Vertrag ist Vertrag«, brauste Vee auf.

»Vee, Kindchen, überleg doch mal. Das Haus gehört nach wie vor dir. Ja, es ist dein Wetteinsatz. Doch wer nicht wagt, der nicht gewinnt.«

»Aber …«

»Vielleicht ist ja noch nichts verloren. Weiß er denn … na, du weißt schon …«

Vivien starrte ihre Tante mit offenen Mund an. »Sieh mich nicht so an, Kind. Habt ihr nun oder habt ihr nicht? Denn wenn nicht, dann wäre ja alles geklärt.«

»Ich bin mir nicht sicher«, gab Vee kleinlaut zu. »Ich erinnere mich schwammig, dass ich mit ihm in ein Taxi eingestiegen bin und ab da ist dann alles schwarz. Nichts. Kein Gefühl, rein gar nichts.«

»Hm … Filmriss«, brummte Tilli und nahm einen weiteren Schluck von ihrem Tee. Plötzlich sagte sie: »Wenn ich mir die Sache recht überlege, was spricht deiner Meinung nach gegen diese Wette. Hier, sieh dir das Foto mal genauer an.« Tilli schlug rasch die Zeitung mit der Seite auf, auf der Thomas Klein abgebildet war. »Er sieht attraktiv aus und wenn er mal lächelt, so wie auf dem Foto, dann wirkt er sogar charmant. Außerdem ist er reich und Single.«

»Tante Tilli!«, rief Vee aufgebracht. »Du glaubst doch nicht im Ernst, dass ich und ... und … der da … Ernsthaft, jetzt?«

»Warum nicht? Was passt dir an ihm nicht?«

»Ich hasse ihn. Er ist arrogant und ein Tiefkühlklotz. Er behandelt Menschen wie Fußabstreifer. Ich verabscheue es, wie alle Welt ihn in den Himmel hebt.«

»Na du scheinst ihn ja schon verdammt gut zu kennen.«

»Er ist die Konkurrenz und die behält man im Auge.«

»Von wegen! Konkurrenz? Das ist doch lächerlich, Vee. Er ist nicht der einzige Scheidungsanwalt in der Stadt. Weißt du über die restlichen Anwälte auch so gut Bescheid?«

»Auf wessen Seite stehst du überhaupt, Tilli?«, fragte Vee hitzig und sprang von ihrem Stuhl auf.

»Setz dich!«, befahl ihre Tante und sah Vee dabei streng an.

Vivien kannte diesen Blick und folgte lieber ihrer Anweisung. »Du bist eine wunderschöne, intelligente junge Frau. Ich kann mir nicht vorstellen, dass

Thomas Klein, der gerissenste Anwalt der Stadt, sich auf eine Wette einlässt, um an ein popeliges altes Haus in der Toskana zu gelangen.« Prüfend betrachtete sie ihre Nichte. Diese sah sie mit großen Unschuldsaugen an. Vee hatte nicht die geringste Ahnung, wie sie auf Männer wirkte. Dieser Klein war kein Idiot und Tilli war sich sicher, dass er mit dieser Wette eine bestimmte Absicht verfolgte. Und wenn es nur darum ging, ihre Nichte in sein Bett zu locken. Bei näherer Betrachtung sprach nichts dagegen, solange er Vee nicht das Herz brach. Vivien benötigte einen kraftvollen Mann an ihrer Seite. Einen der sie beschützte, denn sie war zu leidenschaftlich und selbstzerstörerisch. Kurz, Vee brauchte jemanden, der sie vor sich selbst schützte. Thomas Klein wäre dazu in der Lage, dem war sich Tilli sicher. Deshalb sagte sie: »Lern ihn doch just for fun kennen.«

»Was?«

»Ja, finde heraus, was er will. Will er nur mit dir ins Bett, dann wäge ab, ob er es wert ist. Will er am Ende sogar mehr, dann lass dein Herz entscheiden.«

»Tante Tilli, du scheinst dabei eine klitzekleine Kleinigkeit zu vergessen, nämlich, dass ich diesen Mann nicht ausstehen kann.«

»Ach was, Kindchen, das redest du dir nur ein.«

»Ich rede mir das nur ein?«, fragte Vee mit weit aufgerissenen Augen und die Hände Richtung Decke gestreckt. Sie hatte Mühe, ihr Temperament zu zügeln. Sekundenlang verharrte sie so und starrte ihre Tante völlig entgeistert an. Das Klingeln von Viviens Handy riss beide aus der Starre. Den Blick auf Tilli gerichtet nahm sie ab.

»Hallo?«

»Hi, Vivien. Wo steckst du?«

»Ich wüsste nicht, was Sie das angeht, Herr Klein«, sagte sie aufgebracht. Dabei sprang sie aus dem Sessel auf und tigerte im Raum umher.

»Stimmt, Kiwi. Da muss ich dir ausnahmsweise recht geben.«

»Ausnahmsweise?«, empörte sich Vee. »Was wollen Sie und woher haben Sie meine Handynummer?«

Natürlich war es für Klein ein leichtes an ihre Nummer zu kommen. Dazu musste er nur Mia oder Bernard kontaktieren, beide hatten sich ja schon von ihm erweichen lassen.

»Ich habe für morgen Abend, 19 Uhr, einen Tisch im *Dance'n Meal* reserviert. Zieh was Hübsches an ... und Kiwi, bitte sei pünktlich.«

»Ich ...«, weiter kam sie nicht, denn TKT hatte schon aufgelegt. Ihr Puls raste. Mit zittriger Hand legte sie ihr Handy auf den Tisch. Sie ließ sich zurück in den Sessel plumpsen und war wieder auf Augenhöhe mit ihrer Tante. Vees Wangen glühten und sie hatte das Gefühl, jeden Moment zu explodieren.

»Thomas Klein scheint aber ein reges Interesse an dir zu haben?«, bemerkte Tilli und Vee warf ihr einen mörderischen Blick zu, was bei ihrer Tante ein Augenrollen auslöste. »Nun stell dich nicht so an. Entspann dich und schalt mal einen Gang zurück. Gib deiner weiblichen Seite mehr Spielraum und du wirst sehen, dass Thomas Klein gar nicht so verachtenswert ist.«

Stöhnend legte Vivien die Stirn auf den Tisch und die Hände flach daneben. Der Albtraum nahm kein Ende. Warum nur verteidigte alle Welt TKT, selbst ihre Tante war auf seiner Seite. War sie denn die Einzige, die sein wahres Ich erkannte?

Liebevoll tätschelte Tilli die Hand ihrer Nichte. »Vee, jetzt lass dir doch nicht jedes Wort aus der Nase ziehen. Was wollte Thomas Klein?«

»Er hat mich angewiesen, morgen Abend um 19 Uhr ins *Dance 'n Meal* zu kommen. »Mach dich hübsch und sei bitte pünktlich«, äffte sie ihn nach.

»Das hat er allen Ernstes gesagt?«, fragte Tilli schmunzelnd.

Abrupt richtete Vee sich wieder auf: »Du findest das komisch?«

»Nein«, betonte Tilli, unterdrückte aber ihr Kichern und prustete im nächsten Moment los. »Bitte entschuldige, Vee, aber ihr zwei seid einfach zu goldig.«

153

»Hallo? Bitte was ist daran goldig, wenn mich ein arroganter Tiefkühlklotz in ein Restaurant diktiert?«

»Ach Vee, dein Zorn auf Thomas Klein macht dich blind.« Tilli wischte sich ihre Lachtränen aus den Augenwinkeln. Schlagartig wurde sie ernst und sagte: »Du wirst dich morgen Abend in Schale werfen und dich mit ihm treffen.«

»Aber …«

»Keine Widerrede, Vee. Brezel dich auf und verdreh ihm den Kopf. Glaub mir, er wird dir aus der Hand fressen.«

»Aber was ist mit der Wette? Was, wenn ich das Haus verliere?«

»Papperlapapp, du verlierst dabei nichts, Vee. Du wirst auf jeden Fall gewinnen und wenn es an Erfahrung ist. Und wegen des Hauses, zerbrich dir da mal nicht deinen hübschen Kopf. Der Kasten ist alt und renovierungsbedürftig.«

»Ich liebe dieses Haus.«

»Genug diskutiert. Nun geh schon und bring dich auf Vordermann. Zudem muss ich mich jetzt ausruhen. Die Hitze macht einer alten Frau, wie mir, zu schaffen.«

Besorgt sah Vee ihre Tante an, doch Tilli scheuchte sie unbeirrt aus dem Haus. Nachdenklich stieg Vivien in ihren Wagen und fuhr los. »Mögen die Spiele beginnen und der Bessere gewinnen«, spottete sie. Aus einer Eingebung heraus, änderte Vivien ihre

Meinung und fuhr nicht wie geplant auf dem direkten Weg nach Hause, sondern begab sich stattdessen ins Neuhaus – Viertel, in dem TKTs Kanzlei lag. Was erhoffte sie sich mit dieser Aktion? Vivien atmete tief durch und versuchte, ehrlich zu sich zu sein. Sie glaubte fest daran, ihn in letzter Minute umzustimmen.

***

Nachdem Tilli sicher war, dass ihre Nichte das Haus verlassen hatte, griff sie zum Telefon und wählte die Nummer von Viviens' Chef.

Nach dem dritten Mal Läuten hob er ab und blaffte: »Bernard.«

»Du meine Güte, Bernard, was ist denn in dich gefahren? Man könnte meinen, dir wäre eine überdimensional große Laus über die Leber gelaufen.«

»Eher Alkohol«, nuschelte er.

Tilli ignorierte sein Gemurmel und fragte stattdessen: »War Vivien heute bei dir?«

»Verschone mich mit diesem Namen. Ich kann ihn heute nicht ertragen. Vivien Maas ist …«

»Stopp!«, unterbrach Tilli ihn. »Sag jetzt nichts, was du hinterher bereuen wirst. Ich weiß, sie ist zuweilen schwierig, aber sie trägt ihr Herz am rechten Fleck.«

»Welches Herz?«, schrie Bernard, sodass Tilli ihren Hörer kurzzeitig vom Ohr weghielt.

»Ich weiß von der Wette und was gestern Abend passiert ist«, nahm Tilli das Gespräch erneut auf.

»Dann weißt du mit Sicherheit auch, dass sie mich für ihren ganzen Schlamassel verantwortlich macht. Habe ich mit Thomas Klein gewettet oder sie?«

»Jetzt beruhige dich doch, Bernard. Was regst du dich so auf. Du bist ja kaum wiederzuerkennen.«

Tillis Worte fassten Fuß. Von der einen Sekunde auf die andere war sein Wutanfall verpufft. Tilli hörte ihn leise seufzen. Sie konnte sich vorstellen, wie er sich nach dem gestrigen Abend fühlte. Eddi war zu alt für durchzechte Nächte und zu alt für Viviens Eskapaden.

»Bitte entschuldige Tilli, aber der Tag heute ist die Hölle auf Erden.«

»Schon gut Bernard. Du weißt, ich bin nicht nachtragend.«

Tilli hörte sein leises Lachen und schmunzelte. »Was kann ich für dich tun, Tilli?«

»Ich will mit dir über Vivien und diese Wette reden. Und bitte fang nicht gleich wieder an zu brüllen, das vertragen meine Ohren nicht.«

»Bitte nicht«, stöhnte Bernard und im selben Atemzug fragte er: »Was willst du wissen?«

»Sie kann sich nicht daran erinnern mit Thomas Klein geschlafen zu haben«, platzte Tilli heraus. »Das bringt mich zu der Annahme, dass die Wette noch gilt, oder?«

»Die Wette ist so oder so nichtig, Tilli.«

»Ach, tatsächlich? Und mit welcher Begründung?«

»Hier greift der Paragraph siebenhundert zweiundsechzig ›Spielschulden sind Ehrenschulden‹ Durch Spiel oder Wette wird eine Verbindlichkeit nicht begründet, allerdings wenn geleistet wird, kann man es nicht zurückfordern. Folglich besteht an sich von vornherein schon kein Anspruch auf Einlösung der Wette.«

»Da hat aber jemand seine Hausaufgaben gemacht«, meinte Tilli und bohrte weiter nach. »Aber was ist mit dem Vertrag?«

»Irrtumsanfechtung laut Paragraph einhundertneunzehn, mit unverzüglicher Frist, da alle Beteiligten zu gegebenem Zeitpunkt betrunken waren. Der Anfechtungsgrund ergibt sich aus den Paragraphen einhundertneunzehn, einhundertzwanzig und einhundertdreiundzwanzig. Es werden zwischen Fehlern bei der Willensäußerung und Fehlern bei der Willensbildung unterschieden. Die Paragraphen einhundertneunzehn Absatz eins und einhundertzwanzig beinhalten jene der Äußerung, wohingegen die Paragraphen einhundertneunzehn Absatz zwei und einhundertdreiundzwanzig, die der Bildung.

Liegt einer der in den Paragraphen einhundertneunzehn und einhundertzwanzig genannten Irrtümer vor, so ist der Betroffene zur Anfechtung berechtigt. Dazu zählt die Definition: *›Irrtum ist das unbewusste Auseinanderfallen von objektiv Erklärtem und subjektiv Gewolltem‹.*«

»Stopp, Bernard! Das reicht, mir schwirrt der Kopf vor lauter Paragraphen. Was ist mit Vivien, weiß sie davon? Immerhin arbeitet sie für dich und sollte doch mit der Materie vertraut sein.«

»Ich denke nicht, zumindest war sie hier und hat mich angebettelt, ihr zu helfen.«

»Und Klein?«

»Thomas Klein?«

»Bernard, über wie viele Kleins reden wir hier? Also, wie sieht es aus? Wenn du weißt, dass weder die Wette noch der Vertrag gültig sind, dann weiß es Klein doch erst recht.«

»Thomas Klein hat mich heute Mittag angerufen und Vivien gesucht. Bei der Gelegenheit haben wir über die Wette und den Vertrag gesprochen«, teilte Bernard ihr mit.

»Ja, und?«, fragte Tilli ungeduldig.

»Er hat mich darum gebeten, Vivien in dem Glauben zu lassen, dass nicht die Wette, aber der Vertrag gültig sei.«

»Sieh an, sieh an«, murmelte Tilli und sprach gleich darauf ihren Gedanken aus. »Ich denke, dass er ernsthaft an ihr interessiert ist, Bernard. Mal ehrlich, würdest du als Mann so einen Aufwand betreiben, nur für eine Nacht?«

»Ehrlich? … So etwas Verrücktes würde mir nicht im Traum einfallen, Tilli.« Eddi lachte.

»Dachte ich mir. Wir müssen ihm helfen, Bernard. Tiefkühlklotz hin oder her. Ich glaube, dass er der Richtige für Vivien ist und tief in ihrem Inneren weiß sie das, sie will es sich nur nicht eingestehen, dieser Sturkopf!«

»Entweder das, oder sie hat Schiss, sich zu binden.«

»Ich vermute beides, Bernard. Du weißt, sie ist ein gebranntes Kind. Ihre letzte Beziehung hat Spuren hinterlassen. Ich muss unbedingt mit Thomas Klein sprechen. Hast du seine Telefonnummer?«

»Was hast du vor, Tilli? Willst du ihm Vivien schmackhaft machen? Zudem hat Klein Wichtigeres zu tun als mit einer alten Frau zu telefonieren. Der Mann kommt gleich nach dem Papst, da kannst du lange warten, bis du bei ihm eine Audienz bekommst.«

»Das war nicht nett, Bernard. Zugegeben ich bin nicht mehr die Jüngste, aber ich gehöre noch lange nicht zum alten Eisen. Außerdem, wenn ich ihm sage, wer ich bin, wird er sich Zeit für mich nehmen. Schließlich hat er ein Ziel, nämlich Vivien für sich zu gewinnen. Und zudem ist er nicht umsonst der erfolgreichste Scheidungsanwalt von Derchen.«

»Tilli, Tilli, wenn das mal nicht nach hinten losgeht.«

»Papperlapapp, red nicht so einen Unsinn, Bernard. Gib mir lieber Kleins Telefonnummer.« Widerstrebend gehorchte Bernard. Er hatte ein ungutes Gefühl bei der Sache. Wobei sein Urteilsvermögen heute nicht das beste war. Tilli wusste, was sie tat und wenn sie sich etwas in den Kopf gesetzt hatte, erst recht. Sie war eben ganz ihre Nichte.

»Du weißt so gut wie ich, dass die beiden nur einen kleinen Schubs benötigen, damit die Sache läuft. Herrgott noch mal Bernard, wer weiß wie lange ich noch lebe. Ich wünsche mir, dass Vivien in sicheren Händen ist, wenn ich mal gehe. Ist das so schwer zu verstehen?«

»Nein, du hast ja recht, Tilli, aber muss es ausgerechnet Thomas Klein sein?«

»Ja. Er ist der einzige Mann, der Vivien die Stirn bietet. Alle bisherigen waren nur Warmduscher und der letzte ein notorischer Lügner.«

»Das ist kein Vergleich, Tilli, denn da waren nicht mehr als zwei, wenn überhaupt.«

»Sag ich doch Warmduscher und notorischer Lügner.«

***

»Kanzlei Thomas Klein, Sie sprechen mit Frau Meierhofer, wie kann ich Ihnen helfen?«

»Guten Tag Frau Meierhofer. Mein Name ist Tilli Waschkewitz, ich hätte gerne Herrn Klein in einer dringlichen Angelegenheit gesprochen.«

»Frau Watzkewisch, das tut mir leid, Herr Klein ist im Moment nicht zu sprechen. Er hat Besuch.«

Tilli rollte genervt die Augen. »Waschkewitz, Frau Meierhofer, mein Name ist Waschkewitz. Sagen Sie bitte Herrn Klein, es geht um Leben und Tod, oder nein, sagen Sie ihm, es geht um Frau Maas.«

»Tut mir leid, aber ich kann wirklich nicht stören.«

»Junge Dame«, sagte Tilli. Sie bemühte sich um eine gewisse Autorität in ihrer Stimme. »Wenn Sie mich nicht augenblicklich mit Herrn Klein verbinden, garantiere ich Ihnen, dass Sie den größten Ärger Ihres Lebens bekommen.«

Tilli stellte sich gerade das angesäuerte Gesicht der Sekretärin vor. Doch es war ihr egal, ob die Frau pikiert über ihren Tonfall war. Sie musste dringend mit Thomas Klein sprechen.

»Sie sagten, es geht um Frau Maas?«, fragte Frau Meierhofer.

»Ja.«

»Ich will sehen, was ich für Sie tun kann.« Tilli wurde in die Warteschleife gelegt. »Na bitte, geht doch«, brummte sie und trommelte ungeduldig mit den Fingern auf dem Tisch herum, auf dem ihr Telefon stand.

»Thomas Klein«, meldete sich eine angenehme männliche Stimme wenige Sekunden später, und entlockte Tilli ein Lächeln.

»Guten Tag Herr Klein. Darf ich mich kurz vorstellen, ich bin Vivien Maas' Tante, Frau Tilli Waschkewitz.«

»Guten Tag, Frau Waschkewitz«, erwiderte er freundlich. »Wie kann ich Ihnen behilflich sein?«

»Zunächst einmal nennen Sie mich bitte Tilli und zum anderen will ich Ihnen behilflich sein.«

Thomas Klein zögerte, hakte dann mit einem verwunderten »Wie bitte?«, nach.

»Sie haben schon richtig gehört, Thomas, ich will Ihnen dabei helfen, Vee für sich zu gewinnen. Vorausgesetzt, Sie meinen es ehrlich mit meiner Nichte. Wenn nicht, kann es für Sie sehr unangenehm werden.«

Schweigen. Herrn Klein hatte es offensichtlich die Sprache verschlagen.

»Drohen Sie mir etwa?«, fragte er verblüfft.

»Drohen?«, Tilli lachte kurz auf und wurde abrupt ernst. »Betrachten Sie es eher als Warnung, junger Mann.«

Sie hörte ihn lachen. »Sie haben einen seltsamen Humor«, sagte er. »Aber jetzt mal ernsthaft. Wie wollen Sie mir ihrer Meinung nach helfen, Tilli?«

»Ganz einfach, Herr Klein, ich werde ein bisschen aus dem Nähkästchen plaudern und versuchen, Ihnen Vee damit näher zu bringen. Ich weiß, meine Nichte hat einen schwierigen Charakter und dazu ein aufbrausendes Temperament, doch trotz ihrer Ecken und Kanten trägt sie ihr Herz am rechten Fleck.« In der nächsten halben Stunde erzählte Tilli Thomas jede Menge über Vivien. Was sie jedoch verschwieg, war, dass Vee als Heimkind aufgewachsen war. Das sollte sie ihm selber erzählen, da es ein wunder Punkt in ihrem Leben war.

***

Eine Dreiviertelstunde später legte Thomas den Hörer auf. Gedanklich noch bei Tilli, ließ er das Gespräch Revue passieren. So viel stand fest, Vivien Maas besaß unter ihrer harten Schale einen weichen Kern. Sie hatte gelernt, ihre wahren Gefühle zu verbergen. Um so weniger konnte sie verletzt oder enttäuscht werden. Das alles kam ihm bekannt vor.

Tilli erzählte ihm auch von Viviens letztem Freund. Dieser war ein notorischer Lügner. Er hatte sie auf viele Weisen betrogen. Seitdem war sie noch vorsichtiger im Umgang mit dem männlichen Geschlecht. Eins wurde ihm während des Telefonats mit Tilli klar, die Woche mit Vivien Maas würde nicht langweilig werden. Das hieß für ihn, viele unbekannte Seiten an ihr zu entdecken. Er freute sich darauf, Vivien Maas kennenzulernen, jetzt mehr denn je. Die Voraussetzung dabei war, dass sie nicht hinter die Scharade mit dem Vertrag kam. Es klopfte an der Tür. Erschrocken sah er von seiner Akte auf, auf die er die ganze Zeit ins leere gestarrt hatte. Seine Gedanken waren, wie so oft in letzter Zeit, zu Vivien Maas abgedriftet.

»Herein!«, rief er.

»Herr Klein, ich würde jetzt Feierabend machen. Benötigen Sie noch etwas?«

»Nein Danke, Frau Meierhofer.«

»In Ordnung«, entgegnete sie. »Schönes Wochenende, Herr Klein.«

»Danke Frau Meierhofer, Ihnen auch.«

Mit einem knappen Nicken verabschiedete sich seine Sekretärin und schloss leise die Tür hinter sich.

Thomas vertiefte sich wieder in seine Arbeit. Als es an der Tür klingelte, sah er auf die Uhr. Es war zehn nach zwei. Seufzend erhob er sich und lief persönlich zur Tür. Frau Meierhofer befand sich ja bereits im Wochenende. Er öffnete und sein aufgesetzt freundliches Lächeln erlosch augenblicklich. Vor ihm stand, aufreizend und verführerisch, Simone Duvall. Wie am Abend zuvor, lächelte sie und schnurrte: »Hallo Thomas, darf ich reinkommen?«

Thomas zögerte einen Moment, schließlich trat er zur Seite und ließ sie eintreten, was er gleich darauf als Fehler abtat. Simone nutzte sofort die Gunst und presste ihren Körper gegen seinen und legte ihm verführerisch ihre Hand auf die Brust. Gleichzeitig reckte sie ihren Kopf zu ihm und hauchte einen Kuss auf seine Wange. Thomas schob sie sanft, aber bestimmt, von sich. Simone reagierte verschnupft. »Thomas Klein, begrüßt man so eine Freundin?« Erneut kam sie ihm näher und rieb mit ihrem Daumen über die Stelle an seiner Wange, auf die sie ihm den Kuss gedrückt hatte. Dabei verwischte sie die Spur des Lippenstiftes. »Lass das«, schimpfte Thomas gereizt und schob sie erneut von sich. Bevor er jedoch die Tür schloss, warf er einen prüfenden Blick auf die Straße, doch alles war wie immer.

»Was willst du?«, fragte er und musterte Simone mit Argusaugen.

»Wonach sieht es denn deiner Meinung nach aus?«, stellte sie ihre Gegenfrage.

»Hör zu Simone, ich habe keine Zeit für derartige Spielchen. Entweder du sagst mir, was du willst, oder ich muss dich bitten wieder zu gehen.« Die Entschlossenheit in seiner Stimme setzte Simone in Bewegung. Sie ließ ihn stehen und steuerte die einzig offene Tür an. Gedanklich fluchte Thomas. Simone hatte sein Arbeitszimmer betreten. Sie drehte sich einmal im Kreis und sah sich den Raum an. »Nüchtern und klar strukturiert, so wie du«, sagte sie. Dabei huschte ein zufriedenes Lächeln über ihr Gesicht. Thomas starrte sie nur wütend an. Simone nahm sich die Freiheit heraus und lehnte sich gegen den Schreibtisch, dabei stützte sie sich links und rechts mit den Armen ab, was ihren üppigen Busen mehr zur Geltung brachte.

Scheinbar teilnahmslos wartete Thomas ab, doch in seinem Inneren schrillten sämtliche Alarmglocken. *Was führt Simone Duvall im Schilde?*

Die Frage ließ ihn nicht mehr los, erst recht nicht, als sie sich vom Schreibtisch abstieß und mit langsam wiegenden Hüften auf ihn zukam. Dicht vor ihm blieb sie stehen, legte einen Arm in seinen Nacken und lockerte seine Krawatte. Das Ganze passierte derart lasziv, dass es jeden anderen Mann auf sündhafte Gedanken gebracht hätte, jedoch nicht Thomas.

***

»Frau Meierhofer?«, rief Vivien leicht außer Atem, da sie die letzten paar Meter im Laufschritt hinter der Frau hergelaufen war.

»Ja?«, fragend drehte sich die Sekretärin zu Vivien um. Es dauerte einen Moment, bis sie sie erkannte. »Frau Maas? Schön Sie zu sehen. Sie haben Glück, ich war schon auf dem Weg ins Wochenende, aber ich Schussel habe meine Handtasche im Büro liegen lassen. Wollten Sie etwas Bestimmtes? Warten Sie, ich schließe erst einmal auf, wir reden besser in der Kanzlei darüber.«

»Das ist sehr nett von Ihnen, aber machen Sie sich wegen mir keine Umstände, Frau Meierhofer.«

»Ach, was reden Sie denn da? Kommen Sie erst einmal herein.«

»Das ist nett, danke. Wissen Sie, ob Herr Klein im Haus ist?«

»Als ich vor zehn Minuten gegangen bin, war er noch hier. Folgen Sie mir, wir sehen mal nach.« Die Sekretärin steuerte zielstrebig das Büro ihres Chefs an, dessen Tür offen stand. Abrupt blieb sie stehen und Vivien wäre fast in die Frau reingelaufen, reagierte aber geistesgegenwärtig. »Herr Klein?«, schnappte die Sekretärin nach Luft, als sie ihren Chef in flagranti mit einer brünetten Dame ertappte.

Sprachlos blieb Vivien in der Tür stehen. Unfähig sich zu bewegen, sah sie zu, wie Klein die Frau unsanft von sich schob und dabei zwischen zusammengebissenen Zähnen knurrte: »Bitte verlass unverzüglich meine Kanzlei und komm nie wieder hierher.« Die Frau richtete sich zu ihrer vollen Größe auf. Ihr indignierter Blick sprach Bände. Eine Hand in die Seite gestemmt, lief sie mit wiegendem Hüftschwung auf die Tür zu. Vor Kleins Sekretärin und Vivien blieb sie stehen und bedachte beide mit einem herablassenden Blick.

Das war der Moment, in dem Vee wieder Bodenhaftung bekam und sie mit vor Sarkasmus triefender Stimme sagte: »Bitte entschuldigen Sie die Störung, aber Thomas und ich, wir haben etwas Wichtiges zu besprechen. Nicht wahr, Schatz?«

Simone Duvall warf Vivien einen mörderischen Blick zu und zischte: »Glaub nur ja nicht, dass du gewonnen hast. Ich hab schon weitaus andere Schlampen ausgestochen.« Damit wandte sie sich um und verließ erhobenen Hauptes die Kanzlei. Vee starrte ihr entsetzt hinterher. Frau Meierhofer stand kurz vor einer Ohnmacht und fächerte sich mit der Hand Luft zu.

Thomas rührte sich nicht vom Fleck. Sein Blick hing an Vivien und insgeheim verfluchte er die aus dem Ruder gelaufene Situation. Warum lief in Bezug auf Frau Maas nichts nach Plan? Warum war sie überhaupt hier? Warum war seine Sekretärin zurückgekommen? Warum, warum, warum? ›*Mist!*‹, fluchte er stumm. Gleichzeitig seufzte er resigniert auf. Unbewusst ballte er dabei seine Hände zu Fäusten.

Vivien und Thomas

Freitag Nachmittag

Sobald die Tür ins Schloss gefallen war, wandte sich Vee Frau Meierhofer zu. »Geht es Ihnen gut? Soll ich Ihnen ein Glas Wasser bringen?«

»Nein, nein, alles in Ordnung, Frau Maas«, stammelte die Sekretärin irritiert und sah zwischen den beiden hin und her. Vivien schenkte ihr ein aufmunterndes Lächeln und meinte: »Das Ganze ist nur ein Missverständnis. Sie müssen sich keine Sorgen machen. Die Dame wird uns nicht mehr belästigen. Nicht wahr, Schatz?«, fragte Vee mit Blick auf Thomas. Verstört nickte Frau Meierhofer. Man sah ihr an, dass sich ihre Gedanken überschlugen. »Ich glaube, es ist besser, wenn ich jetzt gehe. Sie haben sicherlich einiges zu besprechen, da will ich nicht stören.« Fluchtartig wandte sie sich um und holte ihre Handtasche. Mit einem lauten »Schönes Wochenende!«, verließ sie die Kanzlei.

Die eingetretene Stille war furchteinflößend. Vivien löste ihren Blick vom Eingangsbereich und sah zu TKT. Der stand wie angewurzelt in seinem Büro. Die Krawatte hing ihm locker um den Hals und sein Hemd klaffte zu beiden Seiten auf. Dies bot Vivien einen tieferen Blick auf seinen behaarten

Brustkorb. Sein Anblick wirkte anziehend und abstoßend zugleich auf Vee. Wäre da nicht der verschmierte Lippenstift auf seiner Wange, der ihr einen unbekannten Stich ins Herz versetzte. Nur mit Mühe widerstand sie dem Drang, auf der Stelle das Büro zu verlassen. Schweigend bohrten sich ihre Blicke ineinander, ohne dass sich einer der beiden rührte. Es war Thomas, der sich aus seiner Starre löste und auf Vee zuging, vor ihr stehen blieb und fragte: »Warum bist du hier?« Vivien sah stur auf seine Brust und rang um Beherrschung. Das Verlangen, ihm eine Ohrfeige zu verpassen, wuchs mit jeder Minute. Ruckartig hob sie den Kopf und sah ihm direkt in die Augen. Was sie darin las, ließ sie erstarren. Blankes Begehren und pure Leidenschaft brannten in seinem Blick. Die Intensität, mit der er sie ansah, bereitete ihr eine Gänschaut, die ihren ganzen Körper erfasste. Kopfschüttelnd wich sie vor ihm zurück. »Warum bist du hier, Vivien?«, bohrte Thomas weiter nach und folgte ihm. »Ich … Die Wette ist ungültig«, platzte sie heraus. »Wir waren alle betrunken und nicht zurechnungsfähig und zudem ist eine Wette nach dem Gesetz nicht bindend … so oder so ähnlich ... dazu habe ich etwas gelesen …«

»So, hast du das, Kiwi?« Kopfschüttelnd musterte er Vee und erklärte: »Die Wette betrifft den Paragraphen   siebenhundertzweiundsechzig

171

›*Spielschulden sind Ehrenschulden*‹. Durch Spiel oder Wette wird eine Verbindlichkeit nicht begründet, allerdings wenn geleistet wird, kann man es nicht zurückfordern. Folglich besteht an sich von vornherein schon kein Anspruch auf Einlösung der Wette. Dennoch gibt es einen Vertrag und du vergisst die Zeugen. Bist du deshalb gekommen, um mit mir über die Wette zu reden?«

»Ja. Oder dachten Sie aus Sympathie?«

»Die Hoffnung stirbt zuletzt, Kiwi. Warum nicht? Nachdem wir eine gemeinsame Nacht miteinander verbracht haben, wäre es durchaus möglich, dass du deine Meinung über mich geändert hast.«

»Das ist jetzt nicht Ihr Ernst? Haben Sie schon mal in den Spiegel gesehen? Zudem scheinen Sie mir ein notorischer Frauenheld zu sein. Heute blond, morgen dunkelhaarig, die die dazwischen liegen, nicht mitgezählt.«

»Wenn ich dich so reden höre, könnte ich meinen, du wärst eifersüchtig, Schatz«, stichelte Thomas sie an.

»Ich bin nicht Ihr Schatz, Herr Klein.«

»Das hat sich vor ein paar Minuten noch ganz anders angehört.«

»Das galt nicht Ihnen, sondern einzig und allein dieser überheblichen Person, die zudem meinte, ich wäre eine Schlampe. Vielleicht hätte ich ihr den Spiegel vorhalten sollen, damit sie weiß, wie eine

Schlampe aussieht.« Viviens Blut geriet allmählich in Wallung, sie redete sich in Rage. Thomas gab ihr ja insgeheim recht und verfluchte Simone Duvall dafür, dass sie ihm ins Handwerk gepfuscht hatte. Jetzt hieß es doppelte Überzeugungskraft leisten, damit Vivien mit ihm die Woche verbrachte. Doch zunächsteinmal musste er die aktuelle Situation entschärfen. »Hör zu Kiwi, wir können uns jetzt bis zum Nimmerleinstag streiten oder wir fangen an und finden einen Weg aus dem ganzen Schlamassel. Was spricht dagegen, eine gemeinsame Woche miteinander zu verbringen?«, fragte Thomas.

»Was dagegen spricht? Sie.«, giftete Vivien. »Ich kann Sie nicht ausstehen. Sie setzen alles daran, eine Woche mit mir zu verbringen, und schaffen es dabei nicht einmal vierundzwanzig Stunden die Finger von einer anderen Frau zu lassen. Wie stellen Sie sich das vor, Herr Klein? Tagsüber ich, nachts Ms. Tigerlilly?«

»Es war nicht das, wonach es aussah«, meinte er und wusste, dass sich seine Worte lahm anhörten.

»Ach? Deshalb auch ihr aufgeknöpftes Hemd und der verschmierte Lippenstift im Gesicht. Sie … Sie …« Wütend stampfte Vivien mit dem Fuß auf. Roter Zorn waberte vor ihren Augen und vernebelte gleichzeitig ihren Verstand. Wäre sie nur nicht hierher gekommen. Das war die dümmste Idee überhaupt gewesen. Dennoch hatte er ihr damit sein wahres Gesicht gezeigt.

Thomas Geduld mit Vivien war am Ende. Sie glaubte nur das, was sie sah und sehen wollte. Okay, in dem Fall hatte sie mit eigenen Augen gesehen, wie Simone sich an ihn herangemacht hatte, aber es war nichts geschehen und es wäre nie im Leben etwas passiert, da Frau Duvall schlichtweg nicht sein Typ war. Die, die ihn reizte und die er wollte, stand direkt vor ihm. Er handelte instinktiv, als er Vivien an sich zog, seine Hand in ihr Haar vergrub und sie ohne ihre Zustimmung leidenschaftlich küsste. Im ersten Moment versteifte sich Viviens Körper. Halbherzig versuchte sie, Thomas von sich zu schieben, um letztendlich in seinen Armen zu kapitulieren.

Das Verlangen, das von ihm ausging, entfachte in ihr das reinste Feuerwerk.

Nur widerwillig beendete Thomas den Kuss. Völlig außer Atem lehnte er seine Stirn gegen die von Vivien. »Lass es uns versuchen, Kiwi. Eine Woche. Nur eine verdammte Woche, bitte Vee«, sagte er. Seine grauen Augen sahen sie dabei flehentlich an.

»Warum … warum ist es Ihnen so wichtig?«, bohrte Vee stockend nach. Sie war noch benommen von seinem Kuss und taxierte ihn mit ihren bernsteinfarbene Augen. Thomas nahm ihr Gesicht in seine Hände, berührte mit seinen Lippen federleicht ihren Mund und flüsterte: »Darum.«

Vee starrte ihn verständnislos an, woraufhin Thomas erklärte: »Ist das so schwer zu verstehen, Vee? Ich will dich näher kennenlernen. Du sollst mich besser kennenlernen. Das Schicksal hat es so gewollt. Wäre doch schade, wenn wir umsonst gewettet hätten.«

Samstag

Für einen Samstagmorgen hielt sich der Verkehr in Derchen in Grenzen. Vee war auf dem Weg zum Friseur. Sie hatte sich Tillis Worte durch den Kopf gehen lassen und gestern einen Termin vereinbart. Lorenzos Friseursalon war in der Damenwelt beliebt. Ohne Termin lief bei ihm nichts. Sie hatte Glück, eine Stammkundin zu sein, denn sonst hätte sie keinen kurzfristigen Termin erhalten.

»Guten Morgen, schöne Frau«, sagte Lorenzo. Vivien war seine überschwängliche Aufmerksamkeit peinlich. Doch so war der adrett gekleidete Friseur, überaus freundlich und zuvorkommend. Seine Kundinnen liebten ihn für seine offenherzige Art und was weitaus wichtiger war, für sein Geschick. Er holte aus jedem Haarschopf das Beste heraus. Das Klischee, das ein Friseur schwul war, traf definitiv nicht auf Lorenzo zu. Er war seit zwanzig Jahren glücklich mit seiner Frau verheiratet.

Er schob sie gerne vor, wenn es um seine nicht vorhandene Figur ging. »Edeltraut kocht zu gut und zu viel. Sie sagt, wer arbeitet, muss auch essen, also esse ich.« Das Ganze trug er scherzhaft mit einem Augenzwinkern vor. Am Ende lachten alle darüber. Vee fand Gefallen an seiner unkomplizierten Art und wie er die Dinge auf den Punkt brachte.

»Guten Morgen, Lorenzo«, entgegnete Vee und setzte sich auf den Stuhl, den er ihr zuwies.

»Das Übliche, Frau Maas? Waschen, schneiden und die Löckchen bändigen?«

»Ja, wie immer Lorenzo«, schmunzelte sie und ließ sich für die nächste Stunde von ihm verwöhnen. Sie lauschte seinen neusten Klatsch- und Tratschgeschichten und wurde hellhörig, als der Name Thomas Klein fiel. Doch Lorenzo hatte in Bezug auf TKT nichts Neues zu erzählen. Zumindest nichts, was sie selbst schon in Erfahrung gebracht hatte. Eineinhalb Stunden später verließ sie Lorenzos Salon und stieg in ihr Auto. Dabei bemerkte sie nicht den Wagen auf der gegenüberliegenden Seite, der sich just in dem Moment in Bewegung setzte, in dem sie losfuhr.

Vees nächstes Ziel war die Reinigung, danach folgte ein Drogeriemarkt und zuletzt hielt sie bei einem Nagelstudio an. ›*Wenn schon gestylt, dann von Kopf bis Fuß*‹, hatte sie gestern beschlossen. Heute erschien es ihr übertrieben. Warum tat sie sich das ganze Prozedere überhaupt an? ›*Du willst ihm gefallen*‹, meldete sich ihre weibliche Stimme. ›*Nein*‹, konterte ihr Verstand. Der einzige Grund, warum sie soviel Aufhebens auf ihr Äußeres gab, war der, dass sie TKT vor Augen halten wollte, was er niemals besitzen würde. Vertrag Hin oder Her, eine Woche auf engstem Raum mit ihm würde nichts an ihrer Meinung ändern. Sie würde Thomas Kleins Charme nicht erliegen. Im Gegenteil, er würde ihren Reizen verfallen. Doch sie gäbe ihm keine Gelegenheit, mit ihr zu schlafen. Die Wette hätte er somit verloren. Vivien seufzte resigniert, die Situation fing an, ihr über den Kopf zu wachsen. Hinzu kam, dass die Temperatur sich langsam aber stetig nach oben schraubte. Von der kaum abgekühlten Morgenluft, die einen Hauch Frische suggerierte, war nichts mehr zu spüren, dabei war es gerade mal halb Elf. Vivien schaltete die Klimaanlage ein, um die angestaute Wärme aus dem Wageninneren zu vertreiben. Die Mittagshitze hatte ihren Höhepunkt noch lange nicht erreicht. Die heiße Luft erwärmte den Asphalt so weit, dass Ansätze von Verformungen sichtbar wurden.

Vivien überlegte, warum sie TKTs Flehen nachgegeben hatte. Erst recht, weil sie ihn in flagranti mit dieser Frau ertappt hatte. Zu allem Überfluss hatte sie sich von ihm küssen lassen. Mehr noch, sie hatte sich in seiner Leidenschaft verloren. Es war ein berauschendes Gefühl mit Suchtpotenzial. Irritiert von ihren Emotionen hatte sie seinem Drängen nachgegeben. Ihr war klar, dass es sich um eine weitere Fehlentscheidung handelte. Eine Entscheidung, die sich zudem nicht so leicht revidieren ließ.

Samstag

Ivona sah abwechselnd von ihrer Uhr auf die rote Ampel, an der sie stand. Sie wartete darauf, dass es grün wurde. »Jetzt mach schon«, murmelte sie und tippte dabei mit dem Zeigefinger auf dem Lenkrad herum, das sie fest umklammert hielt. Sie war auf dem Weg zum *Hardt's*. Die anonyme Anruferin hatte Ivona zwar die Kellnerin beschrieben, aber nicht gewusst, dass diese gestern früher nach Hause gegangen war. Heute hatte die Frau erst gegen Mittag Dienst.

Endlich schaltete die Ampel auf Grün. Die kühle Luft der Klimaanlage bereitete Ivona eine Gänsehaut, doch sie dachte nicht im Traum daran, die Lüftung zurückzudrehen. Nicht bei diesen Temperaturen. Sie wollte nicht völlig verschwitzt im

Hardt's erscheinen. Der erste Eindruck zählte und war ausschlaggebend in ihrem Job. Sie musste sich konzentrieren und das funktionierte am besten mit einem kühlen Kopf. Jede Unachtsamkeit kostete ihr die Story. Ihr Chef war zu penibel, als dass er Halbwahrheiten zur Veröffentlichung freigab. Sie wollte diese Geschichte unbedingt veröffentlichen. Herr Klein war ihr persönliches Steckenpferd. Erst gestern hatte sie Glück im Unglück gehabt und ein Interview mit seiner Mandantin ergattert.

Nachdem sie am Tag zuvor die besagte Kellnerin nicht mehr im *Hardt's* angetroffen hatte, war sie zunächst enttäuscht zurück in ihr Büro gefahren. Doch keine fünf Minuten später erreichte sie die Nachricht, dass Herr Klein mit einer Mandantin im Gericht wäre. Sofort hatte sie sich einen Kameramann organisiert, um vor Ort zu sein. Der Stress hatte sich gelohnt. Nach Absegnung ihres Chefs, Herrn Reus, hatte sie das Video gestern noch hochgeladen. Die Likes schossen stündlich in die Höhe.

Nachdem sie jetzt zum dritten Mal um den Block gefahren war, fand sie endlich eine Parklücke. Schnellen Schrittes überquerte sie die Fahrbahn und überlegte, ob sie sich raus oder besser hinein setzen sollte. Sie entschied sich, reinzugehen. Zum einen war es im Gebäude nicht so heiß und zum anderen könnte sie unbehelligt mit der Kellnerin reden. Sie wählte einen relativ verwaisten Platz, der keine unmittelbaren Tischnachbarn hatte. So hatte sie die Möglichkeit, ein paar Minuten ungestört mit der Bedienung zu reden. Geschäftig legte sie ihr Notizbuch auf den Tisch und blätterte darin herum.

»Sie haben sich aber abseits gesetzt«, erklang die Stimme einer Kellnerin und Ivona hob den Kopf. Eine kurze Musterung und sie war sich sicher, dass die Beschreibung genau zu der Person passte, die vor ihr stand. Sie lächelte die Frau an. Ihr nächster Blick galt dem Namensschild und innerlich gratulierte sie sich zu ihrem Glück. Die Dame hieß Silke Braun und war an ihren Tisch gekommen, um die Bestellung aufzunehmen.

»Ach, wissen Sie, die Hitze da draußen ist mir unerträglich und ich dachte, hier drinnen ist es ein klein wenig kühler. Bei diesen Temperaturen zählt jeder Grad.«

»Da haben Sie recht. Was kann ich Gutes für Sie tun?«

»Zunächst hätte ich gerne einen Eistee, mit viel Eis.«

»Darfs auch was zu Essen sein?«

»Hm … Ich hadere mit mir, aber ein kleiner Snack kann nicht schaden.«

»Hier schauen Sie in Ruhe die Karte an, ich komme gleich wieder.«

»Danke«, lächelte Ivona und sah der Kellnerin hinterher. Sie überlegte, wie sie vorgehen sollte. Natürlich wollte sie nicht mit der Tür ins Haus fallen und sich als Pressesprecherin vorstellen. Denn so wie die Sache aussah, hatte Frau Braun sie nicht erkannt und das war besser so.

»Bitteschön, der Eistee mit viel Eis. Haben Sie sich inzwischen entschieden?« Abwartend schwebte ihr Stift über den Scanner, auf dem sie die Bestellung eintippte.

»Ich nehme den großen Salat mit Putenstreifen und ein Essig und Öl-Dressing.«

»Einmal Salat«, murmelte die Kellnerin und tippte auf dem Display herum. Sie bedankte sich freundlich bei Ivona und war im Begriff weiter zugehen, da fragte die Reporterin: »Ist es wahr, was hinter vorgehaltener Hand getuschelt wird?«

»Was wird denn getuschelt?«

»Na über die Wette, vor zwei Tagen«, sagte Ivona und ließ den prüfenden Blick der Kellnerin über sich ergehen. Nachdem sie als vertrauenswürdig eingestuft wurde, sagte die Bedienung: »Ah … die Wette.« Vorsichtig sah sie sich dabei nach allen Seiten um, ob sie auch niemand hörte.

Ivona setzt aufs Ganze. »Mal ehrlich, hat ein Typ wie Thomas Klein es nötig, um eine Frau zu wetten?« Ungläubig schüttelte sie den Kopf darüber. Die Kellnerin beugte sich zu ihr vor und wisperte: »Das

versteht keiner so richtig. Dazu noch das viele Geld.«
Dabei legte sie fassungslos die Hand über den Mund.

»Geld?«, fragte die Reporterin.

»Ja. Die Rede ist von einhunderttausend Euro.«
Entsetzt schnappte Ivona nach Luft.
»Einhunderttausend Euro?«

»Ja. So wahr ich hier stehe.« Die Kellnerin nickte
bestätigend.»Die Story geht noch weiter«, ergriff sie
wieder das Wort. Ihr Gast sah sie fragend an.

»Die Frau, um die es geht, soll ihr Haus verwettet
haben. Das muss man sich mal vorstellen.«

»Ihr Haus? Nein.« Pikiert schüttelte Ivona den
Kopf. »Die beiden müssen ja sehr verliebt sein.«

»Ach was. Ich habe gehört, dass sie ihn nicht
ausstehen kann und trotzdem verbringen sie eine
Woche miteinander.«

»Du lieber Himmel. Man sollte doch meinen,
dass Anwälte und Beamte vernünftige Personen
wären.«

»Na ja, sind halt auch nur Menschen«, zuckte
Frau Braun mit der Schulter. »Und bei dem
Alkoholkonsum, da kann schon mal der Verstand
aussetzen. Apropos Intelligenz.« Wieder sah sich die
Kellnerin vorsichtig um. »Es wird gemunkelt, dass es
einen Vertrag gibt.«

»Ein Vertrag?«

»Ja. Damit keiner der beiden sich vor der Wette
drückt.«

»Ich glaub es nicht.«

»Ja, wirklich«, bestätigte die Kellnerin lachend. »Das muss man sich mal vorstellen. Tz … Anwälte … das ist so ein verrücktes Völkchen.«

»Sie sagen es. Aber was beinhaltet denn der Vertrag? Ich wüsste gar nicht, wie ich dies schriftlich untermauern sollte«, sprach Ivona ihre Gedanken laut aus und sah die Frau mit gerunzelter Stirn an, so als stellte sie sich das besagte Schriftstück vor.

»Das weiß keiner, außer denen die den Vertrag aufgesetzt und unterschrieben haben«, zwinkerte Frau Braun verschwörerisch und schickte sich an weiterzugehen. »So, genug getratscht.« Sie lächelte freundlich. »Die Arbeit ruft.«

»Danke für das nette Gespräch«, meinte Ivona und sah der Kellnerin hinterher. ›Bingo, das lief ja besser als gedacht‹, schmunzelte sie zufrieden. Sie notierte sich das Wort ›Vertrag‹ und unterstrich es dreimal.

Während des Essens hatte Ivona ihren Chef angeschrieben und ihn um ein kurzfristiges Meeting gebeten. Jetzt war sie auf dem Weg zu ihm und legte sich ein paar Schlagworte zurecht, sodass ihr Chef nicht *nein* sagen konnte. Ziel war es, sein Interesse zu wecken. Die Neugierde würde den Rest erledigen. Sie war sich sicher, dass die Story wie eine Bombe einschlagen würde. Nicht nur, weil gerade ein

Sommerloch herrschte, nein, Thomas Klein war ein Mann der Öffentlichkeit. Er besaß viele Fans, vor allem weibliche, aber auch Neider. Für die Medien wäre die Story ein gefundenes Fressen. Thomas Klein würde dadurch in seine Einzelteile zerlegt werden. Eine innere Genugtuung erfüllte Ivona, war doch die letzte Begegnung mit ihm ein einziges Desaster gewesen. Er hatte sie wie ein Schulmädchen auflaufen lassen und das vor laufender Kamera. Klar, sie war selber Schuld. Sie hatte nicht aufgepasst und war nicht professionell aufgetreten. Doch dieser Fehler würde ihr kein zweites Mal passieren. Diesmal würde sie ihre Hausaufgaben machen.

Ivona lenkte ihren Wagen in die Tiefgarage des Firmengebäudes, einem alten Betonklotz aus den späten siebziger Jahren. Sie war dankbar für die Garage, denn im Sommer spendete sie Schatten und im Winter schützte sie vor Eis und Schnee. Bevor sie ausstieg, warf sie einen raschen Blick in den Rückspiegel und überprüfte ihr Profil. »Du schaffst das«, redete sie sich Mut zu und stieg aus.

***

Ihr Chef, Anton Reus, saß lesend hinter seinem Schreibtisch und hob den Kopf, als Ivona an die Glastür klopfte. So alt das Gebäude von außen wirkte, so kontrovers war das Interieur. *Future-World*, wurde der Betonklotz oft betitelt, der durch die moderne, klare Struktur seine Berechtigung erhielt. Das gesamte Stockwerk war in vier Glasbüros und einem einsehbaren Konferenzraum aufgeteilt. Selbst das Chefbüro war von der Frontseite einzusehen. Was Vorteile, aber auch Nachteile mit sich zog. Zum einen blieb nichts unbemerkt und zum anderen wusste man stets, ob der Chef im Haus war. Für neue Mitarbeiter wirkte es am Anfang befremdlich, doch wenn man erst einmal eine Weile hier gearbeitet hatte, störte man sich nicht mehr daran. Es hatte durchaus seine praktische Seite. Man verständigte sich per Handzeichen und bat mal eben einen Kollegen vorbeizuschauen. Trotz der Großraumbüro-Atmosphäre hielt der Lärmpegel sich in Grenzen, da jede Abteilung in ihrem eigenen Glaswürfel saß.

»Kommen Sie herein, Frau Dakaré«, sagte ihr Chef und deutete an, dass sie sich setzen solle. »Einen kleinen Augenblick, ich bin gleich für Sie da.«

Ihr Vorgesetzter legte die Akte, in der er gelesen hatte sorgfältig zur Seite, setzte seine Brille ab und positionierte sie ordentlich vor sich auf den Schreibtisch. Erst jetzt erhielt Ivona seine volle Aufmerksamkeit. Sekundenlang musterte er sie, schließlich sagte er: »Dann erzählen Sie mal.«

Nachdem Ivona geendet hatte, wartete sie auf eine Reaktion, doch Herr Reus verhielt sich äußerst zurückhaltend. Nachdenklich hielt er seine aneinander gedrückten Handflächen gegen den Mund und stützte sich dabei mit den Ellenbogen auf dem Schreibtisch ab. Ihr Chef war ein gewissenhafter und akkurater Mensch. Er überließ nichts dem Zufall und war ein Kontrollfreak. Das Verhalten brachte ihm den Spitznamen ›Mr. Penibel‹ ein. Ivona dachte schon, Herr Reus würde sich nicht mehr äußern und sie bis zum Nimmerleinstag tiefgründig anstarren, doch plötzlich ließ er sich zurück in seinen Stuhl fallen.

»Diese Kellnerin, Frau Braun, hat Ihnen die Story bestätigt«, überlegte er laut und nickte bedächtig dazu.

»Ja«, versicherte Ivona ihm.

»In der Tat eine interessante Story. Bleiben Sie dran. Bevor ich eine Zeile davon veröffentliche, möchte ich, dass Sie mir weitere Fakten liefern. Ein paar Fotos wären für den Anfang nicht schlecht, dazu weitere Zeugen, die zu einem Interview bereit wären. Finden Sie heraus, wer hinter dem anonymen Anruf steckt. Sie sagten, die Person wäre weiblich?«

»Ja.«

»Eifersucht. Ich tippe auf eine eifersüchtige Ex-Geliebte. Forschen Sie in dieser Richtung nach.«

»Ja, Herr Reus, sobald ich nähere Informationen habe, gebe ich Ihnen Bescheid.«

»Gut. Wenn Sie mich jetzt bitte entschuldigen würden. Ich muss ein wichtiges Telefonat führen.« Herr Reus sah auf seine Uhr und schien gedanklich schon bei seinem Anrufer zu sein. Denn er schenkte seiner Angestellten keinerlei Aufmerksamkeit mehr.

Ivona schob diskret ihren Stuhl zurück und murmelte ein: »Sehr wohl, Herr Reus.« Sie zog sich diskret zurück. Erst als sie in ihrem Büro war und die Tür hinter sich geschlossen hatte, ließ sie ihrer Freude freien Lauf, indem sie die typische Bewegung für einen Strike absolvierte. Prompt wurde sie von ein paar Mitarbeitern beobachtet, doch das tat ihrer Freude keinen Abbruch. Im Gegenteil, sie schenkte ihren Kolleginnen und Kollegen ein breites, siegessicheres Grinsen.

5. Kapitel

Thomas

Samstag

Thomas sah sich zum wiederholten Male das Interview vom Vortag an. Das unbedachte Verhalten von Frau Bergmann ärgerte ihn. Sie hätte besser geschwiegen, als drauf los zu plappern.

»Frau Bergmann, Sie haben den renommiertesten Scheidungsanwalt der Stadt an Ihrer Seite. Was erhoffen Sie sich?«

Nonchalant blieb seine Mandantin stehen und posierte sich vor der Kamera. Lächelnd wandte sie sich an die junge Frau, die ihr die Frage gestellt hatte. »Frau?«, fragte sie abwartend.

»Dakarè«, erwiderte diese geduldig.

»Frau Dakarè, welch eine absurde Frage. Natürlich will ich gewinnen«, antwortete Ingrid leichthin. Sie spielte erneut mit der Kamera, indem sie sich kokettiert zur Schau stellte.

»Wie werden Sie das anstellen? Haben Sie hierzu eine Strategie?«, hakte die Reporterin nach.

»Sicher. Zunächst fechte ich den Ehevertrag an und danach ...« Thomas war neben seine Mandantin getreten und hatte ihren Redeschwall gestoppt, indem

188

er sagte: »Kein Kommentar.« Er zog Frau Bergmann mit sich. Sofort stürzte sich die Reporterin auf ihn und fragte: »Herr Klein, Sie werden den Ehevertrag ihrer Mandantin anfechten. Was wird jetzt die Gegenseite ihrer Meinung nach unternehmen? Was ist, wenn der Vertrag seine Gültigkeit behält?«

»Kein Kommentar.«, presste Thomas erneut zwischen zusammengebissenen Zähnen hervor.

Sanft aber bestimmend hatte er Frau Bergmann von der Presse weggezogen. Er hatte ihr einen warnenden Seitenblick zugeworfen, woraufhin sie sich ohne Zwang in Bewegung gesetzt hatte. Thomas hatte ihr die Tür vom Taxi geöffnet, dass auf sie gewartet hatte, und hatte Frau Bergmann unsanft hineingeschoben. Kaum dass sie saß, hatte er ihr die Tür vor der Nase zugeschlagen. Für einen Sekundenbruchteil waren ihr die Gesichtszüge entglitten, doch sie hatte sich schnell wieder unter Kontrolle und lächelte durch die Scheibe der Reporterin und ihrem Kameramann zu.

Er hasste die Presse wie die Pest. Eines lag den Reportern mit Gewissheit im Blut, nämlich Lügen zu verbreiten. Dies war auch der Grund, warum er seine Mandantin im Taxi zurechtgewiesen hatte. Sie sollte nie wieder ohne seine Erlaubnis mit der Presse sprechen. Zunächst hatte sie sichtlich erschrocken auf seine heftige Wortwahl reagiert. Nachdem sich aber der erste Schock gelegt hatte, wollte sie dagegen protestieren. Doch er blieb hart. Er hatte ihr nochmals ausdrücklich verboten, Einzelheiten an die Presse weiterzugeben. Und ihr klar gemacht, dass ihre Scheidung noch lange nicht in trockenen Tüchern sei. Je weniger Vorhaben, in ihrem Fall, an die Öffentlichkeit geriet, desto mehr Vorteile hätten sie gegenüber der gegnerischen Seite. Frau Bergmann hatte schnippisch darauf reagiert, indem sie ihm ein knappes ›*Verstehe*‹ geantwortet hatte. Beleidigt hatte sie ihm daraufhin den Rücken zugekehrt und aus dem Fenster gestarrt.

Er hatte das Video stumm geschaltet und sich in seinem Stuhl zurückgelehnt. Im ersten Gespräch mit seiner Klientin hatte sie ihm erzählt, dass sie ihren Vornamen früher gehasst hatte. ›*Wer hieß heut zu Tage schon Ingrid?*‹, hatte sie Thomas gefragt. Sie berichtete ihm, wie sie ihren Mann Jürgen kennengelernt und er sich mit seinem Nachnamen vorgestellt hatte. Ab da war es um sie geschehen. Sie ignorierte dabei geflissentlich den kleinen Buchstaben ›*n*‹, der zusätzlich an dem Familiennamen ihres Mannes hing. Sie hieß jetzt wie die berühmte Schauspielerin Ingrid Bergman.

Seine Mandantin genoss sichtlich die Aufmerksamkeit um ihre Person. Er sah sie als eine geltungssüchtige und selbstverliebte Frau, die jede Chance nutzte, um sich zu profilieren. Zwar wurde das Interview nur von einem kleinen, lokalen Onlinenachrichtensender geführt, doch das störte seine Klientin nicht. Wichtig für sie war, dass ihr Gesicht und ihr Name in der Öffentlichkeit standen. Dabei war es ihr egal, ob davon im Internet, im Fernsehen oder in der Lokalzeitung berichtet wurde.

›Habe ich zu heftig reagiert?‹, sinnierte Thomas. Das Interview stellte ihn rücksichtslos und kalt dar. Genau wie Vivien Maas ihn immer beschrieb. Sie hatte es sich mit Sicherheit angesehen und wurde so in ihrer Meinung über ihn bestärkt. Seufzend rieb er sich mit den Händen das Gesicht. Der Abend würde zeigen, ob er Vivien Maas vom Gegenteil überzeugen konnte.

***

Vivien saß in ihrem Büro und schnaubte abfällig. Sie hatte sich das Interview von Ingrid Bergmann und Thomas Klein angesehen, das seit gestern Abend im Internet zu sehen war.

Der Staranwalt zeigte sich wieder einmal von seiner besten Seite. Jeder andere Anwalt hätte ein kurzes Statement abgegeben, aber nicht TKT. »Kein Kommentar!«, imitierte sie ihn nach. Gleichzeitig ärgerte es sie, dass sie keinen weiteren Hinweis darüber erhielt, was er im Fall Bergmann plante. Dass er den Ehevertrag anfechten würde, war klar.

Die meisten Verträge waren wirkungslos und somit ein vielversprechender Trick, um seinen Gegner in Angst und Schrecken zu versetzen. Denn wenn ein Punkt im Ehevertrag unwirksam war, so wurde oft der ganze Vertrag hinfällig. Das wiederum erhöhte das Risiko für beide Seiten vor Gericht zu scheitern, sodass viele Anwälte zu Kompromisslösungen tendierten.

Eine verzwickte Situation, denn sich mit einem Anwalt wie Thomas Klein zu einigen, hieß mit dem Teufel einen Pakt zu schließen. Zudem ließ er sich nicht in die Karten schauen und sorgte während einer Verhandlung immer wieder für Überraschungen. Gedankenverloren starrte Vee auf das Standbild von Thomas Klein. Sie hatte das Interview angehalten, nachdem sie es schon zum dritten Mal angesehen hatte. ›*Eine Woche*‹, rief sie sich warnend ins Gedächtnis. ›*Wie um alles in der Welt, soll ich eine Woche mit diesem Mann überstehen?*‹ Ihr Blick fiel auf die digitale Zeitanzeige ihres Rechners. Es war Samstag, fast 14 Uhr. Nur noch fünf Stunden und sie würde mit TKT im *Dance'n Meal* sitzen.

Laut ihrer Recherche handelte es sich dabei um ein Retro-Restaurant. Hier schlürfte man gemütlich einen Cocktail an der Bar oder genoss an einem der Tische rund um die Tanzfläche sein Essen und sah dabei den tanzenden Paaren zu. Womöglich bat er sie, mit ihm das Tanzbein zu schwingen. Verächtlich stieß Vee ein leises: »Pff« aus. Allein die Vorstellung brachte sie auf einhundertachtzig. Nur mit Mühe unterdrückte sie ihren aufsteigenden Zorn. ›*Warum ausgerechnet ich?*‹, fragte sie sich zum gefühlten einhundertsten Mal. ›*Warum nicht eine, die TKT anhimmelt und glücklich wäre, mit ihm eine Woche zu verbringen.*‹

›*Weil du in dem betrunkenen Zustand nicht mehr Herr deiner Sinne warst*‹, meldete sich ihr Verstand. Wieder blieb ihr Blick an dem Standbild von Thomas Klein hängen. Eindeutig verärgert zog er, über das Geplapper seiner Mandantin, die Augenbrauen zusammen. Seine sonst so stechenden grauen Augen waren nicht deutlich zu erkennen, dafür lag ein leichter Schatten unter ihnen. Je länger Vivien sein Profil betrachtete, desto mehr fiel ihr auf, dass er nicht wie sonst wirkte. Er sah erschöpft aus. Sie wartete darauf, dass sich eine gewisse Genugtuung bei ihr einstellte, doch das tat es nicht. Im Gegenteil, sie empfand ein kleinwenig Mitleid mit ihm und dieses Gefühl verwirrte sie. Abrupt klappte sie den Laptop zu, so als hätte sie sich daran verbrannt. Tief atmete sie durch und konzentrierte sich wieder auf ihre Arbeit. Schließlich war das der Grund, warum sie an einem Samstagnachmittag hier saß und nicht wie gewöhnlich im wohlverdienten Wochenende war. Einzig die Tatsache, dass sie ab Sonntag eine Woche mit TKT verbringen würde, ließ sie hier sitzen und ihre liegengebliebene Arbeit erledigen.

Denn, wenn sie Montag in einer Woche wieder zur Arbeit käme, würde ihr Schreibtisch überquellen. Zudem nahm der Fall Bergmann an Fahrt zu und Vee war auf der Suche nach einem Schwachpunkt. Irgendetwas muss es doch geben, dass gegen diese Frau sprach. Sie war unmöglich eine Heilige. Nicht mit diesem Auftreten, da lag zu viel Geltungssucht in ihren Augen. Außerdem unterhielt sie sich zu gerne mit der Presse und hielt ihr Gesicht geübt in die Kamera. Der Verdacht lag nahe, dass sie einen entscheidenden Punkt verheimlichte. Irgendetwas, das ausschlaggebend für eine Wende in diesem Fall wäre.

***

»Der Vertrag ist unwirksam!«, rief Bernard, als er das Büro betrat und Vee in ihrer Recherche unterbrach. Hoffnungsvoll hob sie den Kopf und sah Eddi abwartend an. Darauf hatte er nur gewartet und sofort sprudelte es aus ihm heraus. »Nach Paragraph einhundertachtunddreißig, Absatz zwei ist der Vertrag sittenwidrig. Zu dem Zeitpunkt der Vertragsunterzeichnung stand Frau Bergmann in Abhängigkeit zu ihrem Vertragspartner, sprich Ehegatten.«

Enttäuscht stellte Vee fest, dass es sich bei dem Vertrag nicht um die Vereinbarung handelte, die zwischen ihr und TKT bestand. Sie hatte gehofft, ihr Chef hätte ein Schlupfloch gefunden, wie sie ungeschoren aus dem Schlamassel herauskam. Leider war dem nicht so. Dafür sah es so aus, als hätte er im Fall Bergmann einen Durchbruch erlangt, was gut war. Denn sie hatten in den letzten Tagen Unmengen an Zeit investiert. Dieses eine Mal wollte Bernard es dem Staranwalt Thomas Klein zeigen. Er war wie besessen von dem Fall und trieb sich selbst bis zur Obsession. Darunter litten nicht nur seine Angestellten, auch seine Frau beschwerte sich hin und wieder bei Vee, dass sie ihren Mann kaum zu Gesicht bekäme. Je früher sie diesen Fall ad acta legten, desto besser war es für alle Beteiligten.

»Wie muss ich das verstehen?«, hakte Vee mechanisch nach, weil es klar war, dass Eddi nur darauf wartete, sein Wissen preiszugeben.

»Frau Bergmann war zu dem Zeitpunkt schwanger, doch sie hat das Kind im dritten Monat verloren.«

»Mist! Wieso hat uns das Herr Bergmann bisher verschwiegen?«

»Er hat es nicht als relevant angesehen. Er meinte, es täte nichts zur Sache und der Verlust seines ungeborenen Kindes würde ihm nach wie vor großen Kummer bereiten«, erklärte Bernard und ließ sich

195

seufzend ihr gegenüber auf einen Stuhl fallen. »Wer´s glaubt, wird selig«, brummte Vee und sah dabei zu Eddi, der sich müde über das Gesicht rieb. »Ein Ausweg bleibt uns. Herr Bergmann muss sich freikaufen.«

»So drastisch würde ich das unserem Mandanten nicht an den Kopf werfen, Eddi. Nimm dafür die offizielle Formulierung. Schlag ihm vor, dass wir ein Vergleichsangebot unterbreiten werden.«

»Das werde ich, Vee. Wobei ich mir nicht vorstellen kann, dass Frau Bergmann viel von Kompromissen hält.«

»Warum sollte sie? Er hat sie betrogen.«

»In dem Punkt seid ihr Frauen alle gleich.«

»Was meinst du mit ›in dem Punkt?‹«

»Frauen sehen nur, dass der Ehegatte fremd geht. Das warum oder was ihn dazu getrieben hat, interessiert sie nicht.«

»Ach, jetzt sind die Frauen selbst schuld, dass Männer fremd gehen? Eddi Bernard, in welchem Jahrhundert lebst du?«

»So habe ich das nicht gemeint. Was ich sagen will, ist, dass nicht immer der Ehemann alleine die Schuld trägt. Es gibt Frauen, die treiben einen Mann regelrecht dazu, dass er sich außerehelich vergnügt.«

»Du machst mich sprachlos, Eddi.« Fassungslos starrte Vee ihn aus großen Augen an.

»Und du lässt mich vom Thema abschweifen. Wo waren wir stehengeblieben?«

»Frauen die Männer in die Flucht treiben?«

»Nein, ich meine das Thema davor.«

»Kompromisse?«

»Nein. Ich meine den Betrug. Mein Instinkt sagt mir, dass Frau Bergmann etwas verheimlicht. Vielleicht ist es nur eine Kleinigkeit, die aber entscheidend für den Fall sein kann. Mein Gefühl sagt mir, dass etwas mit der Frau nicht stimmt. Wir müssen ihren Schwachpunkt finden, Vee. Durchwühl ihre Vergangenheit, wenn es sein muss auch im Dreck, irgendetwas ist da. Ich bin mir sicher.«

»Bin schon dabei, doch bis jetzt hab ich nichts Brauchbares gefunden. Was hältst du davon, wenn wir eine Detektei beauftragen?«

»Keine schlechte Idee. Du bist ein schlaues Mädchen, Vee«, grinste er. »Nebenbei bemerkt, was sitzt du hier herum? Hast du nicht eine Wette einzuhalten?«

»Danke Bernard, dass du mich daran erinnerst. Und nebenbei bemerkt, ich sitze hier nicht nur herum, ich *arbeite*.«

»Ab sofort bist du beurlaubt. Ich will dich hier erst wieder Montag in einer Woche sehen. Auch wenn ihr zwei euch keinen schlechteren Zeitpunkt für euer Spiel hättet aussuchen können«, brummte ihr Chef.

197

»Spiel?«, empörte sich Vee. »Du nennst das ein Spiel? Ich stecke bis zum Hals in Schwierigkeiten und du tust das als Spiel ab. Eddi Bernard, ich hätte mehr Einfühlungsvermögen und Verständnis von dir erwartet.«

»Ach was, würdet ihr zwei nicht so einen Eiertanz aufführen, wärt ihr beide nicht in dieser Situation. Und nebenbei bemerkt, ich auch nicht. Immerhin stecken wir in einem komplexen Fall und du flirtest mit der Gegenpartei.«

Abrupt sprang Vee auf und beugte sich mit ihrem Oberkörper über den Schreibtisch. »ICH. FLIRTE. NICHT. MIT. DER. GEGENPARTEI!«, betonte sie jedes einzelne Wort und ihre Augenbrauen zogen sich unheilvoll zusammen. »Zudem habe ich meine Angestellte nicht in ihr Verderben laufen lassen. Es wundert mich, dass du nachts noch in Ruhe schlafen kannst, Eddi Bernard.«

Er sagte kein Wort. Ihr Chef sah zu, wie Vivien hastig ihre Sachen zusammenpackte und wutentbrannt das Büro verließ. Zu allem Überfluss schlug sie die Tür mit so viel Schwung im Hinausgehen zu, dass sich das Kruzifix, das über der Tür hing, vom Haken löste. Es fiel scheppernd zu Boden.

Zufrieden mit seinem Schachzug grinste Bernard. Hätte er Vee nicht gereizt, würde sie mit aller Wahrscheinlichkeit heute Nacht noch hier sitzen.

Doch das wollte er nicht. Vee sollte sich mit Klein treffen. Der Zeitpunkt die Gegenpartei abzulenken, könnte nicht besser sein.

***

Nachdem Vee in ihrem Auto saß, hielt sie für einen Moment inne. Sie musste sich beruhigen. Die Situation wuchs ihr über den Kopf. Zudem verbesserte Bernards Verhalten ihren Gemütszustand nicht im Geringsten. Im Gegenteil, er trieb sie ebenso auf die Palme, wie es TKT tat. Warum unternahm er nichts und saß nur tatenlos herum? Sein Gerede, dass er zu alt sei, glaubte er hoffentlich selber nicht. Seufzend suchte Vee in der Handtasche nach ihrem Handy. Mit ihrer Grübelei kam sie nicht weiter, sie benötigte jemanden zum Reden.

Mia.

Vivien ließ den Wagen an, steckte ihr Handy in die dafür vorgesehene Halterung und aktivierte die Freisprechanlage. Während Mias Nummer wählte, fuhr sie los.

»Vee?«, fragte Mia atemlos.

»Ja?«

»Gott sei Dank rufst du an, ich … Bitte entschuldige, das mit gestern.«

»Hey, alles gut. Zerbrich dir darüber nicht den Kopf. Du hattest Besuch und ich wollte nicht stören.«

»Aber du störst doch nicht. Es war mir nur irgendwie … peinlich«, murmelte Mia, sodass Vee Mühe hatte sie zu verstehen.

»Es muss dir doch nicht peinlich sein, wenn ein Mann bei dir übernachtet.«

»Ja und Nein«, gestand Mia.

»Wie soll ich das verstehen?«

»Na ja … Es war Lars Schellmann, der bei mir übernachtet hat«, platzte es aus Mia heraus. Stille. Einzig die Fahrgeräusche von Vees Auto waren zu hören, während die Sekunden dahin rasten. »Vee?«, fragte Mia zögerlich. »Bist du noch dran?«

»Ja … Ja, klar … Sorry, ich bin nur … Lars Schellmann?«, hakte Vee nach, so als hätte sie sich verhört.

»Ja, er ist voll nett und süß«, schwärmte Mia.

»Ähm, verstehe«, antwortete Vee und verstand in Wirklichkeit gar nichts mehr.

»Hast du was gegen Lars?«

»Nein. Wie kommst du darauf?«

»Es hört sich so an, als könntest du ihn nicht leiden, weil er TKTs bester Freund ist.«

»Mia, das eine hat doch mit dem anderen nichts zu tun. Gewiss, Lars ist nett und charmant, aber meiner Meinung nach, weiß er sich nicht zu benehmen.«

»Was redest du da, Vee. Er ist echt süß und wir sind für heute Abend verabredet.« Mias Freude war nicht zu überhören und Vivien hatte Angst, ihre Freundin könnte bitter enttäuscht werden, sollte Lars das Interesse an ihr verlieren, deshalb fragte sie vorsichtig: »Ist das was Ernstes zwischen euch?«

»Ich weiß nicht Vee, aber ich bin so glücklich, ich könnte die ganze Welt umarmen. Ich wünschte, du würdest das gleiche für TKT empfinden, dann wäre vieles leichter.«

»Mia. Was redest du da? Bist du betrunken?«

»Ach was. Ich bin glücklich und ich wünschte, du wärst es auch, egal ob mit Thomas oder jemand anderem, Hauptsache glücklich. Mensch Vee, das Leben ist zu kurz, um sich über alle Eventualitäten Gedanken zu machen.«

»Mia pass auf, dass Lars dir nicht das Herz bricht. Ich will dich nicht daran erinnern, wie es beim letzten Mal war. Wie hieß der Typ nochmal?«

»Du kannst mir den Tag nicht vermiesen. Diesmal ist es anders. Richard war ein Arsch. Lars ist nicht wie er und wir lassen es langsam angehen.«

»Okay, okay …, ich habs verstanden, Mia. Ich will nur nicht, dass du verletzt wirst. Pass auf dich auf, wir sehen uns.« Vee beendete das Gespräch. Gegen Mias rosarote Brille hatte sie keine Chance. Vivien hoffte insgeheim für ihre Freundin, dass hinter Lars freundlicher Fassade kein Arschloch zum Vorschein kam, denn Mia war äußerst sensibel und verletzlich.

201

Samstag Nachmittag

Nachdem Vivien zu Hause angekommen war, packte sie schweren Herzens einen Koffer. Sie plante, genügend Wechselkleidung mitzunehmen, denn die Hitze sollte weiterhin anhalten. Das Letzte was sie wollte, war, verschwitzt an Thomas Kleins Seite umherzulaufen. Andererseits würde ihr Schweiß ihn vielleicht von ihr fernhalten. Sie würde somit ihr persönliches Abwehrmittel erzeugen. Kopfschüttelnd schloss sie den Koffer und lief in die Küche. Dort bereitete sie sich ein Sandwich zu und trank ein kühles Glas Eistee dazu. Immer wieder fiel ihr Blick auf die Uhr, doch der vermaledeite Zeiger tickte unaufhörlich weiter. Er raste regelrecht. Seufzend betrat Vee das Bad und stieg unter die Dusche. Das kühle Nass war eine Wohltat für die erhitzte Haut und ließ ihr ein kehliges Stöhnen entgleiten. Minutenlang lief der lauwarme Strahl über ihren Rücken, ohne dass sie sich groß bewegte. Letztendlich gab sie sich einen Ruck und seifte sich rasch ein, um im nächsten Moment in ein Handtuch gewickelt vor dem Spiegel zu stehen. Ihre Haare hatte sie unter eine Plastikhaube gesteckt, damit Lorenzos Bemühungen, ihre widerspenstige Lockenmähne zu bändigen, nicht umsonst gewesen war. Vivien nahm sich Tante Tillis Worte zu Herzen und legte heute besonders viel Wert auf ihr Äußeres.

Sie cremte sich sogar nach dem Duschen ein. Ein zarter Duft aus Rosmarin und Zitrone umhüllte ihren Körper, als sie sich anzog.

Um zehn Minuten vor sechs verließ sie das Haus und stieg in das bestellte Taxi.

Vivien und Thomas

Samstag Abend

Es war kurz vor 19 Uhr, als Vivien das *Dance'n Meal* betrat. Sie hatte vorgehabt sich zu verspäten, nur so aus Trotz. TKTs Worte ›*Bitte sei pünktlich*‹, hallten ihr dabei in den Ohren.

Vee hatte den Taxifahrer gebeten, einen Umweg zu fahren. Zunächst hatte er sie fragend angesehen, doch als sie nicht antwortete, war er mit einem kurzen Achselzucken losgefahren.

Jetzt stand Vee mit einer dünnen Strickjacke über dem Arm und einer Damenhandtasche ohne Henkel in der Hand, vor der Empfangsdame. Geduldig wartete sie darauf, dass ihr die Frau hinter dem Empfangstresen ihre Aufmerksamkeit schenkte. Neugierig musterte sie dabei den einsehbaren Teil des Lokals, die Cocktailbar. Diese führte weit nach hinten. Unzählige Gäste tummelten sich daran. Die meisten hielten lässig ihr Getränk in der Hand und unterhielten sich angeregt. Das stetige Stimmengemurmel erinnerte Vee an einen Bienenstock, dessen Surren gleichzeitig von der im Hintergrund spielenden Band gedämpft wurde.

»Guten Abend und herzlich willkommen im *Dance'n Meal*«, begrüßte sie die Empfangsdame freundlich und lenkte Vees Augenmerk auf die Frau. Ihre knallroten Lippen stachen Vee direkt ins Auge, bevor sie den Rest der Person überhaupt wahrnahm. Ihr Outfit war ein Cocktailkleid im 50er Jahre Stil mit Petticoat und Hochsteckfrisur. Es fiel Vee erst jetzt auf, dass viele der anwesenden Frauen in einem ähnlichen Stil gekleidet waren. Selbst einige der Männer waren im 50er oder 60er Jahre Look gestylt. Irgendwie bizarr und bewundernswert zugleich.

»Guten Abend«, entgegnete Vee.

»Sie haben reserviert?«, fragte die Dame hinter dem Empfang weiter.

»Es müsste ein Tisch auf Herrn Klein bestellt sein.«

»Ah, Herr Klein«, entgegnete die Frau überrascht und musterte Vee ungeniert, wobei ein wissentliches Lächeln ihre knallroten Lippen umspielte. »Wollen Sie Ihre Jacke an der Garderobe abgeben?«

»Nein, danke«, meinte Vee und ihr Unbehagen wuchs mit jeder Minute, die verstrich. Natürlich war ihr bewusst, dass sie mit ihrem Kleid die Aufmerksamkeit auf sich lenkte. Mit dem gewagten Ausschnitt kam sie sich halb nackt vor, doch die Verkäuferin meinte, das wäre das perfekte Kleid um einen Mann in den Wahnsinn zu treiben. Ihr Dekolleté war breiter als normal und endete knapp über dem Bauchnabel. Ihr Busen war von einem Stück schwarzen Stoff bedeckt, der im Rücken

205

zusammenlief. Das Kleid hatte dreiviertel Armlänge und der Ausschnitt und die Schultern wurden von einem transparenten Stoff zusammengehalten. Kurz: Vee zeigte verdammt viel nackte Haut in ihrem schwarzen Kleid. Zusätzlich betonte ein breiter Lackgürtel im selben Farbton ihre Taille und die farblich dazu passenden Plateau High Heels taten ihr übriges.

Die Empfangsdame winkte lächelnd einen Kellner heran, der Vee zu ihrem Tisch begleitete. Sein interessierter Blick sprach Bände, doch Vivien ließ sich davon nicht aus der Ruhe bringen. Im Gegenteil, sie fasste es als Kompliment auf. Bedacht darauf nicht zu schnell vorweg zu rennen, lief der Kellner halb neben ihr.

»Sie sind heute zum ersten Mal hier«, stellte er sachlich fest und warf ihr dabei einen kurzen Seitenblick zu. »Woher wollen Sie das wissen?«, fragte Vee und musterte ihn ebenso abschätzend. »Eine schöne Frau wie Sie vergisst man nicht so schnell«, meinte er lächelnd und blieb vor einem Tisch in der Nähe der Tanzfläche stehen.

»Guten Abend, Herr Klein«, grüßte er höflich und zog Vivien einen Stuhl zurecht. Bevor Vee sich setzen konnte, war Thomas aufgestanden, umrundete den Tisch und gab dem Kellner zu verstehen, dass er ab hier übernehmen würde.

»Guten Abend, Vivien. Schön, dass du gekommen bist.« Wie von selbst ergriff er ihre Hand und hauchte ihr einen Handkuss darauf. Vee widerstand der Versuchung, sich seinem Griff zu entziehen. Stattdessen reckte sie ihr Kinn provokant nach vorne und sagte: »Guten Abend, Herr Klein.« Ihr vorwurfsvoller Blick blieb dabei an seiner Hand hängen, die ihre noch festhielt. Thomas lächelte verschmitzt. Langsam beugte er sich zu ihr und flüsterte: »Soll dieses Kleid mich provozieren oder verführen, Kiwi?«

»Weder noch Herr Klein. Ich habe nicht vor Sie zu verführen und zum Provozieren muss ich nicht meine weiblichen Reize einsetzen«, entgegnete sie zuckersüß.

»Zu Letzterem muss ich dir recht geben, Vee, das funktioniert auch ohne dein sexy Outfit.« Thomas stand ihr viel zu nahe und sein intensiver Blick brachte ihr Blut in Wallung. Nicht, weil sie wütend auf ihn war, sondern auf eine sinnliche, reizvolle Art. Ihr Herz schlug ihr dabei bis zum Hals und ein angenehmes Kribbeln durchflutete ihren Leib. Irritiert darüber zog sie die Stirn in Falten und löste den Blickkontakt zu ihm. Gleichzeitig glitt sie langsam an seinem Körper hinab, um sich auf dem Stuhl niederzulassen, den ihr der Kellner zurechtgerückt hatte.

Thomas blieb wie versteinert stehen. Erst als Vivien den Kopf hob und ihn abschätzend musterte, setzte er sich in Bewegung und nahm ihr gegenüber Platz. Es dauerte nicht lange, bis ein Kellner kam und die Bestellung aufnahm. Wieder allein mit Thomas Klein, sah sich Vee in dem Lokal um. Die Tanzfläche war nicht sonderlich groß, dennoch tanzten einige Pärchen zu der Musik der Live-Band. Die Gruppe spielte langsame Lieder und Vee beobachtete zwei Liebespaare, die engumschlungen schwoften.

»Gefällt dir das Lokal?«, drang Thomas Stimme zu ihr durch. Für den Moment hatte sie völlig vergessen mit wem und warum sie überhaupt hier war, so sehr faszinierten sie die Tanzenden. »Es ist nett«, gab sie zu und spielte mit dem Wasserglas. Es war eine ungewohnte Situation mit TKT an einem Tisch zu sitzen und sich nicht mit ihm zu streiten. *Noch nicht*, dachte Vee und musterte ihn. Er sah wie immer umwerfend aus. Schwarzer Anzug, weißes Hemd, aber ohne Krawatte und die Haare nicht so akkurat, wie normal, zurückgekämmt. Thomas Klein wirkte heute entspannter und nahbarer als sonst und das verwirrte Vee.

»Nur nett?«, nahm Thomas das Gespräch wieder auf.

Vivien verdrehte genervt die Augen. »Was wollen Sie hören, dass es das tollste und aufregendste Lokal ist, das ich je betreten habe?«

208

»Hast du?«

»Nein.«

»Warum so kratzbürstig, Kiwi? Lass uns den Abend genießen.«

»Ich bin nicht kratzbürstig. Bei dem, was mir bevorsteht und vor allen Dingen, was auf dem Spiel steht, kann ich diesen Abend nicht genießen, Herr Klein.«

»Kannst du oder willst du nicht?«, fragte Thomas provokant.

»Die Entscheidung überlasse ich Ihnen«, konterte Vee hitzig, da ihre Argumente auf taube Ohren bei ihm stießen.

»Du gibst uns von vorne herein keine Chance. Ich frage mich, warum? Was ist so abwegig daran, eine schöne Zeit miteinander zu verbringen? Eine Woche Kiwi, komm schon, gib dir einen Ruck«, drängte Thomas und Vivien verstand die Welt nicht mehr. Was bildete sich dieser Mann überhaupt ein? Dass sie händchenhaltend mit ihm durch die Stadt lief, wo doch alle Welt wusste, dass sie ihn nicht ausstehen konnte. ›Jetzt bloß nicht aufregen‹, dachte Vee und nahm einen kräftigen Schluck von ihrem Glas Wein.

Thomas beobachtete sie mit Argusaugen und verzog leicht spöttisch den Mund, weil sie nicht antwortete.

Vee nahm daraufhin einen weiteren großen Schluck Wein, denn ihr lag auf der Zunge, dass er sich zum Teufel scheren sollte. Doch bevor sie ihre Gedanken aussprach, trat der Kellner an den Tisch und servierte die Vorspeise. Oliven mit Schafskäse und dazu frischgebackenes Baguette. Nachdem die Bedienung verschwunden war, herrschte eisiges Schweigen. Thomas nahm als erster die Konversation wieder auf: »Greif zu. Es wäre schade, wenn die Vorspeise unangetastet zurückginge.« Dabei angelte er mit dem Löffel ein paar Oliven aus der Schale und legte sie auf einen kleinen Teller, es folgten Schafskäse und eine Scheibe Baguette. Er reichte Vee die Portion, doch stur wie sie war, nahm sie nichts an. »Nimm schon«, forderte er sie ungeduldig auf. Dabei funkelten seine grauen Augen sie hitzig an.

»Sie sind arrogant, kaltherzig und eingebildet«, platzte es aus Vivien heraus. Mit mehr Schwung als nötig, entriss sie ihm den Teller. Das Essen geriet gefährlich in Schieflage und beim Abstellen plumpsten zwei Oliven herunter und kullerten über den Tisch. Instinktiv langte Vee nach den Früchten, um sie zurück auf den Teller zu legen. Thomas griff ebenfalls danach. Seine Hand umschloss die von Vivien. Vee hielt eine der Oliven zwischen Daumen und Zeigefinger fest und sah zu, wie TKT sie an seine Lippen führte. Er schob sich die Frucht in den Mund und leckte genüsslich Viviens Finger ab.

Vee starrte Thomas wie hypnotisiert an. Unfähig, sich zu bewegen, beobachtete sie jedes Detail an ihm. Sein Handeln glich einem sinnlichen Vorspiel und förderte ein angenehmes Kribbeln in ihrem Bauch hervor. Es fiel ihr schwer, normal weiter zu atmen. Die Intensität ihrer Gefühle überrollte sie wie eine Lawine. Ihr ganzer Körper, von den Haarspitzen angefangen bis zu den Fußspitzen, geriet dabei in Aufruhr. Es tobte ein regelrechter Sturm in ihr, dessen innerer Tumult nach Erlösung schrie.

Unbewusst rutschte Vee auf ihrem Stuhl herum. TKT dabei zuzusehen, wie er an ihren Fingern saugte, trug nicht unbedingt zu ihrem Seelenfrieden bei. Er zog sie immer weiter in seinen Bann. Seine hellgrauen Iriden waren um einige Nuance dunkler geworden. Eindringlich fixierte er Vee. Sie hatte das Gefühl, in ein schwarzes Loch gesogen zu werden. Der Drang, sich ihm hinzugeben, wuchs ins unermessliche. Abrupt regte sich ein Funke namens Verstand und riss sie aus ihrem nebulösen Zustand. Schlagartig wurde ihr bewusst, dass sie kurz davor stand, Thomas Klein zu verfallen.

Ruckartig zog sie ihre Hand zurück und warf ihm einen vernichtenden Blick zu. Schweigend sahen sie sich an, bis Thomas wissentlich lächelte und nach der zweiten Olive langte, die bis zu seinem Glas gekullert war. Lässig warf er sie sich in den Mund und ließ Vee dabei nicht aus den Augen.

Der Appetit war ihr vergangen, dennoch spießte Vee eine Olive auf und steckte sie sich in den Mund. Stumm kauend musterten sie sich. Erst als der Kellner kam und die Vorspeise abräumte, um Platz für den Hauptgang zu schaffen, meinte Thomas: »Du kannst deine vorgetäuschte Abneigung mir gegenüber bis zum Sankt-Nimmerleins-Tag aufführen, doch das ändert nichts an der Tatsache, dass wir eine Wette am Laufen haben.«

»Vorgetäuschte Abneigung? Ich täusche nichts vor, Herr Klein, im Gegensatz zu Ihnen. Sie sind Weltmeister im Vortäuschen«, zischte Vee, darauf bedacht keine unnötige Aufmerksamkeit auf sich zu ziehen. Das genau das schon passiert war, verrieten ihr die Blicke der Gäste. Vor allem das weibliche Publikum zeigte reges Interesse.

»Ach? Das ist ja interessant. Ich hatte ja gar keine Ahnung, dass ich im Guinnessbuch der Rekorde stehe.«

»Sie sind … «

»…nicht so, wie du dich mir die ganze Zeit vorgestellt hast«, unterbrach Thomas sie.

»…anmaßend und selbstverliebt«, konterte Vee.

»Jetzt gib es endlich zu, Kiwi. Du willst dir nicht eingestehen, dass ein Teil von dir sich zu mir hingezogen fühlt.«

»Eingebildet«, sagte Vee und untermauerte ihre vorherige Aussage damit.

Thomas schüttelte mit dem Kopf, griff nach seinem Weinglas und hob es zu einem Toast an. »Du bist stur wie ein Maulesel, Kiwi und voller Vorurteile. Prost.«

Vee erhob ebenfalls ihr Glas und meinte mit einem spöttischen Grinsen: »Und Sie können nicht aus ihrer Haut.«

Der Hauptgang war serviert und Vee warf einen angeekelten Blick auf TKTs Teller. Mit Bedacht legte Thomas sein Besteck zur Seite, tupfte sich den Mund ab und fragte resigniert: »Was bedeutet jetzt dieser Gesichtsausdruck? Habe ich schon wieder etwas falsch gemacht?«

»Sie essen rohes Fleisch«, stellte Vee sachlich klar und zog dabei ihre Nase kraus.

»Hast du je ein medium gebratenes Steak probiert?«

Wortlos schüttelte Vee den Kopf.

»Dachte ich mir. Wieder einer von deinen Vorurteilen«, meinte Thomas und schnitt demonstrativ ein Stück Fleisch ab.

Vee beobachtete wie er mit dem Messer durch das Steak glitt. Dabei verteilte sich hellrote Flüssigkeit auf dem Teller. Vivien war so damit beschäftigt TKT beim Zerkleinern des Fleisches zu beobachten, dass sie darüber hinaus das Essen vergaß.

»Hier, probier mal.« Thomas hielt ihr seine Gabel hin, auf die er ein Stück Steak gespießt hatte.

»Nein danke, ich esse kein rohes Fleisch.« Vee lehnte angewidert ab und verzog dabei ihr Gesicht.

»Es ist nicht roh, Kiwi, nur nicht ganz durchgebraten«, erklärte er geduldig und schob sich das Stück in den Mund.

»Sehr witzig, Herr Klein, dennoch überrascht mich das nicht.«

Fragend hob Thomas eine Augenbraue und sah Vee abwartend an.

»Sie zerfleischen ja gerne Ihre Gegner und fressen sie mit Haut und Haaren.«

»Hübsche Metapher, Kiwi«, erwiderte er gelassen. »Aber so sind nun mal die Regeln. Fressen und gefressen werden. Der Stärkere gewinnt, so lautet die Devise.«

»Dies gilt in der Natur und dient zum Überleben. Doch bei Ihnen hat man den Eindruck, Sie haben Spaß daran, Menschen fertig zu machen.«

»Das ist deine Vorstellung von mir? Du enttäuscht mich. Mal ehrlich, wie sollen wir eine Woche verbringen, wenn sich dein Weltbild mir gegenüber nicht ändert? Habe ich in den letzten achtundvierzig Stunden versucht, dich fertig zu machen?«

Vee setzte an, um etwas Bissiges zu erwidern, doch ihr kam kein Wort über die Lippen. Wortlos klappte sie ihren Mund wieder zu. »Danke für deine Ehrlichkeit«, nahm Thomas das Gespräch erneut auf. »Und da wir schon mal beim Thema sind … ich würde vorschlagen, wir verbringen die Woche bei mir. Nicht, dass ich deine heiligen Räume mit meiner Anwesenheit entweihe.«

Wütend stach Vee in ein Stück Brokkoli. Hastig steckte sie sich es in den Mund, bevor sie etwas Dummes von sich gab. Die Situation war schon unerträglich genug.

»Ich fasse das als ein *Ja* auf«, bemerkte Thomas. Er stützte seinen Kopf auf seine gefalteten Hände ab und beobachten Vee dabei, wie sie aufgebracht an ihrem Gemüse herumschnippelte.

Vivien gab es auf. Genervt legte sie ihr Besteck auf den Teller und ließ ihren Blick durch das Lokal schweifen. Sie benötigte Zeit, um sich zu erden. TKT brachte ihre Gefühle auf hundertachtzig. So wie er sie ansah, bemerkte er es nicht einmal.

»Keinen Hunger oder schmeckt es dir nicht?«, fragte er und lenkte Vees Aufmerksamkeit wieder auf sich.

»Ja und nein«, meinte sie und lehnte sich zurück, faltete ihre Hände vor dem Bauch und ließ abwechselnd ihre Daumen vor und nach hinten zwirbeln.

»Nervös?«

»Wie bitte?«, fragte Vee. Seine Worte hatte sie aus ihrer Grübelei gerissen.

»Ob du nervös bist?«, wiederholte Thomas seine Frage und deutete auf ihre Hände.

215

»Nein«, schüttelte Vee verlegen den Kopf. »Das ist eine törichte Angewohnheit von mir. Jedes Mal, wenn ich angestrengt nachdenke, entwickeln meine Hände ein Eigenleben.«

»Ich dachte, zum Nachdenken läufst du herum?«

Ertappt wendete Vee ihren Blick von ihm ab und sah den Paaren auf der Tanzfläche zu.

»Kiwi, rede mit mir«, bat er leise. Abrupt sah sie ihn wieder an und ihre Blicke trafen sich. ›Eine Woche!‹, rief sie sich erneut ins Gedächtnis. Was hatte sie sich nur dabei gedacht, überzeugt davon zu sein, Thomas Klein widerstehen zu können? Resigniert seufzte sie. Ihr Blick heftete sich auf ein tanzendes Paar. Bis ein Mann im Anzug ihr die Sicht nahm. Thomas Klein stand vor ihr und reichte ihr die Hand. »Tanz mit mir, Vivien«, bat er sie.

Vee starrte ihn aus ihren großen bernsteinfarbenen Augen an. Abwegig musterte sie ihn. Wortlos legte sie ihre Hand in seine und Thomas führte sie auf die Tanzfläche. Die letzten Takte des Liedes waren verklungen und das Publikum schenkte der Band tosenden Applaus. »Schlechtes Timing«, meinte Thomas augenzwinkernd, doch der Sänger sagte: »Und nun eine Runde Slow Fox mit dem guten alten Frank Sinatra. Meine Damen und Herren, hören Sie jetzt *Strangers in the Night*.«

»Glück gehabt«, flüsterte Thomas, zog Vee an sich heran und legte seinen rechten Arm um sie. Vee reichte ihm wie von selbst ihre Hand, die andere ruhte dabei an seiner Schulter. Mit den ersten Tönen, die erklangen, schwebten sie mit den tanzenden Paaren über die Tanzfläche. Thomas führte sie sicher und völlig unverkrampft, alles andere hätte sie nur verwundert. Er war kein Mann von halben Sachen. Nein, wenn er etwas anpackte, dann mit vollem Einsatz und bis zum Schluss. So wie die Wette, er würde nicht nachgeben oder einlenken. ›Bis zum bitteren Ende‹, sinnierte Vee und ihr Herz zog sich krampfhaft zusammen. Erst recht, als sich ihre Blicke trafen. Der Mann, der sie in den Armen hielt, war nicht der Thomas Klein, den sie kannte. Das Grau seiner Augen wirkte nicht mehr kalt und abweisend. Es lag jetzt Wärme und Begehren darin. Letzteres rief ihr verräterisches Ego auf den Plan, das nach Bestätigung lechzte. Die Musik und Thomas starker Arm in ihrem Rücken trugen ihren Rest dazu bei. Vee war hoffnungslos verloren.

Die letzten Töne waren verklungen. Nach wie vor hielten sich Thomas und Vee in den Armen. Unfähig, sich voneinander zu lösen, standen sie mitten auf der Tanzfläche und sahen sich schweigend an. Alles um sie herum war ausgeblendet. Sie bemerkten nicht die Tanzpaare, die sie wissentlich anlächelten und sie dabei umrundeten. Sie hörten auch nicht die weiteren Lieder, die die Band anstimmte. Thomas war es, der sie letztendlich aus dem Bann löste und sie beide von der Tanzfläche zurück zum Tisch führte. Er war es auch, der den Kellner um die Rechnung bat und bezahlte. Schließlich nahm er Vee bei der Hand und verließ mit ihr das Lokal.

Die Nacht war sternenklar, soweit man das von einer Großstadt behaupten konnte. Thomas hielt immer noch Vees Hand fest und schweigend schlenderten sie den Gehweg entlang. Sie bogen in eine ruhigere Seitenstraße ein. Unerwartet blieb Thomas stehen. Nachdenklich sah er auf Vee herab und meinte: »Ab morgen Nachmittag, bis einschließlich nächsten Sonntag läuft unsere Wette. Wenn du willst, kann ich dich abholen.« Abwartend sah er Vee an, doch sie verneinte stumm und ließ ihn nicht aus den Augen. »Gut«, nickte er und Vee hatte den Eindruck, dass er erleichtert war.

Langsam zog Thomas Vee zu sich heran. Erneut legte er den Arm um sie und tanzte mit ihr auf dem Gehweg, ohne Musik, dafür im Einklang. Wider alle Vernunft bildeten sie eine Symbiose.

Vee hatte schon auf der Tanzfläche im *Dance'n Meal* jeglichen Sinn zur Realität verloren. Als hätte sich ein innerer Schalter umgelegt. Nichts zählte mehr, außer der Mann, der mit ihr durch die Straßen von Derchen tanzte. Er bot ihr Halt und Sicherheit in seinen Armen, fehlte nur das … Als hätte Thomas ihre Gedanken gelesen, hielt er an, nahm ihr Gesicht in seine Hände und flüsterte: »Küssen erlaubt.« Ohne Vorwarnung verschloss er ihre Lippen mit seinem Mund. Von zärtlich über stürmisch bis hin zu besitzergreifend wechselte der Kuss im Sekundentakt und Vee hielt ihn nicht davon ab.

Vivien

Sonntag Vormittag

Erneut sah Vivien auf die Armbanduhr und seufzte. Es gab kein Zurück mehr und ein längeres Hinauszögern änderte nichts an der Tatsache. Heute war Sonntag, der Tag, ab dem sie mit Thomas Klein eine Woche verbringen würde. Nur zu deutlich war ihr sein Kuss von gestern Abend in Erinnerung. Unbewusst berührte sie mit den Fingerspitzen ihre Lippen. Was war nur in sie gefahren, dass sie ihn nicht gestoppt hatte?

›*Er hat dich verführt und du bist schamlos auf ihn hereingefallen*‹, meldete sich ihr Verstand. Doch ihr Bauchgefühl hielt dagegen. Thomas Klein war wider erwartend charmant. Hinzu kam die nostalgische Atmosphäre mit Musik und Tanz und sie hatte vergessen, wie er in Wirklichkeit war. Dabei hatte sie angenommen, immun gegen ihn zu sein. Weit gefehlt, sie war alles andere als resistent. Im Gegenteil, ihr verräterischer Körper lechzte förmlich nach seiner Aufmerksamkeit. So viel zu ihrem Plan, dass sie seinem Charme widerstehen würde. Dabei besaß Thomas Klein mehr davon, als sie im Moment verkraftete. Besser sie war auf der Hut, wenn sie in seiner Nähe war.

Dazu erstellte sie eine imaginäre ›*Do's and Dont's-Liste*‹, auf der an erster Stelle stand: ›*Spirituosen nur in Maßen.*‹

Eine weitere Notiz lautete, sich nicht mehr küssen zu lassen. »Alkohol verdirbt den Charakter«, murmelte sie und schnappte sich die Autoschlüssel. Ihren Koffer samt Beauty Case hatte sie schon im Wagen verstaut, fehlte nur noch ihre Handtasche. Ein letzter Blick in den Spiegel, der im Flur hing und sie zog die Haustür hinter sich zu.

***

Die Sonne brannte unermüdlich auf die Stadt und ließ die Temperaturen ins Unerträgliche steigen. Die Hitze trieb einen leichten Schweißfilm auf Viviens Stirn. Damit ihr das Sommerkleid nicht am Körper klebte, schaltete sie die Klimaanlage ein. Sie war kein Freund davon, aber sie wollte präsentabel bei TKT ankommen. Wobei die Vorstellung, verschwitzt vor seiner Tür zu stehen, einen gewissen Reiz besaß. Wie würde er darauf reagieren? Arrogant die Nase rümpfen? Nein, er würde sie mit einem skeptischen Blick ansehen und so etwas wie: »Heiß heute«, erwähnen, höflich zur Seite treten und sie hereinbitten. Egal, ihr Stolz verbot es ihr, unangemessen bei ihm zu erscheinen.

Im Gegenteil, Vee hatte sich für ein rückenfreies, luftiges, bodenlanges Kleid mit kleinen Streublumen entschieden. Ihre störrische Lockenmähne war hochgesteckt, in der Hoffnung, dass die Klammern ihr Haar an Ort und Stelle hielten. Passend dazu trug sie flache Riemchensandalen. Sie hatte bewusst ein feminines Outfit gewählt. Sie dachte nicht im Traum daran, sich wie eine graue Maus zu kleiden. Sollte er sich doch erneut sein Hirn zermartern ob sie ihn provozieren oder verführen wollte.

Vee musste nur aufpassen, dass ihr die Situation nicht entglitt, so wie gestern Abend. »Küssen ist nicht erlaubt«, sagte sie zu sich selbst.

Vivien hatte sich vorsorglich TKTs Adresse in ihrem Navi eingespeichert. Sie fuhr an alten Villen vorbei, in deren Vorgärten Bäume standen, die mindestens genauso alt waren. Laut Ansage bog sie rechts in die Parkallee. Die Kastanienbäume am Straßenrand spendeten angenehmen Schatten.

›Hier steht die Zeit still‹, schoss es Vee durch den Kopf. Die ruhige Lage und die alten Häuser gefielen ihr. »In fünfhundert Metern haben Sie Ihr Ziel erreicht«, ertönte die Stimme aus dem Navi. Vivien drosselte die Geschwindigkeit und fuhr die letzten paar Meter im Schritttempo, wobei sie über dem Lenkrad gelehnt Ausschau nach der Hausnummer hielt. »Sie haben Ihr Ziel erreicht«, hörte sie erneut die Stimme aus dem Navi. Vee schaltete es aus. Sie fuhr ein Stück weiter, um zu wenden, und parkte den Wagen zwischen zwei Bäumen vor Thomas Kleins Anwesen.

Vee ließ ihren Blick über das Gebäude schweifen. Das Grundstück und das Haus wirkten harmonisch. Die Fassade, ein angenehmer Grauton, brachte die weißen Fenster und die roten Ziegel des Daches zur Geltung. Die Symmetrie der Fenster, inklusive der Dachgauben, wirkten ästhetisch. Der Eingang war ein regelrechter Eyecatcher mit seinen drei Säulen und den Stuckarbeiten, die in dem integrierten Vordach eingearbeitet waren. Der Zugang erinnerte Vee an ein Südstaatenhaus, dessen Bild von dem nach unten hin breiter werdenden Treppenaufgang abgerundet wurde. Das Haus war einladend und stand im völligen Kontrast zu seinem Inhaber. Vivien hätte nie damit gerechnet, das TKT in einer alten Stadtvilla residierte, die dazu geschmackvoll und liebevoll restauriert war. »Eins zu Null für Sie, Herr Klein«, murmelte sie und war auf den Rest des Hauses gespannt. Für einen Moment verharrte sie in ihrem Auto und ließ das Gebäude auf sich wirken. Das Grundstück war von einer Mauer mit einem schmiedeeisernen Zaun, der als Zwischenelement eingebaut war, umrandet. Im Gegensatz zu Tillis Anwesen war der vordere Bereich bei diesem Grundstück offen gestaltet. Vivien vermutete, dass hinter dem Haus eine Terrasse mit Garten lag. Denn im zurückliegenden Teil verdichteten sich Hecken und Sträucher und boten Schutz vor allzu neugierigen Blicken.

Seufzend gab sie sich einen Ruck und stieg aus dem Auto aus, schnappte sich ihre Habseligkeiten, öffnete die kleine Eisentür und betrat TKTs Grundstück. Hätte man ihr das vor einer Woche erzählt, hätte sie der Person den Vogel gezeigt. Mit Bedacht stieg Vivien die Stufen zum Eingang des Hauses empor, die unmittelbar hinter der Gartentür anfingen. Unschlüssig starrte sie auf die Klingel mit dem darüber stehenden Namensschild: ›*Thomas Klein*‹.

Ihr Magen krampfte sich zusammen und ein ungutes Gefühl kroch durch ihre Eingeweide. Die unterschwellige Angst, die sie überkam, ließ Vee innehalten. Schlagartig wurde ihr bewusst, dass es mit dem Übertreten der Türschwelle kein Zurück mehr gab. Ihr altes Leben wäre passé. Egal, wie die Geschichte mit TKT ausgehen mochte, nach dieser Woche wäre nichts mehr, wie es mal war. »Sei kein Frosch«, sprach sie sich Mut zu und stellte den Koffer und das Case ab. Beruhigend holte Vee Luft und drückte auf den Klingelknopf.

***

224

Thomas hatte sie die ganze Zeit auf dem Bildschirm des Laptops beobachtet. Die Kamera vor der Haustür war nicht die einzige auf dem Grundstück. Seitdem ihm der Ehemann einer Mandantin auf seinem Anwesen aufgelauert hatte, nahm er den Dienst einer Sicherheitsfirma in Anspruch. Selbst der kleinste Winkel seines Besitzes wurde überwacht. Der Schreck von damals war ihm eine Warnung und ließ ihn Vorsicht walten. Bevor er Vivien Maas die Tür öffnete, warf er einen raschen Blick in den Spiegel, der im Eingangsbereich hing. Thomas hatte sich bewusst leger gekleidet, das hieß ein schwarzes T-Shirt mit V-Ausschnitt und eine dünne Jeans. Gewohnheitsmäßig lief er im Sommer zu Hause barfüßig, wie auch jetzt. Mit Schwung öffnete er die Tür. »Hallo Vivien, willkommen in der Höhle des Löwen.«

Vee hatte es die Sprache verschlagen. Vor ihr stand ein völlig fremder Mann. Das war definitiv nicht der Thomas Klein, den sie erwartet hatte. Das ungute Gefühl in ihrem Bauch verstärkte sich. Sie hätte nicht hierherkommen sollen. Ein Vertrag wie der, den sie unterschrieben hatte, glich einem Himmelfahrtskommando. Erst recht, wenn der Gegner gutaussehend und plötzlich gänzlich verwandelt vor einem stand. Vivien fühlte sich mit einem Mal befangen. Wie ein Teenager, der unerwartet auf seinen heimlichen Schwarm traf, starrte sie Thomas an. Nichts deutete mehr auf den arroganten und kühlen Anwalt im Anzug hin. Im Gegenteil er war zugänglich und freundlich. Letzteres zeigte sich in seinen hellgrauen Augen. Die Wärme, die sie darin sah, berührte sie. Er wirkte mit einem Mal jünger und gelöster. Vivien führte das nicht nur auf seine legere Kleidung zurück. Wüsste sie nicht, wer da vor ihr stünde, hätte sie sich in diesem Augenblick unsterblich verliebt. Prompt reagierte ihr Körper darauf. Eine Wallung an undefinierbaren Gefühlen durchflutete ihre Körpermitte. Das verräterische Ding, in ihrer Brust, geriet aus dem Takt. Sie war sowas von blauäugig, zu glauben, dass sie Thomas widerstehen könnte. Allein dieser Anblick reichte aus, um ihre Einstellung ihm gegenüber, ins Wanken zu bringen. Vee war sich nicht mehr sicher, was sie denken oder fühlen sollte.

Die Sekunden verstrichen, in denen sie sich schweigend musterten. Vee, war es, die schließlich die Stille durchbrach: »Hallo Herr Klein, treffender hätte ich es nicht formulieren können. Man merkt Ihnen Ihr Amt an, Herr Anwalt.«

Thomas grinste und meinte kopfschüttelnd: »Kiwi, Kiwi, immer das letzte Wort. Aber komm doch bitte herein und fühl dich wie zu Hause.« Vivien ärgerte sich darüber, dass er sie ständig beim Spitznamen nannte, doch sie verkniff sich einen bissigen Kommentar. Ab jetzt hieß es eine Woche

Staranwalt Klein zu überstehen, ohne sich mit ihm zu zerfleischen. Oder sich gar in ihn zu verlieben. Sie griff nach ihrem Koffer, doch Thomas war schneller. »Den nehme ich«, meinte er und kam ihr auf einmal viel zu nah. Seine grauen Augen bohrten sich in ihre und hielten sie gefangen. Unbewusst hatte Vee den Atem angehalten und stieß ihn jetzt langsam aus. Nervös befeuchtete sie sich die Lippen und sah, das TKT auf ihren Mund starrte. Abrupt trat er einen Schritt zurück und gab ihr stumm den Weg frei. Vivien setzte sich in Bewegung, ohne sicher zu sein, ob ihre Beine sie weiterhin trugen. Thomas schloss die Tür und sah ihr einen Moment hinterher, wie sie langsam und graziös sein Reich betrat. Es hätte nicht viel gefehlt und er hätte sie geküsst, doch in letzter Sekunde entschied er sich dagegen. Vivien Maas benötigte Zeit, sich an ihn zu gewöhnen. Gestern Abend hatte er einen Grundstein dafür gelegt, zwar auf einem wackeligen Fundament, aber es war ein Anfang. Wenn er sie jetzt bedrängte, würde sie schreiend davonlaufen. ›Gib ihr Zeit‹, mahnte er sich. Eine Woche und Vivien würde sich freiwillig in seine Arme schmiegen. ›Reines Wunschdenken‹, meldete sich sein analytischer Verstand.

***

Vivien war überrascht. Das Haus wirkte nicht nur von außen einladend und freundlich, auch das Innere versprühte jede Menge Charme und Gemütlichkeit. Der Raum, vermutlich das Wohnzimmer, wirkte luftig und hell. Nicht nur, weil die Terrassentür offen stand und man weit in den parkähnlich angelegten Garten sehen konnte. Die Glasfront durchflutete das L-förmige Zimmer. Langsam schritt Vivien weiter und sah um die Ecke. Dort befanden sich die Küche und das Esszimmer, wobei Letzteres nahtlos in das Wohnzimmer überging. Der Raum, der die Küche bildete, bestand aus einem Sammelsurium aus lauter Einzelstücken. Es handelte sich um keine typische Einbauküche, dennoch war sie praktisch und besaß alles, was das Herz eines Koches höher schlagen ließ.

»Sieht professionell aus«, sagte Vee. Sie deutete dabei auf die Gerätschaften in der Küche hin.

»Ich koche gerne und es gibt nichts Schlimmeres als mit laienhaftem Werkzeug zu arbeiten.«

›War ja klar‹, dachte Vivien und verdrehte im Geiste die Augen. »Sie kochen gerne?«, fragte sie dennoch erstaunt.

»Traust du mir das nicht zu, Kiwi?«

»Das habe ich nicht gesagt«, schnappte sie zurück. »Ich kann Sie mir nur nicht in einer Küche vorstellen.« So wie alles andere von ihm, was sie seit dem Betreten des Hauses gesehen hatte. Nichts davon lag auch nur annähernd in ihrer Vorstellungskraft.

228

Allem voran TKT in seiner legeren Kleidung, mit Jeans und T-Shirt, dazu barfuß. Nichts passte zu dem Bild, das sich in ihrem Kopf verankert hatte.

»Ich hätte nicht damit gerechnet, dass Sie so viel Geschmack haben«, meinte Vee und lenkte ihre Gedanken wieder in andere Bahnen.

»Das soll heißen, dass es dir gefällt?«, stellte Thomas überrascht fest. Er schmunzelte über die Erkenntnis. »Das soll gar nichts heißen«, sagte Vivien.

»Oh doch, das heißt, wir hätten zumindest den gleichen Geschmack und somit eine erste Gemeinsamkeit gefunden.«

»Da liegen Sie falsch, Herr Klein. Ich habe mit keiner Silbe erwähnt, dass das hier«, dabei deutete sie mit einer Handbewegung auf ihr Umfeld, »mein Geschmack wäre.« Sie würde nie und nimmer zugeben, mit TKT eine Gemeinsamkeit zu haben. Trotzig schob sie ihr Kinn nach vorne und stellte sich kerzengrade auf. Ihre Haltung entlockte Thomas ein kaum merkliches Lächeln. Langsam schritt er auf sie zu und baute sich unmittelbar vor ihr auf. Er sah auf sie herab und sagte: »Ich heiße Thomas, nicht Herr Klein und vor allen Dingen nicht Sie, schlicht Thomas. Wenn du willst, kannst du mich Tom oder Tommy nennen, wobei Letzteres finde ich nervig, da es Assoziationen von Ketchup und Mayonnaise in mir auslöst.«

Vee zog skeptisch eine Augenbraue in die Höhe. »Ich denke nicht, dass ich Sie jemals mit Tom oder Tommy ansprechen werde, das ist zu persönlich.«

»Das ich *dich* jemals anreden werde«, verbesserte er sie und Vee schüttelte den Kopf. »Nein.«

»Du hast Schiss, Kiwi.« Thomas kam ihrem Gesicht gefährlich nahe. Vee wich, so weit, wie es ihr möglich war, zurück, doch die Couch stand ihr im Weg. Dennoch lehnte sie sich mit dem Oberkörper weiter nach hinten und hatte Mühe, nicht das Gleichgewicht zu verlieren. Thomas reagierte instinktiv und legte seinen rechten Arm um sie und zog sie an sich. Vivien schnappte empört nach Luft, als seine warme Hand ihren nackten Rücken berührte. All ihre Sinne waren auf Fluchtbereitschaft eingestellt, einzig ihr Körper verhielt sich dagegen. Ohne darüber nachzudenken, krallte sie sich an seinen Schultern fest. Das warme Kribbeln ignorierend, das sich langsam an der Stelle an der sich ihrer beider Haut berührte, entfaltete, sah sie abwartend zu ihm auf.

»Vivien Maas, wir werden die nächsten sieben Tage zusammen leben. Also hör gefälligst mit dem Quatsch auf, mich zu siezen. Ich verspreche dir, dich sonst für jedes *Sie* zu küssen.« Sein Versprechen klang mehr wie eine Drohung. Die Worte hallten in ihren Ohren wider. Unfähig auch nur zu blinzeln, starrte sie ihn wortlos an. »Sag. Meinen. Namen, Kiwi«, presste er jedes Wort betont hervor.

Sie saß in der Falle. TKT hatte sie nicht nur körperlich in die Enge getrieben, sondern auch verbal. »Ich zähle bis drei. Meine Geduld hat Grenzen. Ich werde deinem Starrsinn nicht nachgeben. Wenn es sein muss, lege ich dich dafür übers Knie.« Abwartend musterte er sie und fing an zu zählen: »Eins … Zwei …«

»Stopp!«, unterbrach Vivien ihn und Thomas stoppte. »Ich will das verhandeln«, sagte sie und forschte in seinem Gesicht nach einer Zustimmung. Fragend zog er eine Augenbraue in die Höhe und veranlasste Vee weiterzusprechen. »Unter den gegebenen Umstände … also sollten wir … meine ich …«

»Komm auf den Punkt, Kiwi«, knurrte Thomas dicht an ihren Lippen.

»Nur für diese Woche. Ich … Wir sind in einer Art Ausnahmesituation und unter den gegebenen Umständen sehe ich darüber hinweg, Sie weiterhin zu siezen … ähm dich«, stammelte Vee.

Thomas bemühte sich, sein aufsteigendes Lachen zu unterdrücken. Zunächst zuckten nur seine Schultern bis letztendlich sein ganzer Körper bebte und er den Kopf in den Nacken warf und lauthals lachte bis ihm die Tränen aus den Augenwinkeln liefen.

231

Wütend befreite sich Vee aus seinem Klammergriff. TKT lachte sie aus. Die Arme vor der Brust verschränkt, die Hüfte lässig zur Seite geschoben, stand sie herausfordernd vor ihm. Sie war mehr als wütend auf ihn.

Nachdem Thomas sich allmählich beruhigt und wieder im Griff hatte, wischte er sich die Lachtränen aus den Augenwinkeln. »Sorry Kiwi, aber manchmal bist du zu köstlich.«

»Köstlich?«, wiederholte sie das Wort gefährlich leise und setzte sich in Bewegung. Langsam kam sie auf ihn zu und aus ihren Augen schossen mordlustige Blitze.

›Sie sieht zum Anbeißen aus, wenn sie wütend ist‹, war alles, was er in diesem Moment denken konnte. Er beobachtete jede einzelne Bewegung von ihr und hielt dabei seine Hände lässig in die Hüften gestemmt.

Vee juckte es gewaltig in den Fingern, Thomas Klein eine schallende Ohrfeige zu verpassen, doch sie riss sich zusammen. Stattdessen lächelte sie ihn zuckersüß an und sagte: »Du findest mich also köstlich?«. Dabei trat sie einen weiteren Schritt auf ihn zu. Sie standen jetzt so nah beieinander, dass sich ihre Körper kaum merklich berührten. Vee legte den Kopf in den Nacken und sah zu ihm auf. Ohne Vorwarnung packte er sie am Oberarm und presste sie an seinen Körper. Thomas neigte den Kopf zur

Seite und kam ihren Lippen gefährlich nahe. »Schlag dir das aus dem Kopf, Kiwi«, zischte er. »Ich weiß genau, was du im Schilde führst. Deine Verführungsmasche kannst du dir sparen. Noch ehe diese Woche zu Ende ist, wirst du mich darum bitten, dich zu küssen.« Seine Worte waren ein kaum merkliches Flüstern, und sein Mund schwebte nach wie vor über ihren Lippen. »Du wirst mich darum bitten, Vee«, wiederholte er sich. Das Grau seiner Augen verdunkelte sich um ein paar Nuancen.

So ruckartig wie Thomas sie gepackt hatte, so schnell ließ er sie wieder los. Er trat den Rückzug an. In gebührendem Abstand blieb er stehen und verschränkte die Arme vor der Brust. Herausfordernd wartete er auf ihre Reaktion.

Vivien benötigte einige Sekunden, bis sie sich wieder unter Kontrolle hatte und zischte: »Niemals.«

***

Die ganze Szenerie spielte sich im Wohnzimmer ab und war ein gefundenes Fressen für den Mann, der sich auf dem Nachbargrundstück befand und versteckt auf eine Chance lauerte. Es war Sonntag Nachmittag. Die Eigentümer waren kurz nach dem Mittag weggefahren. Soviel er in Erfahrung gebracht hatte, gab es zwar Kameras auf dem Grundstück, aber nur im Eingangsbereich. Der Rest war safe. Zur

233

Tarnung hatte der Mann eine Hundeleine dabei, sollte er entdeckt werden, könnte er behaupten, er suche seinen entlaufenen Hund.

Vom Dickicht der Hecken und der Bäume geschützt, lag er auf dem Boden und zoomte mit seiner Kamera das Haus von Thomas Klein heran. Er hatte einen tiefen Einblick in den hinteren Garten und auf die Terrasse. Im Sucher entdeckte er Thomas Klein mit Vivien Maas. Die beiden sahen aus, als würden sie sich jeden Moment küssen. Das Bild war perfekt, die Kamera eingestellt und der Finger schwebte über dem Aufnahmeknopf. ›*Jetzt*‹, dachte er und nutzte die Gunst der Stunde und drückte immer wieder den Auslöser der Kamera. Die Aufnahmen entstanden im Sekundentakt und würden später am PC im Schnelldurchlauf wie ein Daumenkino vor ihm ablaufen. ›*Mist*‹, fluchte er gedanklich, als die zwei sich ruckartig voneinander trennten. Ein Foto, auf dem sich die beiden innig küssten, hätte ihm weitaus mehr Geld eingebracht. »Was solls«, seufzte er resigniert. Wenigstens hatte er diese Aufnahmen. Der Mann verharrte weitere fünfzehn Minuten, doch als nichts Nennenswertes mehr passierte, zog er sich diskret zurück. Die besten Fotos davon würde er an seine Auftraggeberin schicken.

***

Für einen Sonntagabend war die Cocktailbar, in die Thomas sie eingeladen hatte, reichlich besucht. Vivien kannte die Bar nicht und sah sich dementsprechend um. Das *Hardt's* wäre ihr lieber gewesen, doch es wäre keinesfalls sinnvoll, ausgerechnet heute dort aufzutauchen. Zu viele bekannte Gesichter hielten sich um diese Zeit in ihrer Lieblingsbar auf. Zudem konnte sie auf die Blicke, wenn sie mit TKT das Lokal betrat, getrost verzichten.

Vivien hatte sich heute Abend für ein schlichtes, knielanges schwarzes Kleid entschieden. Es gab keinen verführerischen Ausschnitt und es war nicht rückenfrei, einzig ärmellos. Thomas trug einen seiner dunklen Anzüge und ein weißes Hemd, ohne Krawatte. Die Bedienung servierte die bestellten Drinks und Thomas bedankte sich bei ihr. Die Frau lächelte freundlich zurück und als sie zu Vivien sah, erstarb ihr Lächeln. Rasch schlug sie die Flucht ein. Thomas zog fragend eine Augenbraue in die Höhe, doch ein Blick in Vees Gesicht, erklärte alles. Schmunzelnd prostete er ihr zu.

›*Was ist nur mit mir los? Warum bin ich auf die Kellnerin wütend? Bin ich etwa eifersüchtig?*‹, fragte Vee sich. Hastig sah sie zur Seite, damit sie nicht länger TKTs siegessichere Grinsen ertragen musste. Vivien beobachtete einen Tisch mit drei Frauen, die tuschelnd ihre Köpfe zusammensteckten und immer wieder zu ihnen herübersahen. Ihr Unbehagen wuchs mit jeder Minute. »Warum so nervös, Kiwi?«, fragte Thomas und lenkte ihre Aufmerksamkeit von den drei Frauen ab. Natürlich war er ihrem Blick gefolgt und sah sie abwartend und fragend zugleich an. »Ich bin nicht nervös«, spielte sie ihre Unruhe herunter und Thomas strafte sie mit seinen Augen als Lügnerin.

»Warum starren uns alle an?«, fragte Vee.

»Du siehst umwerfend aus«, meinte Thomas achselzuckend. »Wir sind hier nicht im *Hardt's*, Vee. Hier kommt man her um gesehen, besser gesagt, um entdeckt zu werden. Sieh dir die Frauen hier an.« Vee folgte seiner Aufforderung und betrachtete erneut ihre Umgebung. »Fällt dir dabei nichts auf?« Verneinend schüttelte sie den Kopf. »Sieh dir die Gesichter an, die meisten davon sehen verlebt und verbraucht aus. Da helfen keine Schönheits-OPs mehr. Selbst die anwesenden Männer haben ihre besten Zeiten hinter sich.« Erneut sah sich Vee um. Ja, Thomas hatte recht. Es gab zwar Ausnahmen, aber die waren in der Minderzahl. »Warum sind wir überhaupt hier? Ich habe keine Lust, den ganzen Abend angestarrt zu werden und zuzusehen, wie sich die Leute hinter vorgehaltener Hand die Mäuler zerreißen.«

»Ich wollte sicher sein, nicht gleich am ersten Abend, auf einen von unseren Bekannten zu treffen.«

»Du meinst wohl deine Kollegen.«

»Nenn sie, wie du willst. Nachdem, was passiert ist, sind es ab jetzt unsere Freunde.«

»Wie lange willst du noch hierbleiben?«, fragte Vivien.

»Gefällt es dir nicht?«

»Ich komme mir wie ein Stück rohes Fleisch vor, das vor einem Käfig hungriger Löwen liegt.«

»Dann sollten wir besser sofort von hier verschwinden, nicht, dass dich jemand mit Haut und Haaren verschlingt. Zudem schmeckt dieser Drink scheußlich.«

»Da muss ich dir leider recht geben. Ich habe selten so etwas Furchtbares getrunken.« Grinsend erhob sich Thomas und meinte: »Wieder eine Gemeinsamkeit. Wer hätte das gedacht.« Vee warf ihm nur einen vernichtenden Blick zu und beeilte sich, aus der schrecklichen Bar zu kommen.

6. Kapitel

Thomas und Vivien

Montag

Vee streckte sich zunächst ausgiebig, bevor sie soweit war, dass sie die Augen aufschlug. Das dünne Laken bis zum Kinn gezogen, lag sie auf dem Rücken und lauschte auf die morgendlichen Geräusche im und um das Haus. Thomas hatte sie vor die Wahl gestellt, entweder bei ihm oder in seinem Gästezimmer zu übernachten. Sie hatte sich selbstverständlich für Letzteres entschieden. Das Zimmer war, wie der Rest des Hauses, gemütlich eingerichtet. Den Fußboden zierten alte Holzdielen, die an manchen Stellen knarzten. Die Decke war mit Stuck verziert, von der ein kleiner Kronleuchter hing. Der Raum hatte zwei Fenster, die mit Unterbrechung eine Front bildeten. Eines davon stand offen und wehte eine angenehme, morgendlich kühle Brise herein, sodass der luftige Vorhang sich kurz aufbauschte, bevor er wieder in sich zusammenfiel. Die Vögel im Garten zwitscherten lautstark und begrüßten den neuen Tag. Vee streckte sich erneut und setzte sich gemächlich auf. Gähnend ließ sie ihren Blick weiter durch den Raum schweifen. Hier

238

passte alles zusammen. Angefangen bei den natürlichen Farbtönen braun, beige, creme und weiß, die sich harmonisch in das Zimmer einfügten. Bis hin zu dem Bett, das ein einziger Traum aus Kissen, Laken und Decken war. An der Wand hinter der Schlafstelle hing ein schmaler Spiegel, der genauso breit war und zugleich dem Raum mehr Tiefe verlieh. Ein Ohrensessel stand unter einem der Fenster und lud dazu ein, es sich mit einem Buch darin gemütlich zu machen. Auf der gegenüberliegenden Seite vom Bett befand sich ein Schrank, in dem Vee ihre Sachen eingeräumt hatte. Nachdem sie jetzt wach war, griff sie nach ihrem Handy, um die Uhrzeit abzulesen. 7:26 Uhr, las sie, legte das Telefon zur Seite und schwang die Füße aus dem Bett. ›Ob Thomas wach ist?‹, fragte sie sich und zog sich eine dünne, lange Strickjacke über und betrat das angrenzende kleine Bad. Nachdem sie sich ein wenig frisch gemacht hatte, verließ sie barfüßig das Zimmer. Kurz lauschte sie an seiner Schlafzimmertür, konnte aber nichts hören. Achselzuckend lief sie weiter. Unten angekommen, blieb sie im Flur stehen. War da etwas? Woher kam das Geräusch? Je näher sie darauf zulief, desto deutlicher hörte sie jemanden reden. Im Durchgang zwischen Flur und Wohnzimmer blieb sie stehen und spitzte erneut die Ohren. Jetzt erkannte sie eindeutig Thomas' Stimme. Die Schiebetür zu seinem

Arbeitszimmer stand offen. Geräuschlos näherte sie sich der Tür und blieb im Verborgenen stehen.

»Es bleibt dabei, Anfang nächster Woche, keinen Tag früher. Ich verlasse mich auf Sie«, hörte Vee ihn sagen.

Was meinte er? Hellhörig geworden, verharrte sie, doch das Gespräch war beendet. Rasch schlich sie in die Küche. Dort angekommen, drückte sie den Knopf des Kaffeevollautomaten und blieb wartend davor stehen. Sie hörte, wie Thomas die Schiebetür schloss und gleich darauf ein überraschtes »Guten Morgen« ausrief.

Mit nacktem Oberkörper und einer tief auf seinen Hüften sitzenden Hose stand er lächelnd vor ihr. Ertappt, da sie ihn offensichtlich angestarrt hatte, zuckte sie kaum merklich zusammen und wendete sich rasch wieder dem Kaffeeautomaten zu. »Morgen«, murmelte sie und bemerkte, dass ihr die Schamröte ins Gesicht schoss.

»Gut geschlafen?«

»Ja«, log sie, denn in Wahrheit hatte sie sich die halbe Nacht im Bett herumgewälzt. Zu viele Sorgen schossen ihr durch den Kopf. Gedanken, die sich alle um Thomas Klein drehten und ihr den Schlaf geraubt hatten, doch das würde sie ihm mit Sicherheit nicht auf die Nase binden.

»Frühstück?«

»Eine Tasse Kaffee reicht mir fürs Erste.«

»Ein gesundes Frühstück ist das Fundament eines erfolgreichen Tages«, sagte Thomas und rieb sich schaffensfreudig die Hände.

»Das ist Kaffee auch«, konterte Vee, nahm eine Tasse und stellte sie unter den Kaffeeautomaten. Zögernd schwebte ihr Finger über die Tastenauswahl.

»Warte, ich mach das.«

»Ich kann das selbst, Sie … ähm du musst mir nur sagen welche Taste …« Vee kam nicht dazu, ihren Satz zu vollenden, denn Thomas riss sie förmlich in seine Arme und wisperte: »Für jedes Sie einen Kuss, Kiwi. Ich habe dich gewarnt.«

Sein Kuss war zärtlich und ausführlich und ließ Vee alles um sich herum vergessen. Erst recht als er ihre Strickjacke zur Seite schob, um unter ihr Schlafshirt zu gelangen. Seine großen Hände hinterließen heiße Spuren auf ihrem Körper. Sie hatte gar keine andere Wahl, als sich an ihn zu schmiegen und ihm durch sein rabenschwarzes Haar zu wühlen. Ihr Puls raste und ihr Körper rieb sich schamlos an seinem.

Thomas war es, der sich sanft und schweratmend von ihr löste. Mit einem intensiven Blick musterte er sie abwartend, wobei seine Hände nach wie vor auf einer ihrer Pobacken und dem Rücken verharrten. »Entweder ich werde uns jetzt ein Frühstück

241

zubereiten und du ziehst dich inzwischen an oder wir bringen das hier zu Ende, Kiwi«, flüsterte er.

Vees Herz schlug ihr bis zum Hals. Ein weiteres Mal hatte sie in Kleins Nähe die Kontrolle über sich verloren. ›*Das sollte doch nicht mehr passieren*‹, schoss es ihr panisch durch den Kopf. Wie wollte sie die Woche überstehen, wenn sie schon am ersten Tag die Kontrolle verlor? Verzweifelt schloss Vivien die Augen, um sich zu sammeln, doch seine körperliche Präsenz ließ ihr keinen Raum dafür. Zu viel nackte Haut, zu viel körperliche Nähe und zu viel Hitze, die er ausstrahlte. Von allem zu viel, dazu ihre Hormone, die verrückt spielten. ›*Abstand. Entferne dich von ihm*‹, befahl ihr Verstand.

Abrupt ließ sie ihre Arme sinken und signalisierte somit, dass sie sich entschieden hatte. Thomas zögerte, hielt sie weiterhin fest, lockerte aber seinen Griff. Vivien befreite sich sofort von ihm und trat ein paar Schritte zurück. Dabei trafen sich ihre Blicke. Vee las Bedauern in seinen Augen. Langsam näherte er sich ihr wieder und zog ihr fürsorglich die Jacke über die Schultern. Er hielt sie am Revers fest und verharrte.

»Frühstück«, flüsterte Vee und löste endgültig den Bann.

***

»Wohin fahren wir?«, fragte Vee und sah sich die Gegend an.

»Ich sagte doch, lass dich überraschen.«

»Ich mag keine Überraschungen.«

»Das habe ich schon gemerkt. Dennoch verrate ich dir nichts.«

Immer wieder lauerte Vee zur Seite und behielt Thomas im Auge. Er trug Jeans und T-Shirt, seine Haare waren zerzaust. Zudem wirkten seine Gesichtszüge entspannt. Wenn er lächelte, so wie in diesem Moment, zuckte es jedes Mal in ihrem Bauch und ein angenehmes Gefühl durchströmte sie. Verwirrt über ihre Empfindung, sah sie aus dem Seitenfenster, in der Hoffnung sich damit abzulenken.

»Wir sind da«, sagte Thomas irgendwann und lenkte seinen Wagen auf eine mit Kies geschotterte Einfahrt. Vee las ein Schild auf dem stand ›*Haus Valerie, Kinderheim*‹.

»Kinderheim?«, erkundigte sie sich und sah ihn entgeistert an. Ein zwiespältiges Gefühl überrollte sie und sie fragte sich, was er damit bezweckte? Wollte er Mitleid in ihr erwecken? Ihr zeigen, was für ein gutes Herz er doch besaß? Oder hatte er in ihrer Vergangenheit gewühlt und wollte ihr vor Augen halten, wie geehrt sie sich fühlen konnte mit ihm zusammen zu sein? Ja, sie war in einem Kinderheim aufgewachsen und nein, ihr Leben war nicht immer leicht gewesen. Als Heimkind wird man oft mit

Vorurteilen konfrontiert. Schwierige Kindheit, die Eltern alkohol- oder drogenabhängig, die Annahme, dass aus diesen Kindern nichts werden kann. Wie oft hatte sie sich damals auf Grund ihrer Herkunft geschämt und sogar ausgegrenzt gefühlt. In der Schule wurde sie von den meisten Klassenkameraden gemieden. »Die lebt im Heim, die ist verkorkst«, wurde über sie geredet. Vielleicht war sie ja auf ihre Art und Weise seltsam, aber das waren Kinder mit Familie genauso.

Thomas parkte den Wagen und drehte sich im Sitz zu Vivien. »Hast du ein Problem damit, Kiwi? Bist du dir zu fein dazu?«, fragte er lauernd und sein anklagender Blick bohrte sich in ihren. Schlagartig war Vee wieder in der Gegenwart. Sie richtete sich zu ihrer vollen Größe auf und meinte: »Ich habe kein Problem damit. Warum sind wir hier?«

Abschätzend betrachtete er sie und sagte: »Warte es ab. Du wirst schon sehen.« Argwöhnisch sah sie ihm hinterher. Er umrundete das Auto, öffnete die Beifahrertür und reichte ihr die Hand. Vivien langte danach und ließ sich von ihm beim Aussteigen helfen. Kurz zögerte sie und warf einen Blick auf das Gebäude. »Bereit?«, fragte er und betrat mit ihr das Kinderheim. Dort wartete schon eine ältere Dame auf ihn. »Thomas!«, rief sie und kam ihnen lächelnd entgegen. »Hannelore, wie geht es dir?«

»Wie soll es einer alten Schachtel wie mir schon gehen?« Sie schaute kurz zwischen den Beiden hin und her. »Wen hast du da mitgebracht?«, lenkte sie das Thema geschickt auf Vee.

»Das ist Vivien Maas.«

»Hallo Vivien, willkommen im *Haus Valerie*. Ich heiße Hannelore.« Freundlich hielt sie Vee die Hand entgegen. »Hallo Hannelore«, erwiderte Vee und entspannte sich allmählich. Vertraute Gerüche stiegen ihr in die Nase und versetzten sie in ihre Kindheit zurück. War es ein Klischee, wenn sie behauptete, dass alle Heimleiterinnen gleich aussahen? Selbst das Parfüm, das sie trugen, ähnelte sich. Einzig das Gebäude unterschied sich. Diese Einrichtung war lichtdurchflutet und modern. Sie kannte andere Heime, die düster und furchteinflößend waren.

»Ich wollte Vee das Haus zeigen«, nahm Thomas das Gespräch wieder auf.

»Kein Problem, soll ich mitkommen oder schaffst du das alleine? Auskennen tust du dich ja.«

»Ich halte dich ungern von deiner Arbeit ab. Ich denke, das bekomme ich hin. Sind die Kinder schon zur Ferienfreizeit?«

»Die älteren ja, die jüngeren reisen erst nächste Woche ab.«

»Dann sind sie mit Sicherheit alle auf dem Sportplatz?«

»Ja, sie werden sich freuen, dich zu sehen.«

»Dito«, zwinkerte Thomas ihr zu und schnappte erneut Vees Hand und zog sie mit sich.

»Hey, nicht so schnell!«, rief sie und hatte Mühe neben ihm herzurennen. Entschuldigend sah sie zu Hannelore zurück, die nur lächelnd den Kopf schüttelte.

Einer der Betreuer begrüßte Thomas lässig mit einem High Five. »Hi Thomas, schön dich zu sehen. Wenn du Zeit hast, kannst du gleich mit einsteigen, uns fehlt ein Mann auf dem Platz.«

»Hi, Patrick. Was ist mit dir?«

»Ich hab Fuß.« Dabei zeigte er nach unten auf die Schiene, die er trug.

»Autsch! Was ist passiert?«

»Bin in der Pipeline gestürzt und hab mir die Bänder überdehnt.«

»Ich sags dir schon immer, du sollst es nicht übertreiben. Du bist ein Vorbild, vergiss das nicht. Bestimmt hast du wieder eines deiner halsbrecherischen Kunststücke ausprobiert. Ich kann nur hoffen, dass keiner der Kids dir nacheifert.«

»Ach was, so dramatisch war das nicht. Bin nur falsch mit dem Bike aufgekommen.«

»In welcher Mannschaft fehlt ein Mann?«, fragte Thomas und sah auf das Spielfeld. »Bei den Knirpsen. Von den Zwergnasen wollte keiner zu den anderen wechseln.«

Wissentlich nickte Thomas. »Verstehe, sie sind ja eine Nasenlänge größer und älter und wollen nicht mit den Babys spielen. Ich werde mich opfern. Vorausgesetzt, du passt solange auf meine Freundin hier auf.«

Anerkennend pfiff Patrick und nickte dabei. »Alter Schwede. Muss schon sagen, du hast echt Geschmack.« Er streckte Vivien die Hand hin. »Hi, ich bin Patrick.«

»Hallo, ich bin Vee.«

»Hey, aufpassen hab ich gesagt, nicht anbaggern.«

»Bleib locker, Mann«, meinte er zu Thomas und Vee fragte er: »Ist der immer gleich eifersüchtig?«

»Ich stehe neben dir, Patrick, schon vergessen?«

Schmunzelnd beobachtete Vee das Geplänkel der beiden. Patrick hatte nichts mit dem Bild eines Betreuers gemein. Er trug schulterlange Haare, war gepierct und sein Kleidungsstil entsprach dem von Skatern. Einzig das Skateboard fehlte, aber wer weiß, vielleicht war es in seinem Spint eingeschlossen.

Fasziniert sah Vee, wie Thomas mit den Knirpsen gegen die Zwergnasen spielte. Er hatte sichtlich seinen Spaß und die Kids ebenso. ›*Warum tut er das?*‹, fragte sich Vivien. Wusste er, dass sie selbst ein Heimkind war? Wollte er ihr damit imponieren?

›*Nein*‹, meldete sich ihr Herz und gleichzeitig schüttelte sie imaginär den Kopf darüber. Aber warum sonst gab er ihr einen tieferen Einblick in sein Leben? Sie hatte ihn nicht darum gebeten. Außerdem wollte sie das auch nicht, aus Angst ihn am Ende noch anziehend zu finden. Tat sie das nicht schon längst?

»Kennst du Thomas schon lange?«, fragte Patrick neben ihr, ohne den Blick vom Spiel abzuwenden.

»Das dachte ich …«, redete Vee mehr zu sich selbst, als dass sie antwortete, »…aber definiere lang? Ein Jahr oder zwei Tage, wo liegt da der Unterschied, wenn man nur das glaubt, was man sieht?« Hellhörig geworden, betrachtete Patrick Vee von der Seite. Er vermutete, dass die beiden noch nicht lange zusammen waren, aber wie zwei Teenager bis über die Ohren verknallt waren. Thomas, weil er sie mit hergebracht hatte und Vivien, weil sie ihn keine Sekunde aus den Augen ließ und alles von ihm in sich aufsog.

Über sich selbst verwundert, drehte Vee den Kopf zur Seite, um zu sehen, ob dieser Patrick ihre gemurmelten Worte mitbekommen hatte. Na klar hatte er, denn er starrte sie aus einem unergründlichen Blick an und nickte zufrieden, so als wäre soeben alles gesagt worden, was es zu dem Thema zu sagen gäbe. Vee glaubte selbst nicht, dass sie diesen letzten Satz laut ausgesprochen hatte. Es war sogar beängstigend, wie rasant sich ihre Gefühle für Thomas entwickelten.

Sie hasste ihn doch? Woher dieser plötzliche Sinneswandel? Wegen ein paar Küssen?

Auf dem Nachhauseweg schwiegen sie, bis Thomas fragte: »Alles in Ordnung, Vee?« Sie kam ihm so merkwürdig still vor, so, als würde sie etwas belasten.

»Wie?«, meinte Vee und ihr verklärter Ausdruck, mit dem sie meilenweit entfernt war, löste sich auf.

»Ich habe gefragt, ob alles in Ordnung ist mit dir?«, wiederholte Thomas seine Frage.

»Ja.« Doch gleichzeitig fragte sie: »Warum ein Kinderheim? Willst du bei mir punkten, indem du einen auf Samariter mimst?«

Verärgert sah Thomas zu ihr und lenkte seine Aufmerksamkeit wieder auf die Straße. Dennoch meinte er: »Denkst du so von mir? Dass ich ein Kinderheim mit dir besuche, um Eindruck zu schinden?«

Zunächst schwieg Vee. Ohne Vorwarnung sagte sie: »Ich bin in einem Heim aufgewachsen.« Die Worte waren ihr herausgerutscht, noch ehe sie darüber nachgedacht hatte. Das wurmte Vee, erst recht als sie Thomas verhärteten Gesichtsausdruck bemerkte. Sie sprach sonst nicht über diese Sache. Bernard und Mia waren eingeweiht, aber nur, weil sie sich gerechtfertigt hatte. Jetzt kannte auch Thomas Klein ihr Geheimnis.

»Das wusste ich nicht. Tut mir leid, Vivien«, erwiderte er emotionslos. Sein Blick wanderte dabei immer wieder zu ihr. Es ärgerte ihn, dass ihm Tilli nichts davon erzählt hatte. Sie hatte ihm alles Mögliche über Vee verraten, aber das was wichtig war, nicht. Kein Wunder, dass sie die ganze Zeit misstrauisch war. Selbst jetzt wirkte sie völlig verunsichert und aufgewühlt.

›*Warum zeigte er keine Gefühlsregung?*‹, schoss es ihr durch den Kopf. Es kam Vivien vor, als würde sich zwischen ihnen eine Schlucht auftun. Während ihr Verstand versuchte, die Situation einzuordnen, plapperte ihr Mund drauf los.

»Das muss es nicht. An meine Eltern erinnere ich mich nicht. Ich war ein Baby, als sie bei einem Autounfall ums Leben kamen. Tante Tilli taugte in den Augen des Jugendamtes nicht als Erziehungsberechtigte, also wurde ich in die Obhut eines Heimes gegeben. Wenn man es nicht anders kennt, ist es nicht weiter dramatisch dort aufzuwachsen.« Vee zuckte mit der Schulter, um ihre Gleichgültigkeit zu unterstreichen. Kurz schwieg sie, dann nahm sie den Faden wieder auf. »Um auf deine Ausgangsfrage zurückzukommen: Nein, denn du hast es nicht nötig, Eindruck bei mir zu schinden. Zudem war dein Umgang mit den Kindern und dem Betreuer zu vertraut. Selbst Hannelore, die

Heimleiterin, hält große Stücke auf dich. Du kennst alle und pflegst regelmäßigen Kontakt. Alleine das spricht für dich.«

»Warum gibst du mir immer das Gefühl, dass ich auf der Anklagebank sitze? Ich Idiot versuche, mich auch noch zu rechtfertigen.«

»Ach, tust du das? Ist mir gar nicht aufgefallen. Dennoch solltest du dich auf diesem Sektor bestens auskennen.«

»Bei meiner Arbeit stehe ich vor der Anklagebank und sitze nicht darauf.«

»Zeit für einen Blickwechsel«, stachelte Vee ihn an.

»Wenn ich jetzt nicht Autofahren würde, würde ich dich übers Knie legen, Kiwi.«

»Lenk nicht vom Thema ab. Warum ein Kinderheim und kein Obdachlosenheim oder Asylheim?«

Thomas Gesichtszüge verfinsterten sich. Hatte sie den Bogen überspannt oder stach sie in eine alte Wunde? Angespannt wartete sie auf eine Antwort.

»Ist dir noch nie aufgefallen, dass meine Fälle nur kinderlose Paare betrifft, Vee?«, fragte er und warf ihr einen raschen Seitenblick zu. Seine Frage ließ Vivien innehalten. »Nein«, gab sie kopfschüttelnd zu und ihr Hirn speicherte diese Auskunft zu all den anderen Informationen, die sie heute über Thomas gelernt hatte. »Warum?«, hakte sie nach.

Schweigen.

»Ich war selbst ein Scheidungskind«, hörte sie ihn sagen. »Es gibt nichts Traurigeres für ein Kind, das gezwungen ist, mit anzusehen, wie sich seine Eltern scheiden lassen. Erwachsene vergessen schnell, dass sich die Welt nicht nur um sie dreht. Sie missachten, dass sie ein gemeinsames Kind haben, das Fürsorge und Liebe benötigt. Erst recht, wenn es um das Sorgerecht geht. Für viele Paare fängt damit der eigentliche Krieg an. Auf Kosten des Kindes, versteht sich. Die Sorgen und Ängste, die ein Kind dabei durchlebt, hinterlässt spuren, Vee.«

›Ja‹, stimmte Vivien ihm gedanklich zu.

Denn genau die Sorgen und Ängste spiegelten sich für Sekunden in seinen Gesichtszügen wieder. Instinktiv legte sie ihre Hand auf seine, die auf der Armlehne des Sitzes ruhte. Überrascht sah er Vivien an, doch der Verkehr ließ es nicht zu, dass er sie länger als eine Sekunde ansah, deshalb redete er rasch weiter: »Die Zahl der Scheidungskinder im *Haus Valerie* steigt von Jahr zu Jahr. Immer mehr Kinder landen in der Obhut des Staates.«

»Das ist ein Armutszeugnis unserer Gesellschaft«, stellte Vee traurig fest. Die Vorstellung, sein eigenes Kind wegzugeben, wenn man selbst noch am Leben war, schmerzte sie zutiefst.

»Laut Statistik sind die Hauptgründe für eine Herausnahme aus der Familie, die eigene

Überforderung der Eltern, Vernachlässigung, Beziehungsprobleme, aber auch Kindesmisshandlungen. Zudem treten immer häufiger Suchtprobleme und Straffälligkeit bei den betroffenen Kindern auf. In einem kleineren Teil der Fälle ist auch sexueller Missbrauch Grund für die Inobhutnahme.«

»Ja, leider«, murmelte Vivien und warf Thomas einen wissentlichen Blick zu.

»Ich unterstütze das Heim, so gut ich kann. Die Kinder haben ein Recht auf Geborgenheit und ein anständiges Zuhause. Erst Recht auf eine sichere Zukunft.«

»Obwohl ich in einem Heim aufgewachsen bin, ist mir nie in den Sinn gekommen, es zu unterstützen«, stellte Vee entsetzt fest.

»Meine Berufung dazu, kam selbst relativ spät. Es ist nicht wichtig, wann man anfängt zu helfen, Vee, sondern, dass man es überhaupt erst tut.«

Seine Worte hallten lange in Vivien nach und im Geiste notierte sie sich ganz oben auf ihrer *To-do-Liste*, das Kinderheim zu besuchen, in dem sie aufgewachsen war und es auf irgendeine Art und Weise zu unterstützen.

***

Es war Dienstag Morgen und im KP&T Sender lief es drunter und drüber. Auf der A28 kurz vor Derchen hatte es eine Karambolage von mehreren Fahrzeugen gegeben. Ausschlaggebend war ein LKW, der ungebremst auf ein Stauende gerast war. Es gab einige Schwerverletzte, bisher keine Toten. Das Ganze grenzte an ein Wunder, wenn man die Bilder von der Unfallstelle dazu sah. Ivona stand am Kaffeeautomaten und sah der schwarzen Brühe zu, wie sie in den Pappbecher floss. »Frau Dakaré, wenn Sie ein paar Minuten entbehren könnten. Ich würde Sie kurz unter vier Augen sprechen.« Die Frage ihres Chefs klang mehr nach einem Befehl als nach einer Bitte.

»Ja, ich komme sofort, Herr Reus.«

»Gut«, nickte er ihr zu und lief weiter. Ivona sah ihm mit gemischten Gefühlen hinterher. Ihr Instinkt sagte ihr, dass es sich um den Fall Thomas Klein handelte. Sie hatte ihrem Chef am Montag weitere Informationen vorgelegt, inklusive Bilder. Die Detektei, die sie beauftragt hatte, hatte ganze Arbeit geleistet. Sie war sogar soweit gegangen und hatte einen Artikel dazu verfasst. Mechanisch rührte Ivona ihren Kaffee um. Ohne Milch war die schwarze Plörre nicht zu genießen. Sie nahm einen Schluck und verzog angewidert das Gesicht. Egal, Hauptsache Koffein. Mit dem Becher in der Hand klopfte sie an Reus Tür. »Herein!«, rief er und winkte dabei. »Bitte nehmen Sie Platz, Frau Dakaré.«

»Danke«, meinte Ivona und sah ihren Chef abwartend an. Herr Reus legte gerne lange Sprechpausen ein, so wie jetzt. Räuspern. Schweigen. Erneutes Räuspern. »Frau Dakaré, ich muss schon sagen, die Story ist außergewöhnlich, dennoch finde ich sie … unterhaltsam. Allerdings werden Sie mit der Geschichte nicht online gehen, sondern einen Artikel für die Zeitung schreiben. Wir haben keine Interviews, geschweige denn freiwillige Zeugen. Mit einem Bericht in der Tageszeitung sind wir besser aufgehoben.«

Von Ivona fiel alle Anspannung ab. Erleichtert lächelte sie ihren Chef an. »Sie haben gute Arbeit geleistet. Auch, dass die Wette ungültig ist, haben Sie gut recherchiert, das Gleiche gilt für den Vertrag.«

Ivona horchte auf. »Der Vertrag ist ungültig? Aber wir wissen doch gar nicht, was er enthält?«, fragte sie verwundert und Herr Reus nickte zur Bestätigung.

»Ja, ich habe diesbezüglich mit einem Rechtsanwalt telefoniert. Der Vertrag ist ungültig, egal was darin verankert wurde. Paragraph einhundertneunzehn besagt, dass es sich dabei um Anfechtbarkeit wegen Irrtums handelt. Zu dem Zeitpunkt waren alle Beteiligten betrunken.«

»Aber warum dann der ganze Aufwand?«, fragte Ivona.

»Das, Frau Dakaré, weiß alleine Herr Klein, schließlich ist er Anwalt. Vielleicht erklärt sich Herr Klein für ein kurzes Interview bereit.«

»Das glaube ich nicht, Herr Reus. Dazu müssten Weihnachten und Neujahr auf einen Tag fallen. Das passiert nicht, niemals«, seufzte Ivona.

»Wie dem auch sei, ich denke, ich werde Ihre Story für Donnerstag mit in den Druck geben. Bekommen Sie den Artikel bis dahin fertig, Frau Dakaré?«

»Ja, kein Problem. Heute Abend haben Sie ihn auf dem Tisch liegen.«

»Wunderbar. Dann wäre ja soweit alles geklärt«, freute sich Herr Reus. »Ach, Frau Dakaré, es wäre besser, wenn wir nicht gleich die ganze Story preisgeben. Ich könnte mir eine Art Fortsetzung mit Cliffhanger vorstellen. Erste Schlagzeile: ›*Staranwalt Thomas Klein durch eine Wette im Liebesglück!*‹, zweite Schlagzeile: ›*Dunkle Wolken am Horizont von Liebespaar Klein und Maas!*‹, dritte Schlagzeile: ›*Herrn Klein droht eine Klage!*‹ Die Story könnte man häppchenweise servieren. Ich denke, unsere Auflage würde davon profitieren.«

»Ja, da haben Sie recht, Herr Reus, … bitte entschuldigen Sie … ich bin etwas sprachlos.«

»Ach?«

»Na ja, ehrlich gesagt, habe ich nicht damit gerechnet, dass Ihnen die Story zusagt.« Beschämt senkte Ivona den Blick.

»In der Tat, Frau Dakaré, hegte ich anfänglich meine Zweifel. Wie schon erwähnt, Sie haben gute Arbeit geleistet und dies soll belohnt werden. Machen Sie weiter so.«

»Das werde ich, Herr Reus.«

Mit einem Dauergrinsen im Gesicht lief Ivona zurück in ihr Büro. Donnerstag würde die Bombe platzen und alle Welt vom heimlichen Liebesglück von Staranwalt Klein und Frau Maas erfahren. Der Superanwalt hatte sich mit der irrwitzigen Wette und dem ungültigen Vertrag selbst die Pistole auf die Brust gesetzt. Sein Saubermann-Image würde Flecken bekommen.

Vivien

Dienstag

Dieses Mal hatte Vee besser geschlafen und sich nicht wie die Nacht zuvor unruhig im Bett herumgewälzt. Es lag wohl daran, dass ein Teil von ihrer Anspannung abgefallen war. Es grenzte an ein Wunder, wie schnell sie sich an die Nähe eines fremden Mannes gewöhnt hatte. Einen, den sie zudem nicht ausstehen konnte. Wobei, inzwischen verstand sie Thomas in mancher Hinsicht besser und konnte sein Handeln teilweise nachvollziehen. Das änderte jedoch nichts an der Tatsache, dass er es immer wieder schaffte, sie aus der Fassung zu bringen. Das Verwirrspiel ihrer Gefühle, schränkte ihr Urteilsvermögen ein. Sie hatte nicht die leiseste Ahnung, wie sie Thomas einschätzen sollte. War er Freund oder Feind? ›*Weder noch*‹, sinnierte sie. Er war der Teufel in Person, die Versuchung schlechthin. Es fiel ihr schwer, ihm zu widerstehen. Außerdem hatte sie schon immer, in Bezug auf Männer, ein mieses Karma besessen.

Im Gegensatz zu ihr hatte Thomas Klein seine Gefühle unter Kontrolle. Er rastete nicht bei der geringsten Kleinigkeit aus, oder neigte zu emotionalen Eskapaden. »Beneidenswert«, seufzte

Vee und betrachtete sich im Spiegel der Schranktür. Sie trug ein weißes Blusenshirt mit Spaghettiträgern und dazu eine alte, kurz abgeschnittene Jeans, die an den Beinen ausgefranst war. Unschlüssig begutachtete sie ihr Hinterteil, ob die Hose nicht zu knapp war. »Was solls«, brummte sie. Thomas hatte schon weit aus mehr von ihr gesehen, als er jetzt zu sehen bekäme. Beschwingt lief sie die Treppe nach unten. Thomas war in der Küche zu Gange und bereitete das Frühstück vor. »Guten Morgen«, begrüßte Vee ihn und ehe er antworten konnte, fragte sie: »Schläfst du irgendwann auch mal?«

»Guten Morgen. Ja, gelegentlich, warum fragst du?«

»Es ist nicht mal halb acht und du hast das Frühstück fertig.«

»Der frühe Vogel … «

»…ist ein Sadist«, beendete Vee den Satz, woraufhin Thomas grinste. »Schläfst du für gewöhnlich länger?«

»Nein, aber ich verbringe nicht so viel Zeit in der Küche und schon gar nicht mit Frühstücken.«

»Verstehe, einen schnellen Kaffee im Stehen und einen zum Mitnehmen und der Tag kann kommen.«

»So in etwa«, bestätigte Vee seine Feststellung und fragte: »Kann ich dir helfen?«

»Ja, indem du dich auf deinen süßen Hintern setzt und mit mir zusammen frühstückst.«

»Terrasse oder Esszimmer?« Abwartend sah Vee ihn an.

»Wie du möchtest«, meinte er achselzuckend.

»Dann nehme ich die Terrasse. Ich finde den Ausblick in den Garten so schön.«

»Ich folge dir unauffällig.«

Vee setzte sich und Thomas stellte das Tablett mit all den Leckereien, die er vorbereitet hatte, auf dem Tisch ab. »Sieht echt lecker aus. Bei dem Anblick könnte ich mich ans Frühstücken gewöhnen.«

Abrupt hielt Thomas in der Bewegung inne und sah ihr tief in die Augen. »Du kannst das ab sofort jeden Tag haben, wenn du möchtest. Du musst nur ja sagen, Vee.« Sein Tonfall war todernst. Einzig in seinen Augen spiegelte sich eine Gefühlsregung wieder. Vee schluckte trocken. Ihr Unbehagen wuchs, je länger er sie anstarrte. Sie wusste keinen Kommentar darauf abzugeben. Thomas nahm ihr die Entscheidung ab. »Kaffee?«, fragte er.

»Gerne«, erwiderte sie erleichtert und irritiert zugleich.

Während des Frühstücks beschlossen sie, für das Abendessen einzukaufen. Thomas schlug vor: »Wie wäre es mit gegrillter Lachsforelle auf mediterranem Schmorgemüse, dazu Quinoa mit einer Zitronen-Petersilien-Hollandaise?«

»Okay«, stimmte Vee achselzuckend zu, was Thomas dazu veranlasste sie fassungslos anzustarren.

»Essen zählt definitiv nicht zu deiner Leidenschaft. Es dient dir lediglich als Mittel zum Zweck.«

»Der da wäre?«, hakte Vee nach.

»Sich irgendetwas in den Schlund zu stecken, nur damit der Bauch gefüllt ist. Du bist eine Essensbanausin, Kiwi.«

»Na und, dafür habe ich mehr Zeit für die wichtigen Dinge im Leben.«

»Und was sind das für Dinge?«

»Recherchieren und … recherchieren und nochmals recherchieren.«

»Ich glaube, ich muss mal ein ernsthaftes Wort mit Bernard reden. Das hört sich verdächtig nach Sklavenarbeit an.«

***

Vivien entspannte sich zunehmend in Thomas Nähe. Sie brachte es sogar fertig, mit ihm zu lachen. In den letzten Tagen hatte sie eine völlig andere Seite von ihm kennengelernt, eine weiche und gefühlvolle.

Er war in keiner Weise der arrogante und kaltherzige Mann, wie er sich selbst gerne in der Öffentlichkeit darstellte. Im Gegenteil, gegenüber den Menschen, die ihm am Herzen lagen, zeigte Thomas sich besorgt und mitfühlend. Was jedoch seine Mandanten und deren Gegner betraf, erfüllte er genau das Klischee, welches ihm nachgesagt wurde.

›*Seltsam, wie man sich in einem Menschen täuschen konnte*‹, überlegte Vee und klammerte sich an ihrer Kaffeetasse fest.

»Ich würde zu gerne wissen, was dieser Gesichtsausdruck zu bedeuten hat, Kiwi. Enttäuscht, dass ich nicht der miese Kerl bin? Oder bedauerst du, hier zu sein?« Abwartend hielt Thomas in der Bewegung inne. Er war dabei, ein Hörnchen mit einem Klecks Butter zu bestreichen. Irritiert sah Vee ihn über den Tassenrand an.

»Weder noch«, meinte sie und nahm einen Schluck Kaffee und hüllte sich in Schweigen. Thomas nickte, streifte den Klecks Butter am Hörnchen ab und biss hinein. Mit dem Messer in ihre Richtung deutend erwiderte er: »Dein Blick sah aber nicht nach weder noch aus, sondern … seltsam.«

»Ach?«, neckte sie ihn. »Aber du könntest recht haben, es ist in der Tat merkwürdig, dass ich ein weitaus anderes Bild von dir habe.«

»Ach?«, imitierte Thomas sie. »Ich hoffe doch im positiven Sinne?«

»Das würde ich so nicht sagen, eine gewisse Arroganz existiert nach wie vor. Und manchen Menschen gegenüber bist du kaltherzig, was ich dir inzwischen nicht verdenken kann.«

»Mit anderen Worten, du findest mich sympathisch.«

»Du überschätzt dich, Herr Klein. Ich habe nur verlauten lassen, dass ich ein anderes Bild von dir habe.«

»Du willst es nur nicht zugeben, Kiwi. Dein Stolz steht dir wieder einmal im Weg« Abrupt erhob er sich und räumte die Frühstücksutensilien auf das Tablett und lief damit ins Haus. Vivien sah ihm schmunzelnd hinterher. Sie hatte es doch tatsächlich geschafft, ihn zu verunsichern.

***

»Startklar, Frau Maas?«

»Ja.«

»Dann lass uns losgehen, bevor die Mittagshitze uns grillt.«

Thomas hielt ihr die Haustür auf und Vee quetschte sich an ihm vorbei, wobei sich ihre Blicke für Sekunden trafen. Vivien war es, die den Kontakt unterbach und die Stufen nach unten eilte, so, als wäre sie auf der Flucht. Ihre Hand lag auf der Gartentür, als plötzlich ihr Handy klingelte. Sie zog es aus ihrer hinteren Hosentasche und meldete sich mit einem knappen: »Ja?«

»Dieses Mal wird er den Fall verlieren, Vee!«, platzte Bernard ohne ein Wort der Begrüßung heraus.

»Inwiefern?«, hinterfragte sie seine Aussage und wusste, dass mit dem Fall der Scheidungsfall Bergmann gemeint war. Ihr Blick fiel dabei auf Thomas, der in seiner vollen Größe auf dem obersten Treppenabsatz stand und sie nicht aus den Augen ließ. Hastig drehte sie sich weg und sah auf die Straße.

»Stell dir vor, Vee, Frau Bergmann pflegt eine außereheliche Beziehung.«, hörte sie Bernards aufgeregte Stimme.

»Aber …«

»Ohne Detektei wären wir da nie drauf gekommen«, unterbrach er sie aufgebracht.

»Warum?«

»Frau Bergmann pflegt eine äußerst diskrete Beziehung zu einer *Frau*. Stell dir das Gesicht von Herrn Bergmann vor«, lachte Bernard. »Und erst recht das von Thomas Klein.«

Vee hörte, wie er einen regelrechten Freudentanz am Telefon aufführte. Sie musste sich das Gesicht nicht vorstellen, denn Thomas Klein stand jetzt direkt vor ihr und starrte sie mit zusammengezogenen Augenbrauen an.

Bei der Erwähnung seines Namens hatte sie sich unbewusst umgedreht und sah jetzt in sein fragendes Gesicht.

»Er wird verlieren, Vee«, sagte Bernard erneut und die Schadenfreude in seiner Stimme war dabei nicht zu überhören.

»Okay.« Das war alles, was Vee über die Lippen bekam. Sie beendete das Gespräch. Langsam ließ sie das Telefon sinken und schob es wieder in ihre Shorts.

»Was ist passiert?«, fragte Thomas.

»Ähm … nichts.«

Zweifelnd zog er eine Augenbraue nach oben.

»Das war Bernard … geschäftlich«, stammelte Vee. Thomas sah sie weiterhin fragend an. Vivien war nicht in der Lage, einen zusammenhängenden Satz zu denken, geschweige denn zu sagen. Stumm musterte Thomas sie. Schließlich nickte er und langte um sie herum, nach der Gartentür. Diesmal ließ er ihr nicht den Vortritt, sondern schob sich an ihr vorbei. Am Auto angekommen, klingelte Thomas Handy. Er zog es ebenfalls aus seiner Hosentasche und fragte: »Ja?«

Erschrocken hielt Vee in der Bewegung inne. Sie stand an der Beifahrertür und ihre Hand ruhte auf dem Türgriff. Vivien sah über das Auto hinweg zu Thomas und in dem Moment, als sich ihre Blicke trafen, wusste sie, dass er wusste, welche Wendung der Fall Bergmann angenommen hatte. »Danke«, hörte sie ihn sagen. Das Gespräch war beendet. Eine betretene Stille legte sich über sie. Thomas stieg als

265

Erster in den Wagen und Vivien folgte ihm. Schweigend fuhren sie in die Stadt.

Weder Vee noch Thomas verloren ein Wort über die Anrufe. Er bemühte sich an die Gelassenheit, die vor den Telefonaten herrschte, anzuknüpfen, was ihm komischerweise gelang. Gegen Mittag waren sie wieder zu Hause und verstauten gemeinsam die Einkäufe. »Wollen wir eine Runde im Pool schwimmen?«, fragte Thomas beiläufig.

»Gegen eine Abkühlung habe ich nichts einzuwenden.«

»Keine Einwände, Frau Maas?«, neckte er sie.

»Nein. Oder gibt es einen Grund Einspruch zu erheben?«

»Kommt darauf an … Was, wenn ich auf Nacktbaden bestehe?«

»Einspruch!«, rief Vee und rannte lachend die Treppe rauf, nach oben. Thomas folgte ihr und holte sie auf der letzten Stufe ein und zog sie an sich, bevor sie in ihr Zimmer flüchten konnte. »Moment, Frau Maas, der Einspruch wird hiermit abgelehnt.«

Keuchend lag Vee in seinen Armen. »Wird er?«, fragte sie und sah ihn aus ihren hellbraunen Augen erwartungsvoll an. »Ja«, flüsterte Thomas und küsste sie.

***

Genüsslich räkelte sich Vee auf der Liege am Pool. Sie hatte sich in den Schatten gelegt, um der brennenden Sonne zu entkommen. Thomas lag neben ihr, die Augen hinter einer Sonnenbrille versteckt. Nach dem intensiven Kuss hatte sich Vee mit letzter Willenskraft aus Thomas Armen befreit und ihn von sich geschoben. »Nein«, hatte sie ihm schweratmend aber deutlich zu verstehen gegeben. Sie hätte seinem Drängen fast nachgegeben. Doch ein letzter Funke ihres Verstandes hielt sie davon ab. Zu hoch war der Preis, im wahrsten Sinne des Wortes.

»Lust zu schwimmen?«, fragte Thomas, ohne sich einen Millimeter zu bewegen. Sein athletischer Körper lag völlig relaxed auf der Liege neben ihr. Die Arme hatte er hinter dem Kopf verschränkt und auf Grund seiner Sonnenbrille konnte Vee nicht sagen, ob er die Augen offen oder geschlossen hatte. ›Der Mann hat Nerven‹, dachte sie und rief gleichzeitig: »Wer zuerst im Pool ist!«

Mit einem Ruck sprang sie von der Liege auf und rannte los, dicht gefolgt von Thomas. Fast zeitgleich hüpften sie in den Pool, wobei Vee laut aufschrie und prustend an der Wasseroberfläche auftauchte. Der Temperaturunterschied war enorm, aber wohltuend. Lachend alberten Vee und Thomas im Pool herum. Er zog Vee an sich, sodass sie im ersten Moment dachte, er wolle sie küssen, doch in Wirklichkeit nutzte er die Gelegenheit um sie unterzutauchen. Prustend kam Vee wieder an die Oberfläche und sagte: »Na warte nur, wenn ich dich zu fassen bekomme, Thomas Klein.«

»Dazu bist du zu langsam, Kiwi«, neckte er sie und spritzte mit seinen Händen eine Handvoll Wasser in ihre Richtung, sodass ihr die Sicht genommen wurde.

Vivien und Thomas alberten eine Zeit lang im Pool herum. Sie bemerkten nicht den stillen Beobachter auf dem Nachbargrundstück, der einen Schnappschuss nach dem anderen schoss. Die Freude des Fremden war groß, denn die Fotos würden ihm eine ordentliche Summe Geld einbringen. Bis dato gab es keine Privatfotos von Staranwalt Thomas Klein. Doch das würde sich ändern. Erneut betätigte der Mann den Auslöser der Kamera.

***

Der Nachmittag verging wie im Flug. Thomas fing gegen sieben Uhr an das Abendessen vorzubereiten. Vee bestand darauf, ihm zu helfen, und Thomas gab ihr das Gemüse zum Schneiden. Darunter waren auch die Zwiebeln. »Du willst nur nicht vor mir heulen, deshalb darf ich die Zwiebeln schnippeln«, schniefte Vee.

»Du wolltest mir unbedingt helfen, schon vergessen?«

»Das nächste Mal bereite ich den Fisch zu und du kannst die niederen Arbeiten verrichten«, maulte Vee und schnitt weiterhin tapfer die Zwiebeln in dünne Scheiben.

»Das nächste Mal?«, fragte Thomas erwartungsvoll. Dabei trafen sich ihre Blicke. Ertappt stieg ihr das Blut in die Wangen. Der Umgang mit ihm wurde immer zwangloser. Das war nicht gut, gar nicht gut. Sie wollte sich nicht an ihn gewöhnen. Zu unsicher war ihre Zukunft, wenn man in ihrem Fall überhaupt davon sprechen konnte. Nein, sie musste Thomas auf Distanz halten. »Autsch!«, rief Vivien plötzlich. »Mist.«

»Zeig mal her, Kiwi. Man kann dich keine Sekunde aus den Augen lassen«, murmelte Thomas mehr zu sich selbst und inspizierte vorsichtig ihren Finger, in den sie sich geschnitten hatte. Es war ein glatter sauberer Schnitt. Thomas nahm ihn und steckte ihn sich in den Mund, um die Wunde auszusaugen. Vee schnappte erschrocken nach Luft und wollte instinktiv ihre Hand zurückziehen, doch Thomas hinderte sie daran. »Halt still«, tadelte er sie. »Da muss ein Pflaster drauf. Komm mit.«

Ohne eine Antwort von ihr abzuwarten, zog er Vee hinter sich her. Im Bad kramte er aus einem Verbandskasten ein Pflaster und verarztete sie

269

vorschriftsmäßig. Vee hatte ihn die ganze Zeit stumm beobachtet. Thomas verschwendete keine unnötige Energie, jede seiner Bewegungen war effizient und zugleich vorsichtig, ja, fast schon zärtlich. Nie im Leben hätte sie ihm so viel Einfühlungsvermögen zugetraut. Nachdem das Pflaster angebracht war, hob Vivien den Kopf und sah zu ihm auf. »Danke«, hauchte sie. Thomas reagierte zunächst nicht, sondern betrachtete sie schweigend. Er nahm jede Nuance an ihr wahr und sog sie in sich auf. Die Intimität zwischen ihnen war zum Greifen nahe. Keiner rührte sich. Zu kostbar war der Augenblick und Thomas wollte ihn nicht zerstören. Dennoch sagte er plötzlich: »Du bist entlassen, Kiwi.« Dabei stupste er mit dem Zeigefinger ihre Nase an und hauchte einen Kuss hinterher. Vee war für den Moment so verblüfft, dass sie zunächst nicht auf seine Worte reagierte, was sie einen Wimpernschlag später nachholte: »Ach so ist das«, sagte sie. »Ich war nur dafür da, die Zwiebeln zu schneiden. Dazu halb blind. Du hättest dir mit Sicherheit die ganze Hand abgehackt.«

»Kiwi, ich bin ein Meister im Zwiebelschneiden. Wenn du willst sogar blind.«

»Pff … Angeber. Hat dir schon mal jemand gesagt, dass Arroganz eine schlechte Eigenschaft ist?«, fragte sie.

»Wenn du mit jemand, eine reizende junge Dame mit Augen, deren Farbe nach Whisky schimmern meinst, dann ja.«

»Whisky?«

»Ja.«

»Meine Augen schimmern nach Alkohol?«

»Wer sagt denn, dass ich von dir gesprochen habe, Frau Maas«, neckte er sie und gab ihr einen Klaps auf den Hintern. »Abmarsch, das Essen kocht sich nicht von alleine.«

»Hey, lass das gefälligst«, maulte Vee und rieb sich übertrieben ihre Pobacke, tapste aber gehorsam wieder zurück in die Küche. Thomas sah ihr schmunzelnd hinterher und betrachtete genüsslich ihre Kehrseite. Sie trug nichts weiter als einen knappen Bikini.

***

Frisch geduscht saßen beide auf der Terrasse. Die Abendluft war lau und angenehm. Vivien bewunderte die Schlichtheit der Tischdeko, mit der Thomas den Tisch gedeckt hatte. Es wirkte gemütlich und kein bisschen protzig. Sie hatte ernsthaft damit gerechnet, dass er das volle Programm an Romantik auffahren würde. Weiße Tischdecke, rote Rosen und jede Menge Kerzenlicht. Doch Thomas hatte nichts dergleichen im Sinn. Im Gegenteil, auf dem robusten

Holztisch lag quer am Ende ein breites Leinenband, darauf stand eine cremefarbene Blockkerze und daneben ein bunter Strauß Gartenblumen. Vor ihr war ein schlichter Teller mit einer Stoffserviette darauf eingedeckt, links und rechts Messer und Gabel, fertig. Thomas stellte eine große Platte auf den Tisch, auf der er den Fisch und das Gemüse angerichtet hatte. Die Beilagen servierte er in Schüsseln. »Mmh … riecht lecker«, meinte Vee schnuppernd.

»Ich hoffe, es schmeckt dir.«

»Mach dir deswegen keine Sorgen. Ich habe Hunger wie ein Wolf«, erwiderte Vee.

»Ach ja, fast hätte ich es vergessen«, meinte er. Fragend sah Vivien ihn an. »Egal was du jetzt isst, Hauptsache dein Bauch wird voll, stimmts?«

»So in etwa.« Sie lachte und hielt ihm den Teller hin.

Das Abendessen verlief harmonisch. Sie unterhielten sich angeregt, stießen zwischendurch mit gekühltem Weißwein an und klinkten alles andere aus. In diesem Augenblick gab es nur sie beide. Niemand sprach von der Wette oder dem aktuellen Fall Bergmann. Es gab dafür keinen Raum in ihrem kleinen Universum.

***

In dem Moment, in dem Vivien die Terrasse betrat, besaß sie Thomas' volle Aufmerksamkeit. Sie sah atemberaubend aus in dem weißen, knielangen Sommerkleid. Vee hatte eine dezente Bräune angenommen und wirkte bei Weitem nicht mehr so angespannt wie zu Beginn. Zudem war sie um einiges zugänglicher, was ihn lockerer werden ließ. Der einzige Wermutstropfen bei der Sache war, dass es ihm zunehmend schwerer fiel, ihr zu widerstehen. Zudem plagte ihn sein Gewissen. Vee wusste zwar, dass die Wette ungültig war, aber nicht, dass der Vertrag ebenfalls hinfällig war.

»Willst du einen Nachschlag vom Nachtisch?«, fragte er Vee, um sich von seinen düsteren Gedanken abzulenken.

»Nein, danke, ich bin pappsatt. Ich gebe es nur ungern zu, aber das war richtig lecker«, sagte sie und schenkte ihm ein aufrichtiges Lächeln.

»Danke für das Lob, Kiwi. Schön, dass ich deinen Gourmet-Nerv getroffen habe. Wie wäre es mit etwas Bewegung zur Verdauung?« Fragend sah Vee ihn an, woraufhin Thomas süffisant erwiderte: »Wie wäre es mit einem Tanz?« Vee kam nicht dazu, ihm zu antworten, denn er verschwand nach drinnen. Als er die Terrasse wieder betrat, ertönte im Hintergrund leise Tanzmusik. Es war derselbe Musikstil, den sie im *Dance'n Meal* gespielt hatten. Sie glaubte, dass es sich dabei um Slowfox handelte. Thomas reichte ihr die

Hand. Vivien ließ sich von ihm auf die Füße ziehen und ehe sie sich versah, lag sie in seinen Armen und wurde von ihm im Takt der Musik geführt.

Nach dem dritten Lied hatte Vee aufgehört zu zählen. Wie von selbst legten sich ihre Arme um Thomas' Nacken. Ihren Kopf bettete sie dabei an seine Schulter. Engumschlungen tanzten sie zur Musik. Irgendwann sah Vee zu ihm auf. Schweigend tasteten sie sich mit den Augen ab. Aus dem Esszimmer ertönte die Stimme von Frank Sinatra mit *Stranger in the Night*. Dicht an ihren Lippen flüsterte Thomas den Text mit und zog Vee zugleich näher an sich. Mit den letzten Tönen, die verklangen, verschmolzen ihre Lippen zu einem alles verzehrenden Kuss. Schweren Herzens und leicht außer Atem, löste sich Thomas von ihr. Hielt aber sanft ihren Kopf in seinen Händen. Zärtlich fuhr er mit den Daumen über ihre vom Küssen geschwollenen Lippen. »Sag, dass ich aufhören soll, Vee«, bat er flüsternd. Dabei hauchte er federleichte Küsse über ihr Gesicht.

Vivien erbebte innerlich. Ihr ganzer Körper war in Aufruhr. Die Sehnsucht nach ihm wuchs mit jeder Sekunde. »Mein geliebter ... Thomas ...«, murmelte sie zwischen weiteren Küssen. »...Liebe mich ... Bitte.«

Thomas hielt in der Bewegung inne, in der Annahme sich verhört zu haben. Ihren Kopf nach wie vor in seinen Händen haltend, forschte er in ihrem Gesicht. Vees Augen schimmerten so, wie sich ihre Stimme anhörte, rauchig und verführerisch. Abwartend musterte er sie. Vee bemerkte sein Zögern und wisperte erneut: »Liebe mich. Bitte.« Zärtlich glitten ihre Finger über seine Wange und verharrten dort. Nicht mehr in der Lage, sich länger zu beherrschen, hob er Vee auf seine Arme und trug sie nach oben in sein Schlafzimmer. Mit dem Fuß trat er die Schlafzimmertür zu. Vorsichtig ließ er Vee auf dem Bett nieder und legte sich daneben. Zärtlich streichelten seine Hände über ihren Körper und sein Mund hauchte federleichte Küsse an ihrem Hals entlang. In der Ferne war leises Donnergrollen zu hören, was beide in diesem Augenblick nicht wahrnahmen. Auch den langersehnten Regen und den auffrischenden Wind bemerkten sie nur am Rande. Ihre Körper lechzten nach Erlösung, wie die Natur nach dem Regen. Sie waren zwei Ertrinkende, die aneinander festhielten. Sie liebten sich mit dem Wissen, dass mit dem Eintreten der Morgendämmerung die Magie vorbei war. Die Realität würde sie beide viel zu schnell zurück auf den Boden der Tatsachen werfen.

***

Der Morgen brach herein und Vee kroch aus dem Bett. Sie stellte sich an das offene Fenster und sah in den Garten. Fröstelnd schlang sie die Arme um ihren nackten Körper. Der Himmel zeigte die schönsten Farben von Blauviolett, zu Rot bis hin zu Gelb. Die letzten Regenwolken lösten sich auf und vom Boden krochen seichte Nebelschwaden empor. Tief sog Vivien die feuchte, aber klare Luft ein. Der Regen war auf dem aufgeheizten Boden regelrecht verdampft. Vee hätte nichts dagegen, wenn es jetzt regnen würde. Sie stellte sich vor, wie es wäre einen verregneten Tag mit Thomas im Bett zu verbringen. ›*Würde er sie erneut leidenschaftlich lieben?*‹ Vivien hatte von dem Gewitter nichts mitbekommen. Zu sehr war sie mit der Flut ihrer Gefühle beschäftigt, die Thomas in ihr auslöste. Ihr war klar, dass sie mit dieser Nacht die Wette verloren hatte. Ein leiser Seufzer entglitt ihr und unbewusst umschlang sie mit den Armen ihren nackten Oberkörper.

»Kalt?«, flüsterte Thomas dicht an ihrem Ohr. Er legte ihr die dünne Zudecke über die Schultern und schlang gleichzeitig seine Arme um sie. Vee versteifte sich, doch als sie seinen warmen Körper in ihrem Rücken spürte, entspannte sich ihre Muskulatur wieder. Wohlig schmiegte sie sich an Thomas und ließ es zu, dass er sie festhielt. Lächelnd drehte sie ihren Kopf zur Seite, um ihn anzusehen. »Guten

Morgen«, wisperte sie und Thomas gab ihr zur Antwort einen raschen Kuss. Vivien richtete ihren Blick wieder aus dem Fenster und konzentrierte sich auf ihre nächsten Worte. Sie räusperte sich und meinte: »Wir müssen reden, Thomas.« Vee bewegte sich und er lockerte daraufhin seine Umarmung, sodass sie sich in seinen Armen zu ihm umdrehen konnte. Aufmerksam beobachtete Vivien sein Gesicht. Thomas sah aus, als hätte er sich die Haare gerauft. Stachelig stand es in alle Himmelsrichtungen ab. Sein dunkler Bartschatten, verlieh ihm ein verwegenes Aussehen. Noch nie war er ihr schöner vorgekommen. Seufzend schloss sie die Augen. Zu kostbar war der Augenblick und sie wollte ihn nicht zerstören.

»Hey, was ist los?«, fragte Thomas leise. »Falls du … Wenn es um die Wette geht …« Er tastete sich vorsichtig an das Thema heran. »Wenn es nach mir ginge, tun wir so, als wäre nichts passiert.« Dabei schob Thomas geflissentlich den Gedanken beiseite, dass seine ›Notlüge‹ mit dem Vertrag jederzeit auffliegen konnte.

Abrupt öffnete Vivien die Augen und ihr Blick sprach Bände. »Stopp! So habe ich das nicht gemeint, Vee«, sagte er mit einem Anflug von Panik in der Stimme. Entschuldigend sah er in ihr entsetztes Gesicht. »Was ich meinte, ist … Ich will nicht, dass es vorbei ist, Vee.« Der flehende Ausdruck in seinen

277

Augen traf Vivien mitten ins Herz. »Bitte bleib, lass uns den Rest der Woche zusammen verbringen. Gib uns die Chance, uns weiterhin kennenzulernen.«

»Das ändert nichts an der Tatsache, dass ich die Wette verloren habe, Thomas«, meinte Vee traurig. »Dennoch bereue ich es nicht.« Sie hielt ihren Blick gesenkt.

»Das musst du nicht, Vee«, entgegnete er und hob ihr Kinn an, damit sie ihn ansah. »Und zwecks des blöden Vertrages, zerbrech dir nicht den Kopf. Außer uns weiß niemand, dass wir …«

»Ich weiß es und es fällt mir schwer, diese Tatsache zu ignorieren.«

»Verstehe«, nickte Thomas und ließ seine Hände sinken und trat ein paar Schritte zurück. Plötzlich fröstelte es Vivien und sie hielt die Decke fester um sich geschlungen. Thomas stand splitterfasernackt vor ihr, die Enttäuschung, die von ihm ausging, war zum Greifen nah. »Willst du das, was zwischen uns läuft, zerstören?«

»Definiere, *läuft*«, antwortete Vee und rieb sich über die Stirn. Die Situation fing an sie zu überfordern.

»Ich sagte doch schon, dass ich nicht will, dass du gehst. Eine offizielle Kapitulation würde unsere Situation nicht verbessern. Im Gegenteil, es kämen weitere Hürden, wenn nicht sogar Spott auf uns zu.«

»Du meinst wohl eher auf mich«, stellte Vee sachlich klar.

»Ich dachte, wir sind ein Team! Wenn es dich betrifft, dann betrifft es mich ebenso. Du musst aufhören, als Single zu denken. Eine Beziehung besteht aus zwei gleichberechtigten Partnern. Man nennt sowas Teamwork, Kiwi.«

»Nur weil wir einmal miteinander geschlafen haben, heißt das noch lange nicht, dass wir eine Beziehung führen«, schoss Vee zurück und man sah ihr an, dass sie kurz davor stand, ihre alte Abwehrhaltung wieder einzunehmen. Thomas reagierte instinktiv, trat auf sie zu, zog sie in seine Arme und küsste sie leidenschaftlich. »Wirst du bleiben?«, fragte er nach geraumer Zeit atemlos und sein Blick durchbohrte sie dabei. »Ja …«, hauchte Vee zögernd und Thomas verschloss ihren Mund mit seinen Lippen. Erneut unterbrach er den Kuss und sah Vivien fest in die Augen. »Wir werden eine Lösung finden, Kiwi. Doch zunächst lass uns die restliche Zeit genießen.«

»Hab ich denn eine andere Wahl?«, fragte sie und Thomas schüttelte verneinend den Kopf. Ihm war klar, dass er Vivien sofort die Wahrheit hätte sagen müssen. Doch die Angst, sie zu verlieren überwog das erbärmliche Gefühl, sie bewusst zu hintergehen.

Vivien und Thomas

Donnerstag

Pfeifend stand Thomas in der Küche und bereitete das Frühstück vor. Vee lehnte lässig an der Kücheninsel, sah ihm zu und trank dabei ihren Kaffee. Er hatte gestern Abend nicht mit ihr geschlafen. Seine rauen, geflüsterten Worte machten ihr jetzt noch eine Gänsehaut. Vivien driftete zu dem Moment ab, als sie auf der Terrasse standen und Thomas ihr eine dünne Strickjacke über die Schultern gelegt hatte. Ihr war etwas kühl, unbewusst hatte sie sich die Arme gerieben. Er hatte es bemerkt und wie ein Gentleman gehandelt. Mit den Enden ihrer Jacke hatte er sie zu sich herangezogen und geküsst. Nach einer gefühlten Ewigkeit hatte er sich schweratmend von ihr gelöst und gesagt: *»Ich werde den Rest der Woche nicht mehr mit dir schlafen, Vee. Auch wenn es mir verdammt schwerfallen wird, meine Finger von dir zu lassen, aber es wäre dir gegenüber nicht fair. Doch ich verspreche dir, spätestens am Sonntag wird mich nichts und niemand mehr davon abhalten.«* Ihr verräterischer Körper freute sich auf Sonntag.

»Darf ich dich um einen Gefallen bitten?«, holte Thomas' Stimme sie in die Gegenwart zurück.

»Solange ich keine Zwiebeln schneiden soll, gerne.«

»Das muss ein einschneidendes Erlebnis für dich gewesen sein«, neckte Thomas sie und Vee streckte ihm dafür die Zunge heraus.

»Frechdachs. Würdest du so nett sein und die Zeitung hereinholen? Ich lese gerne nach dem Frühstück.«

»Klar«, meinte Vee lächelnd, stellte ihre Tasse ab und tapste barfüßig vor die Tür.

Der Tag kündigte erneute Hitze an, schon jetzt brannte der gelbe Planet gnadenlos vom wolkenlosen Himmel herab. Gedankenverloren hob Vee die Zeitung auf, die vor der Haustür lag. Verwundert sah sie sich um, denn normalerweise gab es einen Briefkasten dafür. Im Laufen schlug sie die Seite auf und sofort stach ihr die Schlagzeile ins Auge. Abrupt blieb Vivien stehen. Ihr Herz fing an zu rasen und pumpte in rascher Abfolge ihr Blut durch die Adern, bis sie nur noch ein Rauschen in den Ohren hörte.

Vee überflog die Überschrift und den darunter geschriebenen Artikel immer wieder. ›Nein!‹, schrie alles in ihr. Tränen der Wut und Verzweiflung schossen ihr in die Augen. Energisch blinzelte sie diese weg. Sie wollte jetzt nicht weinen, nicht vor Thomas. Er rief nach ihr. »Kommst du, Früh…«

Jedes weitere Wort blieb ihm im Hals stecken, als Vivien kreidebleich die Küche betrat.

»Sag, dass das nicht wahr ist«, krächzte sie und hielt die Zeitung in seine Richtung. Wie in Trance verweilte sie vor ihm. Die Verzweiflung, die von ihr ausging, war zum Greifen. Bittend flehte sie ihn mit ihren Augen an.

Über Thomas Schulter hing ein Geschirrtuch, dessen Ende er mit einer Hand festhielt. Er hatte keinen blassen Schimmer, was passiert war.

Vee packte eine unbändige Wut. Mit all ihrem Groll, den sie empfand, warf sie ihm die Zeitung vor die Füße. Langsam, Vee nicht aus den Augen lassend, hob Thomas das Magazin auf. Rasch nahm er die Titelseite in Augenschein und überflog den Text. Ruckartig hob er den Kopf und sah zu Vivien. Ihr anklagender Blick sprach Bände. Zurecht, wenn sie mit ihm in einer eindeutigen Pose fotografiert die Titelseite des hiesigen Käseblattes schmückte. Dazu die fette Überschrift: ›*Scheidungsanwalt Thomas Klein wettet 100.000 Euro, um Rechtsanwaltsgehilfin ins Bett zu bekommen!*‹

Thomas war klar, dass er Vivien soeben verloren hatte. Alles in ihm krampfte sich zusammen. Der unvorhergesehene Schmerz raubte ihm die Luft zum Atmen. Seine Miene verfinsterte sich zunehmend. Die Sekunden verstrichen, ohne dass er auch nur eine Regung zeigte. Er sah sogar durch Vivien hindurch. Er ließ keinerlei Gefühlsregung mehr erkennen. Das Gesicht war zu einer leblosen Maske erstarrt. Einzig seine Kiefermuskeln zuckten kaum merklich.

Viviens' Herz zog sich krampfhaft zusammen. Der Schmerz, der folgte, war schier unerträglich. Hastig hob und senkte sich ihr Brustkorb und ihre Hände ballten sich zu Fäusten. ›*Wie hatte sie sich derart blenden lassen können?*‹ Zurecht hatte sie Thomas Klein den Namen Tiefkühlterminator gegeben, denn genau so stand er jetzt vor ihr, kalt und unnahbar. Ein eisiger Schauer lief ihr über den Rücken, als sich ihre Blicke trafen. Dennoch fragte sie: »Warum?«

Thomas zog es den Boden unter den Füßen weg, doch er verschanzte sich hinter seiner Maske, die er sich jahrelang antrainiert hatte. Gleichzeitig ratterte sein Hirn auf Hochtouren und er überlegte, woher die Presse davon Wind bekommen hatte. Von wem stammten die Details? Das Foto, das beide im Pool zeigte, war exzellent getroffen. Die Reporterin kommentierte frech: ›Küssen erlaubt.‹

In der Tat, das Bild sah aus, als würden sie sich jeden Moment küssen. Nur sah die Realität anders aus. Er hatte Vivien spielerisch untergetaucht, davon war jedoch keine Rede. In den Zeilen wurde Vees Wetteinsatz erwähnt, aber nicht weiter erläutert. Thomas hatte den Eindruck, dass die Presse daraus eine Fortsetzung schreiben wollte. Auf jeden Fall hatte die Reporterin ganze Arbeit geleistet. ›*Steckte womöglich einer seiner Bekannten dahinter?*‹, fragte er sich. ›*Nein*‹, revidierte er diesen Geistesblitz sofort wieder. Es gab eine andere Lücke. Die sensationslustige Presse hatte sich schlicht darauf gestürzt. Besser gesagt Frau Dakaré, deren Name unter dem Artikel stand. Er würde ein ernsthaftes Wort mit ihrem Vorgesetzten sprechen. Sollte es nötig werden, würde er die Zeitung samt ihres Online-Senders verklagen. Die Schlagzeile hatte alles zerstört. Jegliche Annäherung zu Vivien war vernichtet. Sie brauchte kein Wort zu sagen, er las es in ihren Augen. Die zarten Bande zwischen ihnen waren zu frisch, als dass Vee ihm Glauben schenken würde. Er hatte nichts mit der Sache zu tun, doch Vivien Maas war zurück in ihr altes Muster gefallen.

Aus einer Verzweiflung heraus fragte er dennoch: »Du glaubst, dass ich das iniziiert habe?«

»Beweis mir das Gegenteil«, forderte sie ihn heraus.

»Ich habe keine Ahnung, wie die Presse an die Informationen gekommen ist, Vee, das musst du mir glauben.«

»Was ist mit dem Foto? Ich dachte, dein Grundstück wäre ringsherum bewacht? Wie konnte dann dieses Foto entstehen?«

»Ich vermute, dass es vom Nachbargrundstück aufgenommen wurde. Soviel ich weiß, besitzen sie nur im Eingangsbereich Überwachungskameras. Der Rest des Grundstücks ist unbewacht.«

»Warum sollte ich dir glauben? Zumal ich zufällig am Montag ein Telefonat mitbekommen habe, das erst jetzt einen Sinn ergibt. Nur leider hat sich die Presse nicht an die Abmachung gehalten und die Story schon heute veröffentlicht.«

Mit jedem Wort, das sie ihm entgegenschleuderte, verfinsterte sich seine Miene weiter. Vee dachte, er ärgerte sich, dass sie ihn belauscht hatte, doch Thomas ignorierte die Tatsache und fragte stattdessen: »Glaubst du allen Ernstes, dass das was in den letzten Tagen zwischen uns passiert ist, nur vorgespielt war? Denkst du so, Vee?«

»Ehrlich gesagt, weiß ich nicht mehr was ich denken oder glauben soll. Fakt ist, dass die Presse Dinge weiß, die sie nicht wissen konnte, ohne davon in Kenntnis gesetzt worden zu sein.«

»Und dieser Jemand soll ich gewesen sein? Du machst es dir verdammt leicht, Vee.«

»Nein, da täuschen Sie sich gewaltig, Herr Klein!«

»Ach, sind wir jetzt wieder beim Sie?«

»Ja. Solange ich nicht weiß, ob ich Ihnen trauen kann … Ich denke, unter den gegebenen Umständen ist es besser, wenn ich gehe.« Abrupt machte Vee auf dem Absatz kehrt und lief nach oben, um ihre Sachen zu packen. Keine zehn Minuten später stand sie mit gepacktem Koffer in der Küche.

»Ich hätte nicht gedacht, dass du so feige bist, Vee. Voller Vorurteile, ja – aber feige?«

»Ich bin nicht feige, nur realistisch. Ich hätte dem Ganzen niemals zustimmen sollen. Das war mein größter Fehler.«

»Ich bin also dein größter Fehler?«

Für einen Bruchteil von Sekunden zögerte Vee. Auch wenn ihr Herz blutete, ein Teil davon schlug nach wie vor für Thomas, und dieser kleine Teil hinderte sie daran ihren Schmerz hinauszuschreien. Ihr Verstand hingegen scherte sich einen Kehricht darum und machte sich Luft. Aus weiter Ferne hörte sie sich sagen: »Ja, der größte Fehler meines Lebens.« Damit drehte sie sich um und verließ das Haus.

Thomas stand bewegungslos in der Küche und starrte ihr hinterher. Er hörte, wie die Tür ins Schloss fiel und wie sie ihren Wagen anließ und davon fuhr.

Sein ganzer Körper bebte vor Zorn und Schmerz und in einer unbedachten Sekunde wischte er das Tablett mit den Frühstücksutensilien von der Kochinsel. Das Geschirr fiel scheppernd zu Boden und zersplitterte, Saft und Marmelade spritzen durch die Küche. Es war ein Bild der Verwüstung. Ein Bild, das sein Innerstes widerspiegelte. Entkräftet sank Thomas zu Boden und starrte ins Leere.

Freitag

»Vee, wie geht es dir?«, fragte Tante Tilli am anderen Ende der Leitung. Vivien hatte nicht vor gehabt, das Telefongespräch anzunehmen. Doch damit hätte sie ihre Tante nur unnötig beunruhigt. Es genügte, dass sie die Sache mit dem Haus vergeigt hatte. Sie würde am Montag mit Bernard sprechen, er besaß Kontakte zu Kollegen, da war mit Sicherheit ein Anwalt dabei, der sich mit Immobilienverträgen auskannte. »Es geht mir gut, Tilli, mach dir keine Sorgen.«

»Das überlass mal mir, ob ich mir Sorgen mache oder nicht, Schätzchen. Zudem kenne ich dich lange genug, um zu wissen, dass du stinksauer bist, weil ihr beide im Fokus der Öffentlichkeit steht. Wie ist nur die Presse dahinter gekommen? Und woher stammen die Bilder? Was sagt denn Thomas zu all dem? Bist du bei ihm?«

»Bei Herrn Klein?«, schnaubte Vee abfällig. »Nein, der hat doch das Ganze geplant. Und ich dumme Nuss bin voll auf ihn hereingefallen … wieder einmal …«

»Das glaubst du doch selber nicht, Vee. Thomas würde niemals so etwas Hinterlistiges planen. Warum auch? Er mag dich.«

»Ich habe es gehört, als er mit jemandem telefoniert hat. Zu dem Zeitpunkt hat es für mich keinen Sinn ergeben, aber jetzt. Oh Tante Tilli, warum falle ich immer auf die falschen Männer herein?«

»Das ist sicher nur ein Missverständnis. Woher willst du wissen, dass er mit der Presse telefoniert hat? Hat er einen Namen genannt? Oder sonst etwas, das deinen Verdacht bestätigen könnte?«

»Du hörst dich wie ein Anwalt an, Tilli. Auf wessen Seite stehst du überhaupt?«

»Ich ziehe nur keine voreiligen Schlüsse, Schätzchen. Du bist Weltmeisterin darin.«

»Woher sonst stammen die detaillierten Informationen?«

»Was ist mit seinem Freundeskreis, vielleicht hat da jemand getratscht? Bei aller Liebe, ich kann mir nicht vorstellen, dass er selbst dazu fähig ist.« Dass sie vor Kurzem persönlich mit Thomas Klein bezüglich der Wette gesprochen hatte, behielt sie geflissentlich für sich. Ihr erster Eindruck von ihm war positiv und sie schätzte ihn definitiv nicht so ein, dass er nur mit Vivien spielte. Sie hatte das Gefühl, dass er ernste Absichten hegte, was ihn in ihren Augen sympathisch machte.

»Thomas Klein ist wie ein Chamäleon. Er passt sich jeglicher Situation an und wenn er sein Ziel erreicht hat, zeigt er sein wahres Gesicht«, machte Vee ihrem Ärger Luft.

»Ich glaube ja vieles, Vee. Aber das ist – wie sagt ihr jungen Leute heutzutage? – Bullshit.«

Vee glaubte selbst nicht, was sie da von sich gab. Ihr Herz war in tausend Scherben zersprungen und ihr Verstand suchte nach fadenscheinigen Ausreden, damit sie sich nicht eingestehen musste, dass sie Thomas vielleicht doch unrecht tat. Die Zweifel nagten an ihr. Immer wieder stiegen Bilder vor ihrem geistigen Auge auf, wie er sie ansah und küsste. Ganz zu schweigen von der Nacht, in der sie sich geliebt hatten.

»Mag sein, dass du recht hast Tilli, aber das ändert nichts an der Tatsache, das unsere Wette in aller Munde ist und ich das Haus verloren habe.«

»Du hast mit ihm geschlafen?«, fragte Tilli überrascht und wurde hellhörig.

»Verdammt«, murmelte Vee.

»Vee, rede mit mir.«

»Ja«, hörte Vee sich leise sagen.

»Na das ist doch wunderbar!«, stieß Tilli freudig aus.

»Wie bitte? Was ist daran wunderbar, mit Thomas Klein zu schlafen, wenn er einen hinterher den Geiern zum Fraß vorwirft.«

»Jetzt übertreibst du aber, Vee. Ich bin mir sicher, dass Thomas kein leichtfertiger Mensch ist. Warum sonst hätte er überhaupt erst mit dir um eine so immense Summe gewettet?«

»Für Publicity.«

»Niemals, das hat er nicht nötig. Schon vergessen, ihm liegen die Frauen zu Füßen. Einzig du hast ihm bis dato die kalte Schulter gezeigt.«

»Warum verteidigst du ihn immerzu? Ich bin diejenige, die deinen Zuspruch nötig hat, nicht er.«

»Papperlapapp, wenn du nicht gleich wie ein trotziges Kind davon gerannt wärst, hättet ihr mit Sicherheit eine Lösung gefunden. Es muss ein Leck geben, das euch beiden zum Verhängnis geworden ist.«

»Danke, dass du zu mir hältst und so viel Verständnis zeigst«, murmelte Vee mehr zu sich selbst.

»Du wirst dich mit Thomas treffen und gemeinsam werdet ihr der Sache auf den Grund gehen, Vee. Bitte, tu es mir zuliebe.« Ehe Vee darauf etwas erwidern konnte, verabschiedete Tilli sich und legte auf. Fassungslos starte Vivien ihr Telefon an.

Kaum hatte ihre Tante aufgelegt, klingelte Vees Handy erneut. Es war ihr Chef.

»Was ist los, Bernard?«, fragte sie resigniert.

»Die Frage sollte wohl eher ich stellen. Was soll das mit dir und dem Staranwalt? Musstet ihr euch unbedingt an die Presse wenden?«

»Stopp!«, unterbrach Vee ihn. »Um eins klarzustellen, ich habe mich nicht an die Presse gewandt.«

»Dann war es Klein?« Schweigen. »Vee, bist du noch dran?«

»Ja und nein, ich bin mir nicht sicher, ob Klein die Presse informiert hat.«

»Warum bist du dann abgehauen?«

»Wer sagt, dass ich abgehauen bin?«

»Klein.« Bernard legte eine bedeutungsvolle Pause ein. »Er sucht nach dir, besser gesagt hat er sich nach dir erkundigt.«

Erneutes Schweigen.

Viviens Verstand ratterte auf Hochtouren. ›*Warum tat er das? Warum ließ er sie nicht in Ruhe? Ist die Demütigung, in der Öffentlichkeit zu stehen, nicht groß genug?*‹ Eine Woge von Schmerz legte sich wie Klauen um ihr Herz. »Vee?«

»Es … es tut mir leid, Bernard«, stammelte Vee plötzlich. Tränen der Trauer und der Wut schossen ihr in die Augen und versperrten ihr die Sicht. Sie ließen sich nicht wegblinzeln, sondern bahnten sich ihren Weg. »Wir … Ich … bis Montag.« Vee legte auf. Sie wollte nicht, dass Bernard sie weinen hörte.

Der dritte Anruf an diesem Tag kam von Thomas, den sie jedoch bewusst ignorierte. Trotzig wischte sie sich die Tränen aus dem Gesicht. ›Soll er doch in der Hölle schmoren‹, dachte sie. Paradoxerweise sehnte sich ihr gebrochenes Herz nach seiner Zuneigung. Vee verstand sich selbst und die Welt nicht mehr.

Samstag

Thomas hatte gestern den ganzen Tag versucht, mit Vee Kontakt aufzunehmen oder zumindest herauszufinden, wie es ihr ging. Sie hatte sich zu Hause verschanzt, ließ niemanden an sich heran. Selbst Mia stieß auf taube Ohren bei Vee, was sie zutiefst verletzte. Daraufhin suchte sie Trost bei Lars. Mit Letzterem hatte Thomas gesprochen. Sein Freund versicherte ihm hoch und heilig, dass keiner der Jungs oder Mädels geplaudert hatte. Die einzige Möglichkeit wäre das Personal vom *Hardt's*. Wobei Lars bemerkte, dass das Lokal für seine Diskretion bekannt wäre. Harry, der Wirt, legte größten Wert darauf, seine Kunden vor Klatsch und Tratsch zu schützen. Es verkehrte viel Prominenz bei ihm. Wenn sich verbreiten würde, dass man nach einem feucht fröhlichen Abend sein Gesicht am nächsten Tag in den Medien sah, wäre das der Untergang für das *Hardt's*.

»Ich wäre dir dankbar, wenn du dem trotzdem nachgehen würdest. Harry kennt seine Leute und wir sind Stammkunden«, bat Thomas seinen Freund. Er selbst würde in der Zwischenzeit mit dem Chef vom KP&T Sender sprechen. Wenn dieser sich weigerte, würde er ihm eine Verleumdungsklage anhängen. Zumindest erhoffte er sich dadurch wenigstens an die Informationsquelle heranzukommen.

Hinzu kam der Fall Bergmann, der ihm zunehmend Kopfschmerzen bereitete. Der Streitfall gestaltete sich durch das unkooperative Verhalten seiner Mandantin immer mehr als aussichtslos.

Zu allem Übel hatte Bernard auch noch herausgefunden, dass seine Klientin ein außereheliches Verhältnis zu einer Frau pflegte.

Dem hatte er wenig entgegenzusetzen. Er sah seine Felle davonschwimmen, zumal Frau Bergmann verschnupft auf seine Nachfrage reagierte und ihm sogar vorwarf, stümperhaft zu arbeiten. Das brachte das Fass endgültig zum Überlaufen. Thomas legte daraufhin sein Mandat im Fall Bergmann nieder. Mit der Begründung, dass das Verhältnis zwischen Anwalt und Mandantin nachhaltig gestört sei. Die Folge davon war, erneut im Fokus der Presse zu stehen. Dennoch, der Trubel um seine Person kam ihm nur recht, lenkte sein Fall die Aasgeier von Vivien ab.

***

»Lars, ich hoffe, du hast gute Neuigkeiten.«

»Du siehst dein Gesicht wohl gerne im Fernsehen?«, neckte sein Freund ihn.

»Sehr witzig, Lars«, brummte Thomas und seufzte resigniert.

»Hey, was ist los? Machst du etwa schlapp? Der große Gatsby gibt klein bei?«

»Du hast ja keine Ahnung.«

»Ich habs befürchtet«, lachte sein Kumpel am anderen Ende der Leitung.

»Was hast du befürchtet?«

»Dich hat es voll erwischt, Thomas.«

»Von was redest du?«

»Ich rede davon, dass du bis über beide Ohren verknallt bist, mein Freund.«

Schweigen.

»Hallo, Erde an Herrn Klein?«

»Ich bin noch hier«, brummte Thomas. »Ich hoffe, dein Anruf ist dringlicherer Natur, als mir mitzuteilen, dass ich angeblich verknallt bin.«

»Nicht angeblich, mein Lieber, du bist verknallt, sogar unsterblich. Und weißt du was? Ich freue mich für dich.«

»Toll, sonst noch was?«

»Hey, bin ich gut in Recherche oder bin ich es nicht? Du kannst dich auf mich verlassen. Ich hab mit Harry gesprochen.«

»Und?«

»Er legt selbstverständlich für sein Personal die Hände ins Feuer. Jetzt kommt es …«

»Machs nicht so spannend, Lars.«

»Gönn mir doch den Spaß. Eine Aushilfskellnerin, die Harry vorübergehend engagiert hatte, weil ihm drei Leute ausgefallen waren, hatte sich als nicht vertrauenswürdig erwiesen. Sie ist inzwischen entlassen worden. Sie muss diejenige gewesen sein, die – jetzt halt dich fest – mit Simone Duvall geplaudert hat.« Bei der bloßen Erwähnung des Namens, schrillten bei Thomas sämtliche Alarmglocken.

»Scheiße«, murmelte er.

»Das ist noch nicht alles, mein Freund. Simone Duvall hat sich anonym an die Presse gewandt. Um genau zu sein, an Ivona Dakaré. Na was sagst du? Bin ich nicht gut?«

»Du bist der Held des Tages. Das meine ich ernst. Wie hast du das herausgefunden?«

295

»Du weißt, ich kann sehr überzeugend sein. Zunächst hatte ich mit Harry gesprochen, der hat mir die Adresse von dieser Aushilfskellnerin gegeben. Daraufhin habe ich mich ausführlich mit der Frau unterhalten und laut ihren Beschreibungen stand für mich der Verdacht nahe, dass es sich dabei nur um Simone Duvall handeln konnte. Ein Gespräch mit Frau Duvall hat letztendlich die Wahrheit ans Licht gebracht. Nach mehrmaligen Nachfragen hat sie ihre Lage erkannt und ist eingeknickt. Sie hat mir gestanden, dass sie eifersüchtig auf Vivien war. Sie wollte ihr und vor allem dir damit eins auswischen.«

»Na, das ist ihr ja gelungen«, brummte Thomas und rieb sich müde mit einer Hand über das Gesicht.

»Hey, Kopf hoch, Herr Anwalt. Die Beweise sprechen für sich. Vee bleibt jetzt gar nichts anderes übrig, als sich mit dir zu versöhnen.«

»Du vergisst, wie stur sie ist. Und zudem wäre da die Sache mit dem ungültigen Vertrag. Schon vergessen, ich hab sie in dem Glauben gelassen, dass der Vertrag bindend ist.«

»Stimmt …«

»Danke für deine aufmunternden Worte, aber wie du siehst, ist die Sache kompliziert.«

»Wie wäre es mit Pizza und Bier?«

»Wenn Mia nichts dagegen hat … gerne.«

»Bis gleich«, meinte Lars und hatte schon aufgelegt. Stöhnend ließ Thomas sich auf die Couch fallen. Ab wann hatte er die Kontrolle über sein Leben verloren? ›*Genau an dem Tag, an dem ich Vivien Maas das erste Mal begegnet bin*‹, überlegte er.

Sonntag

Der Sonntag wollte nicht vorübergehen. Vivien wanderte den ganzen Tag in ihrer Wohnung umher. Komischerweise rief kein Mensch an, um sich nach ihrem Befinden zu erkundigen. Gedankenverloren starrte sie auf den Fernseher. Dort lief ein Tierfilm über das Sozialverhalten von Wanderratten. Die Wissenschaftler behaupteten, Ratten würden untereinander Handel betreiben. Sie würden unterschiedliche Dienstleistungen austauschen - nach dem Motto: ›*Wie du mir, so ich dir*‹.

Hatte sie mit Thomas sogenannte Dienstleistungen ausgetauscht? War seine Zuneigung nur gespielt und diente als Mittel zum Zweck, nämlich mit ihr zu schlafen? Das ergab doch alles keinen Sinn? Erst recht nicht, nachdem er ihr einen tieferen Einblick in sein Leben gewährt hatte. Fragen über Fragen. Genervt schaltete Vivien den Fernseher aus und tigerte umher, um sich letztendlich wieder auf das Sofa fallen zu lassen und das Gerät erneut einzuschalten. Sie zappte durch die Programme, bis sie beim Lokalsender hängen blieb und genau in das

Gesicht des Mannes starrte, der sie seit einer Woche, Tag und Nacht beschäftigte. Er hatte sein Mandat im Fall Bergmann niedergelegt. »Und mich feige nennen«, murmelte sie.

***

Thomas erwachte mit hämmernden Kopfschmerzen. Er hatte sich gestern Abend mehr an das Bier gehalten, als an die Pizza, die Lars mitgebracht hatte. Sein Freund begrüßte die Einstellung. »Das beste Mittel gegen Liebeskummer ist, ihn zu ersäufen.« Feierlich hatte er mit seinem Freund angestoßen. Heute Morgen bereute Thomas sein Verhalten.

Nachdem er geduscht und frisch rasiert war – er hatte sich zweimal fluchend geschnitten – nahm er zwei Kopfschmerztabletten und setzte sich vor den Fernseher. Wahllos schaltete er durch die Programme, bis er an dem Interview hängen blieb, in dem er die Niederlegung seines Mandats verkündete.

Sofort dachte er an Vee und wie sie reagieren würde, wenn sie davon erfuhr.

»Nicht gut«, sagte ihm sein Bauchgefühl. Er würde sogar soweit gehen und behaupten, dass sie ihn als Feigling betiteln würde. Vielleicht war er ja wirklich feige, aber es gab keine gesunde Basis mehr zu Frau Bergmann. Das Verhältnis zwischen seiner Mandantin und ihm war gestört.

Thomas hatte gestern mit Bernard telefoniert und ihm gratuliert. Gleichzeitig hatte er sich nach Vivien erkundigt und ob sie Montag arbeiten würde. »Warum sollte sie nicht arbeiten?«, hatte Viviens Chef gefragt. »Es ist Montag und ihr Urlaub ist vorbei.«

»Na ja … ich dachte …« Thomas druckste herum. »Ich dachte, nach der ganzen Aufregung, würde sie ein paar Tage frei machen.«

»Jetzt hören Sie mir mal zu, Herr Kollege. Vee ist hart im Nehmen. Was immer zwischen Ihnen und ihr vorgefallen ist, sie wird es verkraften«, hatte Bernard gebrummt.

»Ja, vielleicht …, aber ich nicht.« Thomas schlechtes Gewissen ließ ihn nicht zur Ruhe kommen.

»Sie haben es vergeigt, Herr Klein, finden Sie sich damit ab«, hatte Bernard gesagt und Thomas hatte ein heftiges »Nein!«, entgegnet. Es wurde erst ein längeres Telefonat nötig, indem Bernard schließlich einlenkte, dass er mit Vivien reden würde. Thomas schöpfte daraufhin wieder einen Funken Hoffnung.

Montag

Auf dem Weg zur Arbeit schaltete Vee wie gewohnt den regionalen Radiosender ein. »...*die Wette soll derartig schräg sein, dass wir heute Abend eine Sondersendung einlegen. Also Leute, wer sich für den neuesten Klatsch und Tratsch interessiert wird heute Abend ab 19 Uhr bei uns, dem Derchen-Sender 1, bestens informiert und unterhalten sein...*«

Genervt schaltete Vee das Radio wieder aus. War es nicht genug, dass ihre Geschichte in der lokalen Zeitung ausgeschlachtet wurde? Musste es jetzt auch noch der Radiosender sein? Ihre Wut auf Thomas und vor allem auf sich selbst stieg ins Unermessliche. Warum war sie so blöd gewesen und hatte sich auf ihn eingelassen?

Die Ampel schaltete auf Rot und Vee ließ ihren Wagen langsam ausrollen. Wartend trommelte sie mit den Fingern auf dem Lenkrad herum und sah sich die Gegend an. Zwischendurch schaute sie immer wieder auf die Ampel. »Warum dauert die heute so lang?«, murmelte sie und sah nach rechts. Ein Wagen hielt neben ihr. Darin saß eine junge Frau. Als sich ihre Blicke trafen, schien es zu einer Erkenntnis bei der Fremden zu kommen. Denn plötzlich lächelte sie und winkte Vivien zu, zog ihr Handy heraus und schoss ein Foto. Sie hob den Daumen und ihr Lächeln verformte sich zu einem Grinsen.

Fassungslos wendete Vee sich von der Person ab und war froh, dass die Ampel auf grün sprang.

***

Mit einem mulmigen Gefühl im Bauch betrat Thomas die Kanzlei von Bernard. In der Hand hielt er einen Strauß roter Rosen. Frau Ehrenbusch, die ihn beim Betreten als erste erblickte, schnappte erstaunt nach Luft und sah ihm hinterher als er, ohne abzuwarten, auf Vivien zusteuerte. Wenn es einen Schmelzpunkt bei dreiundzwanzig Grad Raumtemperatur gäbe, dann jetzt. Thomas beachtete die Sekretärin nicht weiter. Sein Blick hing an der Person, die mit dem Rücken zu ihm hinter einem Schreibtisch saß. Sie trug ein Headset auf dem Kopf, hielt eine Akte in der Hand und telefonierte lebhaft. Erst als sie sich herumdrehte und ihn entdeckte, endete schlagartig ihr Redeschwall. Stumm und mit großen Augen starrte sie ihn an. Geistesgegenwärtig sagte sie zu der Person am anderen Ende der Leitung: »Ich rufe Sie zurück.«

Langsam nahm sie das Headset ab und stand auf. Thomas baute sich vor ihr auf und musterte sie. Seine Augen tasteten jeden Zentimeter ihres Gesichts ab. Kurz räusperte er sich. »Hallo Vee, schön dich zu sehen«, sagte er und hielt ihr den Strauß Rosen entgegen. Irritiert sah sie von den Blumen zu

Thomas und schüttelte den Kopf. Sie öffnete den Mund, um etwas zu erwidern, doch genau in dem Moment riss Bernard seine Tür auf und rief: »Vee, wo bleibt die verdammte Akte von dem Kilmer Fall?« Ertappt wich sie einen Schritt zurück, strich fahrig eine Haarsträhne hinter ihr Ohr und ihre Augen huschten zwischen ihrem Chef und Thomas hin und her. »Hallo Bernard.« Herr Klein wirkte gefasst und war die Ruhe selbst, während Vee ihre Hände festhielt und sich zum Stillstehen zwang. »Hallo Herr Klein, was verschafft mir die Ehre?«, fragte er und deutete dabei auf den Blumenstrauß.

»Nichts für ungut Bernard, aber der ist nicht für Sie.«

»Dachte ich mir schon fast. Wenn doch, würde ich an Ihrem Verstand zweifeln.« Ein kaum merkliches Grinsen zuckte um Thomas Mundwinkel.

»Der ist für Vee«, sprach er mehr zu sich selbst. Er streckte ihr den Strauß entgegen und sagte: »Ich würde gerne mit dir reden, unter vier Augen.«

Ihr Blick verriet nichts Gutes. Zudem blieb sie stumm. Aus schreckgeweitet Augen sah sie ihn an.

»Jetzt nimm ihn schon«, brummte er, doch Vee rührte sich nicht. Woraufhin Thomas ihr die Rosen vorsichtig auf den Schreibtisch niederlegte. Er zog eine CD von Frank Sinatra aus seinem Jackett und positionierte sie mit Bedacht daneben. Kurz wandte er sich noch einmal zu Bernard, nickte ihm zu und verließ die Kanzlei. Eisige Stille legte sich über den Raum. Vee starrte auf die Rosen und langte mit zittrigen Fingern nach der CD. ›*Stranger in the Night*‹, las sie und Tränen drohten ihr die Sicht zu nehmen. Hastig blinzelte sie und unterdrückte somit den Drang, gleich hier an Ort und Stelle loszuheulen. Vier Augenpaare starrten sie an und warteten auf eine Reaktion von ihr. Vivien ließ sich zurück auf ihren Stuhl plumpsen und berührte vorsichtig den Strauß. Rote Rosen, die Blume der Liebe. Sollte Thomas wahrhaftig das für sie empfinden? Ihr Herz sehnte sich danach, doch ihr nörgelnder Verstand sträubte sich nach wie vor dagegen. Die Sekunden verstrichen, ohne dass Vee sich äußerte oder groß bewegte. Wie hypnotisiert starrte sie auf die Rosen und hielt die CD an sich gedrückt.

***

Bernard beobachtete Vivien eine Zeit lang abwartend, bis es ihm zu bunt wurde.

»Wenn du nicht augenblicklich deinen Hintern in Bewegung setzt und ihm hinterherrennst, werde ich dich in den selbigen treten«, knurrte er und in seinem Blick lag eine Entschlossenheit, die Vee dazu veranlasste von ihrem Stuhl aufzuspringen. Erst als ihr Chef drohend auf sie zukam, setzte sie sich in Bewegung und rannte los.

»Er ist rechtsrum gelaufen«, rief ihr Frau Ehrenbusch hinterher.

›Zur S-Bahnstation geht es doch nach links‹, überlegte Vee und bog dennoch rechts ab. Im Laufschritt hielt sie Ausschau, doch sie entdeckte Thomas nirgends. So viel Vorsprung hatte er nicht und in Luft auflösen konnte er sich auch nicht. Ihr Blick wanderte suchend über die Straße und den Gehweg vor ihr. Abrupt blieb sie stehen. Ihr Atem kam stoßweise und ihr Brustkorb hob und senkte sich hektisch. Sie entdeckte ihn, auf der anderen Straßenseite, in einem Seitenweg saß er auf einer Bank, direkt gegenüber vom Skaterpark. Er sah ein paar Jugendlichen dabei zu, wie sie mit ihren Skateboards durch die Pipeline fuhren und ihre waghalsigen Sprünge absolvierten. Die Ellenbogen auf die Knie und sein Gesicht in den Händen haltend, gab seine Silhouette eine traurige Gestalt ab. Bei seinem Anblick regte sich etwas in ihr, das sie nicht zulassen wollte. Das Gefühl war tieferer Natur und raubte ihr erneut den Atem. Die Erkenntnis traf sie mit voller Wucht und ihre Knie gaben plötzlich nach. Instinktiv suchte ihre Hand Halt an dem Ahornbaum, unter dem sie stand. Nicht in der Lage, ihm gegenüber zu treten, lehnte sie sich an den Baum, sodass Thomas sie nicht sehen konnte. Hin und wieder lugte sie um den Stamm herum, um nachzusehen, ob er noch da war. Nachdem sie ein paar Mal tief durchgeatmet hatte, beruhigte sie sich so weit, dass das Zittern ihres Körpers nachließ. Ihr war gleichermaßen zum Lachen und zum Weinen zumute. Das Gefühlschaos in ihr wütete wie ein Sturm und suchte nach Erlösung. Erst recht, nachdem Eddi Bernard ihr heute Morgen eine Standpauke gehalten hatte und ihr gleich darauf erzählte, wie die Presse an die Informationen gelangt war. ›*Simone Duvall.*‹ Insgeheim wünschte Vivien ihr die Pest an den Hals.

Zu ihrer Verblüffung hatte Eddi ihr dann gebeichtet, dass er von Anfang an wusste, dass der Vertrag den sie unterschrieben hatte, ungültig war. Im ersten Moment war Vee stinksauer auf ihn gewesen, doch nachdem der Zorn verraucht war, trat die Erleichterung ein. Sie hatte das Haus nicht verwettet, dafür hatte sie ihr Herz, an einen Anwalt verloren.

Erneut lugte sie um den Stamm und sah Thomas nach wie vor auf der Bank sitzen. Entschlossen stieß sie sich vom Baum ab, strich ihre Kleidung glatt, strich sich eine verirrte Haarlocke hinters Ohr und überquerte die Straße. Etwa zwei Meter neben ihm, blieb sie stehen.

***

Was hatte er sich nur dabei gedacht? Dass Vivien ihm um den Hals fallen würde? Verächtlich schnaubte er. Jede andere Frau ja, aber nicht Vee mit ihrem Dickkopf. Am meisten hatte ihn ihr Blick getroffen. Die Situation war ihr nicht nur peinlich, sondern er hatte sie zu allem Übel auch noch erschreckt. Er konnte mit ihren Wutausbrüchen und verbalen Attacken umgehen, aber nicht mit ihrem Schweigen. Er hatte es vorgezogen, den Rücktritt anzutreten. Schließlich hatte er auch seinen Stolz und würde mit Sicherheit nicht um ihre Gnade betteln. »Verflixtes Frauenzimmer«, murmelte er. Vivien Maas hatte ihn verhext. Sie saß in seinem Kopf fest und hatte von ihm Besitz ergriffen. Ein schöner Schlamassel, in den er sich da hineinmanövriert hatte. In seiner Grübelei nahm er plötzlich einen Schatten im Augenwinkel wahr. Er drehte seinen in die Hände gestützten Kopf zur Seite. Langsam ließ er die Arme sinken und richtete seinen Oberkörper auf. »Vee?«, krächzte er verwundert. Wie eine Fata Morgana stand sie neben ihm und er brachte nichts weiter als ein Krächzen hervor.

Lächelnd schritt Vee auf ihn zu und setzte sich neben ihn auf die Bank. Sofort stieg ihr sein unverkennbarer Duft in die Nase und ihr Lächeln vertiefte sich. Eine Woge des Glücksgefühls erfasste sie. Zufrieden schloss sie die Augen und nahm die

Geräusche um sich herum wahr und seine Nähe in sich auf. Alles war perfekt. Er war perfekt!

Thomas beobachtete Vee. Sie lächelte, doch er war sich nicht sicher, ob er das als gutes oder schlechtes Zeichen deuten sollte. Sie hielt die Augen geschlossen und ihre Züge entspannten sich. Sein Blick heftete sich auf ihre Lippen und nur mit Mühe widerstand er der Versuchung, sie zu küssen.

Er riskierte es nicht, sie anzusprechen, aus Furcht, diesen zauberhaften Augenblick zu zerstören. Geduldig wartete er auf eine Reaktion von ihr.

Seufzend schlug Vee die Augen auf und ihre Blicke trafen sich. Thomas hatte sich zur Seite gedreht und seinen linken Arm locker hinter ihrem Rücken über der Lehne platziert. Mit der rechten Hand griff er nach ihren Händen, in der sie die CD hielt. Zärtlich streichelte er mit dem Daumen über ihre Finger. Schweigend sahen sie einander an. Ihr Blick war sanftmütig und weich, wie ihre Lippen, denen er sich langsam näherte. »Ich muss dir etwas gestehen, Thomas«, stoppte sie ihn.

»Musst du?«, fragte er und liebkoste sie weiterhin. Sie hatte ihn geduzt und das nährte seine Hoffnung.

»Ja, ich war nicht ganz ehrlich zu dir, was meine Gefühle für dich anbelangt«, gestand sie und senkte beschämt ihren Blick und sah auf ihre ineinander gefalteten Hände.

Sie hob den Kopf, um Thomas in die Augen zu sehen, denn das was sie zu sagen hatte, wollte sie ihm von Angesicht zu Angesicht mitteilen. Schließlich war sie kein Feigling.

»Ich weiß«, sagte Thomas plötzlich und kam ihr damit zuvor.

»Woher willst du das wissen?«, meinte Vee überrascht.

»Zum einen bist du eine schlechte Lügnerin, Vivien Maas.«

»Und zum anderen?«, hakte Vee vorsichtig nach.

»…bin ich Anwalt und habe ein Gespür für Lügnerinnen.«

»Ja, ein Gerissener dazu«, murmelte sie und sah wieder auf ihre Hände. Seufzend legte Thomas seinen Zeigefinger unter Vees Kinn und hob es an, sodass sie ihn ansah. »Ich muss dir etwas gestehen, Vee«, sagte Thomas und sah ihr fest in die Augen. »Ich …« Er holte tief Luft. »Ich war auch nicht ganz ehrlich zu dir, was den … den Vertrag betrifft.« Jetzt war es raus und Thomas fühlte sich, als wäre eine tonnenschwere Last von seinen Schultern gefallen.

»Ich weiß«, hörte er Vivien sagen und überrascht fragte er: »Woher …?«

»Bernard.« Dabei huschte ein schiefes Lächeln über ihre Lippen. »Er hat mir heute Morgen ordentlich den Kopf gewaschen und mir im selben Atemzug erzählt, dass der Vertrag ungültig sei. Und dass alle, von Tante Tilli bis hin zu dir, davon wussten. Nur ich dumme Nuss hatte keine Ahnung.«

»Hey, hör sofort auf damit. Du bist keine dumme Nuss, Vivien.«

»Zu dem Zeitpunkt leider schon. Ich war zu sehr mit meinen Gefühlen beschäftigt, als dass ich auch nur einen klaren Gedanken zustande gebracht hätte.«

»Verzeihst du mir, Vee?«, wagte Thomas zu fragen.

»Sie sind nach wie vor im Sinne der Anklage schuldig, Herr Anwalt«, beteuerte Vee ihm voller Inbrunst, doch ihre Gesichtszüge verrieten ihm das Gegenteil.

»Einspruch«, meinte Thomas und fügte leiser hinzu: »Vorsicht Kiwi, für jedes Sie einen Kuss.«

»Einspruch stattgegeben«, konterte Vee schnell.

»Heißt das, du verzeihst mir? Haben dir wenigstens die Rosen gefallen?«, tastete Thomas sich weiter heran. Vee hörte eine gewisse Unsicherheit in seiner Stimme heraus, daher sagte sie: »Ich liebe rote Rosen.«

»Ich liebe dich, Vivien Maas. Mit all deinen Ecken und Kanten. Was sagst du dazu?« Angespannt wartete Thomas auf ihre Reaktion.

»Ich liebe dich, Thomas Klein«, erwiderte Vee leise und in ihren Augen spiegelte sich all ihre Zuneigung und Liebe wider.

»Einfach so, ohne Vorurteile und das für den Rest deines Lebens? Bis das der Tod uns scheidet?«

»Ja, ich will. Auf immer und ewig.« Dabei näherte Vee sich seinen Lippen und hauchte: »Sie dürfen die Braut jetzt küssen.« Thomas ließ sich nicht zweimal bitten. Seine ganze Sehnsucht und grenzenlose Liebe flossen in diesen einen Kuss. Vee sollte fühlen, wie viel sie ihm bedeutete. Wider aller Vernunft, die ihm seit frühester Kindheit eingetrichtert wurde, war Vivien die Frau, die ihn glücklich machte. Sie war es, die sein Leben bereicherte und die Leere darin ausfüllte.

Langsam löste Thomas sich von Vivien. Schweigend stand er auf, hielt ihr lächelnd die Hand entgegen und fragte: »Lust zu tanzen?«

»Hier?«

»Warum nicht?«

»Weil ...« Vivien fiel kein triftiger Grund ein, außer: »...ohne Musik?«

»Wo bleibt deine Fantasie, Kiwi? Zudem führe ich dich.«

»Ach? Nur weil du mich führst, heißt das noch lange nicht, dass ich ohne Musik tanzen will.«

»Du hast schon mit mir getanzt – ohne Musik. Schon vergessen?«

»Nein, im Gegenteil. Ich erinnere mich noch genau an den Abend.«

»Dann erinnerst du dich auch an den Kuss?«

»Wie könnte ich den je vergessen?«

»Sollte jemals der Tag kommen, an dem du ihn vergisst ...«

»Wetten nicht?«, unterbrach Vee ihn und schenkte ihm ein verschmitztes Lächeln.

Thomas zog sie kurzerhand in seine Arme und brummte: »Vorsicht Frau Maas, wette nie mit einem Anwalt.«

ENDE

DANKE!

Ich danke meiner Korrektorin Rune L. Green. Ohne sie gäbe es dieses Buch nicht. Sie hat mir auf eine liebevolle Art gezeigt, wie man aus Fehlern lernt. Danke für deine Unterstützung, die weit über das Korrektorat hinausging. Danke für die gute Zusammenarbeit.

Glücklich bin ich auch, dass ich nach wie vor auf meine Korrektur- und Testleserinnen zählen kann. Jutta, Angela, Hiltrud und Angelika, danke für euer Engagement.

Ich danke meiner Leserschaft für die Treue und Geduld. Das warten auf das nächste Buch, kann einem unendlich lange vorkommen. Ich hoffe, dass das Warten sich gelohnt hat.

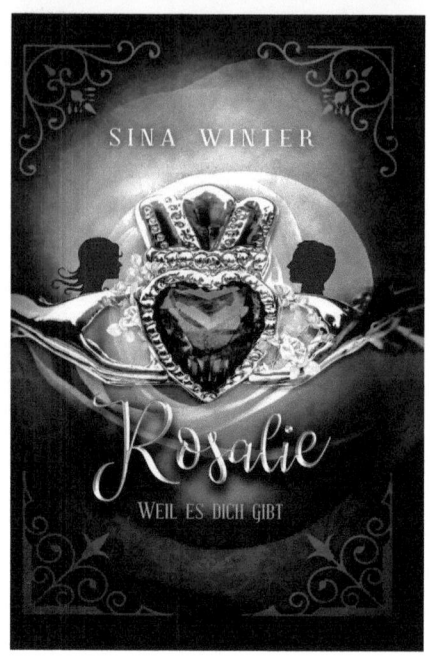

»Schicksal ist, wenn du etwas gefunden hast, das du nie gesucht hast und dann feststellst, dass du nie etwas anderes wolltest.«
(Verfasser unbekannt)

Richard von Weisenberg trifft in New York auf die temperamentvolle Rose. Noch ahnt er nicht, welche Folgen das hat. Rose berührt seine Seele. Plötzlich steht er vor der wichtigsten Entscheidung seines Lebens.
Rosalie Murphy, von allen liebevoll Rose genannt, hatte es nicht immer leicht in ihrem Leben. Doch das Blatt scheint sich zu wenden. Ihr Freund Daniel will sie heiraten und sie hat ihren Traumberuf als Designerin gefunden. Alles ist perfekt. Wäre da nicht die Begegnung mit Richard, einem charismatischen Fremden, der ihr Leben – und ihr Herz – auf den Kopf stellt.

Sina Winter

EIN SOMMER AUF FISKM...

ODER DIE KUNST SICH ZU

VERLIEBEN

Begegnungen können ein Leben verändern.
Ob zum Guten oder Schlechten, das heißt es herauszufinden.

Florentine Brückner, von allen kurz Flori genannt, arbeitet in einer Kunst-galerie. Ihr Arbeitgeber Max Hamisch, in dem Sie heimlich verliebt ist, schenkt Ihr kaum Beachtung. Warum auch? Sie ist eine pragmatisch ver-anlagte Frau, die nicht viel Wert auf Ihr Äußeres legt. Unsichtbar und Still erledigt Sie die Aufgaben, die Ihr aufgetragen werden. Erst als Sie Boris Brandt, einem exentrischen Künstler zugeteilt wird, wächst Sie über sich selbst hinaus. Dies bemerkt auch Max Hamisch und schenkt Flori weit mehr Beachtung, als es einer gewissen Dame recht ist.

Arne Pedersen, kämpft seit dem tot seiner Frau mit seinen inneren Dämonen. Er gibt sich die Schuld an ihrem tot. Er lebt zurückgezogen auf einem Hausboot, auf der Insel Fiskmås, seiner alten Heimat. Die Insu-laner, vor allem Jule Jensen, eine gute Freundin aus Kindertagen findet, dass es an der Zeit ist, dass Arne wieder aktiv am Leben teilnimmt. Da kommt die junge Frau vom Festland, Florentine Brückner, genau zum richtigen Zeitpunkt. Fortan versucht Sie, die beiden zu verkuppeln, was letztendlich immer wieder im Desaster endet. Schließlich hat Sie Ihre eigene Probleme und wenn dann auch noch Kristin Andersen, die Insel-schönheit mit ins Spiel kommt, ist das Chaos vorprogrammiert.